Characters
ベックラー
ルミが異世界で初めて出会った相手。狼獣人で、誇り高い貴族軍人。
ルミ
うさぎ獣人として異世界転生した元日本人。転生前はどこか生きづらさを感じていた。
ルミ
黒うさぎの姿。

ローヴェルト
ベックラーの家の執事。羊獣人。
アレックス
ベックラーのきょうだい。思わぬ形でルミの前に現れるが……？
ハロン
ベックラーの副官を務める。チーター獣人。
エスさん
自称・超自然的存在。ルミの転生をサポートする。
アレンカ
軍に所属する研究者。
オウム獣人。
ある事情から、つがい研究に強い関心をもつ。

プロローグ　異世界へ帰ることになりました

目が覚めると、いつの間にか宇宙空間のようなところに放り出されていた。一面の黒を背景に、光の粒が天の川のように流れ、広がっている。

さっきまで私は普通に寝ていたはず。明日は朝一で講義があるから早く寝なきゃと思って布団に入り、まどろんでいたら次の瞬間にこれだ。混乱する。

「えー、高木瑠海《たかぎるみ》さん。こんにちは」

「……こんにちは」

見渡す限り誰もいなかったはずの空間に、突然青年が現れた。線が細く優しげだが、見かけの年齢のわりに表情と仕草が子どもっぽい印象を受ける。ここは無重力状態なのか、青年と私は向き合いながらもお互い少し違う角度で漂っていて、変な感覚だ。

「どちらさまですか」

「僕は超自然的な存在です。スーパーナチュラルです。神っていうほど偉くも万能でもないですし、現在地球上に存在するどこかの宗派に属するものでもありません。エスとでも呼んでください」

「はあ」

「あれ。いきなり信じてくれます？」

「いえ、あまりに不可思議な状況なので、ひとまず現状を受け止めるところからはじめようかと」

「冷静でありがたいですー」

いや、十分に動揺してるんだけどな、と思いつつ話の続きを聞くことにする。

「今回お呼びしたのはですね、魂が受肉する場所の間違いが発覚したためです。それを今から修正させていただきます」

「間違い？」

「ええ、たまーに、ほんとにたまーにですけど、起きてしまうんですよ。あなたたちの世界で言うところのチェンジリングに近いですかね。わざとではないのですけど」

チェンジリングって、妖精の子どもと人間の子どもが取り替えられてしまうというあれか。

「あなたも、地球ではなにか生きにくさを感じていたのでは？」

「……そうですね」

親にはどことなく変な子だと思われて、ほとんど祖父母に育てられたし、学校でもずっと異質さを感じてきた。そんな心の落ち着かなかった部分について、すとんと納得がいった気がする。

でも、これまでの違和感やつらさが、神様のような存在による魂の入れ間違いのせいなのだとしたら、人生はなんと理不尽なのだろう。

その気持ちが伝わったのか、青年、エスさんが慌てだした。

「あ、言っておきますけど、僕のせいじゃないですよ。僕は魂に関する諸々の修正担当です。受肉担当は別にいます。あいつら、英雄とか創造する時はめっちゃ凝《こ》るくせに、こういうミスをよく……、あっ、違います、たまーに、ほんとにたまーにして、僕らに尻拭いさせるんですよー」

「それ、私に愚痴《ぐち》ることじゃないですよね」

思わず尖《とが》った声で言って、エスさんを胡乱《うろん》な目で見やってしまった。しかも、受肉担当とやらがかなり頻度高くミスしているようなのは、ちょっと許しがたい。

「すっ、すみません！　高木さんには大変ご迷惑をおかけして……、あのっ、少しサービスさせていただきますから！」

おっと。そんなつもりじゃなかったのに、なんだかクレーマーみたいになってしまった。というか、そんな対応でいいのか、自称・超自然的存在。

彼は汗を拭うジェスチャーをしながら話を続けた。

「えーとですね、高木さんは、本来別の世界で獣人として生を受けるはずだったのですが、間違って地球で人間になってしまいました。そして、別の世界の別の種族であることに魂が限界を迎え、肉体と乖離《かいり》してしまったのです」

「獣人……、ファンタジーの世界ですね」

「地球の方からするとそうでしょうね」

「それで、私、死んだんですか？」

「はい。地球上では突然死という扱いになります。ご愁傷様《しゅうしょうさま》です」

「そ……うですか」

これまでの話で想像はついていたが、実際に言葉にされるとそれ以外なにも返せなかった。

口を噤《つぐ》んだ私に対し、エスさんは仕切り直すように姿勢を正す。

「まずですね、この不始末に対する基本的な賠償として、本来の世界での続きの人生を提供します。身体は獣人のもので、健康に設定してあります。少し若返らせることも可能ですが、最低でも成人していたほうがなにかと便利ですので、高木さんの場合は現在の二十歳から十七歳か十八歳にするくらいが妥当だと思われます。あ、十六歳が本来の世界での成人年齢です」

「はあ」

自分が死んだという衝撃で頭がいっぱいで、生返事をしてしまう。

「次に、えー、あの世界の場合ですと……、『生涯のつがいに出会える保証』をお付けします」

「はい?」

上の空ではいられないフレーズを耳にした気がして聞き返すと、エスさんは満面の笑みのドヤ顔をかました。

「『生涯のつがいに出会える保証』です!」

「なんですかそれは」

「あなたがこれから行く世界の獣人は、つがいを見つけると『この人だ!』とわかるようにできています。しかし、一生のうちにつがいに出会える確率はだいたい一%といったところでしょうか。さらに、晩年に出会って一緒にいられる時間が短いとか、別の人と結婚した後に出会って修羅場になるとか、いろいろと問題も起こりますので、幸福につがえる確率はもっと低いです」

「はあ」

「そんな中、今回お付けする保証は、なんと！　本来の世界に戻ってすぐにつがいに出会えるというものです！　しかも、年齢が比較的近く、生殖可能。あなたのサポートができるよう、それなりに生活力もある相手になる予定です。すごいでしょう？」

セールス口調が気になるとか、都合が良すぎではないかとか、いろいろと突っ込みどころがあるが、とりあえずこれだけは言っておかなければならない。

「それって、お互いに無理矢理、恋愛感情が芽生えるってことですか？　好みとか無視ですか？　強制的につがいになって幸せになれるんですか？　そもそも、つがうことが最高の幸せって誰が決めたんですか？」

「うっ……、高木さん、手厳しいですね」

おっと、思わずいろいろと言ってしまった。でも聞いておくべきことだと思う。

「えー、まず、無理矢理ではありません。恋に落ちるべくして落ちるというか。もともと世界のどこかにはつがいとなれる可能性のある相手が数人いるはずなので、今回はそのなかでもっとも条件に合った相手のところに転移してもらうという形をとります」

「えっ、つがいって複数いるんですか」

「可能性がある相手は、そうですね。でも、一人目に会ったらもう他には反応しなくなりますし、その潜在的相手にとっても魅力がなくなりますので問題ありません。ごくごく稀《まれ》に、つがいと死別後に二人目に出会うこともありますが、奇跡のような確率ですね」

「へえ」

「ちなみに、つがいは魂の相性が大変良いので、基本的に側にいるだけでＱＯＬが爆上がりです。結婚とか子孫繁栄とか関係なく、ある程度は幸せになれるはずですよ」

「なるほど」

「ご理解いただけてよかったですー！」

エスさんは嬉しそうに目元に涙を溜め、胸の前で祈るようなポーズをとっている。「今日は残業なしで帰れるかも」と聞こえたのは気のせいだろうか。

「でも、納得はまだできていません。今までの生活をすべて捨てることになるし、もう帰れないわけですよね」

「そこは、はい、申し訳ありません……」

「運命の相手、みたいな人に会えることはありがたいですが、私は獣人ではなく人間なので、本当につがいという感覚に満たされるのか未知数で、不安です」

「それは当然のご懸念《けねん》で……」

「ていうか、新しい世界でどうやって生きていったらいいのかもわからないし、おじいちゃんおばあちゃんともお別れできなかったし、この気持ちをどうしたら」

目の前にいる相手はミスを犯した当人ではない、八つ当たりだ、とわかっていても、ついそんな言葉が口からこぼれ落ちる。

「あああ、それに、パソコンのデータ消してない！　消してくれませんかね⁉」

私はようやく衝撃から回復し、頭が回ってきたのか、いろいろなことを思い出してしまって、ついエスさんに詰め寄った。彼は慌てて手を振り回す。

「そっ、それは無理ですぅー！　あっ、そうだ！　追加サービスとして、これから行く世界での、美人の条件をいくつか追加しましょう！　見た目はさほど変わりませんのでご安心を」

「いや、それとこれとは話が別で……」

「じゃ、じゃあ、さらに大サービスで、つがいとの身体の相性も最高にしちゃいましょう！　これでさらに確実に相手をノックアウトです！」

「はいぃぃ!?」

エスさんは焦ったように話を締めにかかる。

「いやぁ、いい仕事しました！　これで万事オーケー、とっても安心です。これから新しい、いえ、本来の世界にお送りしますが、頑張って幸せになってくださいね！」

「ちょ、ちょっと待ってください、聞きたいことがまた増え……」

「では転送しまーす！」

私の意識はここで途切れた。最後に、「困ったことがあったら、社《やしろ》で真剣に祈ってみてくださーい。暇な時なら対応しまーす」と聞こえた気がする。

そして次に目が覚めたら、草むらでした。

第一章　うさぎ生がはじまりました

草と土の香りが鼻先をくすぐる。目を開けると、周囲に背の高い草が生えていて、先が見通せない。ひとまず起き上がったが、それでも草は私の目線よりも随分高いし、なんだか周りがぼやけて見える。それに奇妙に地面が近くないだろうか。ほら、こうしてすぐ地面に顔が……

（ぎゃーっ‼）

叫んだつもりが、声が出なかった。代わりに、すごい勢いで身体が勝手にジャンプした。正直、自分の目線の倍以上飛んだんじゃないかと思う。

（なにこれ、なにこれ、おっきなアリがいる！）

いや、待て。さすがになにかがおかしい。低い目線、大きなアリ、並外れたジャンプ力……

じっと手を見る。

うん、動物の前脚でした。身体を捻《ひね》って胴体に目をやると、つやつやの黒い毛並みと、前脚に比べて大きな後ろ脚、そしてしっぽが見えた。これ、たぶんうさぎだね。私、黒うさぎになってるね。

（うさぎーーー⁉）

またしても声は出なかった。うさぎだから仕方ない。うん、仕方ない。全部納得。私の身体が小さいからアリが大きく見えてるだけだし、若干視界がぼやけてるのも、うさぎの視力が低いからだね。その分、ものすごく視野が広い。

……って、私は獣人じゃなかったのか。これではまんま獣《けもの》だ。

ただ、種族がうさぎということについては納得した。私はうさぎが大好きで、うさぎのもふもふの集団の中に入って一緒にひっついて眠りたいといつも思っていた。肉より野菜のほうが好きだし、肉食動物のことはちょっと怖い。食べられてしまいそうな気がするのだ。

そしてなにより、うさぎの表情がわかりにくいところに共感する。私は昔から、心の中は大騒ぎでも、それが顔に出ないのだ。考えていることはしっかり口に出すから、無表情で淡々としゃべる変な奴と言われたこともあったけれど。

そんな諸々から、本当は獣人だったと言われて腑《ふ》に落ちた面はあったし、きっと自分は草食動物の獣人だろうと思っていた。当たりだった。

(でもこれはないわー)

異世界の草原で、獣《けもの》として生きる知識も経験もない草食動物がぽつり一匹。

死ぬ。簡単に死んでしまう。

それとも、どうにか頑張ると人型になれるのだろうか。

ひとまず身体を動かしてみると、驚くほどすんなりと思う通りの動作ができる。記憶にあるうさぎの仕草は全部できた。そして、お腹を覗いて気づいた。私メスだ。なんとなくよかった。いきなりうさぎになって、しかもオスだったら、いろいろ持て余す気がする。

それにしても、自分の肛門をまじまじと見る機会なんてはじめてだ。うさぎ、柔軟。

そんなことを考えながら、ついつい耳や顔をくしくしと毛づくろいしては前脚をペロペロしてしまう。

(はっ！　うさぎっぽいぞ、私！)

この調子ならば、うさぎとしてしばらくやっていけるかもしれない。

でも、まずは周辺確認が必要だ。探索には勇気がいるが、危険の有無を確認しないといけない。水場も探したい。うさぎは野菜や果物なんかを食べていればさほど水はいらないと聞いたことがあるし、周りには瑞々《みずみず》しい植物が生い茂っているけれど、人間の記憶を持つ私としては、やはり水は必須のように思える。

私の長く伸びた耳や、きゅっとY字になっているはずの鼻はちゃんと利くだろうか。安全な水や食べ物、敵の接近なんかがわかるだろうか。

不安に思いながらも恐る恐る歩きだすと、意外にもすぐに大きな布の袋に行き当たった。

(おお、これは明らかに人間の持ちもの！)

一瞬喜んでその周りを駆け回ってしまったが、はたと気づく。

(この世界……、人間にとってうさぎはいい食料なのでは……)

嫌だ。人間であれ獣人であれ、捕まるのは怖すぎる。獣《けもの》も怖いが知性ある生き物も怖い。

でも、少なくとも今、人の気配は感じないので、とりあえず袋に首を突っ込んでみる。

(お、携帯食料っぽい……、ショートブレッドみたいなのと、干し肉？　あとは着替えに、こっちは金貨と銀貨か。ナイフもある)

ごそごそ探っていると、ぺらりと紙が出てきた。日本語で文章が書かれている。

『異世界初心者セットです。活用してください』

（エ、エスさんめー！　これ、人型用でしょ！　私には使えないでしょ！　肉も食べられないし！）

一瞬憤《いきどお》ってふと気づく。

やはり私は獣《けもの》ではなく、人型の獣人になるはずだったのではないだろうか。人型向けの親切設計だとすれば、水場なんかも近くに……。少し進むと、予想通り綺麗な小川があった。ほどよく大きな木もあって、果実が実っている。雨宿りもできて食べ物も採れる。至れり尽くせりである。

（人型ならね！）

これはもう、間違って獣型になったとしか思えない。そして、人型にとっては安全な場所に降ろしてくれたのかもしれないけれど、小型草食動物にとって安全かは不明。用意してもらった初心者セットも使えない。どうやったら人型になれるのかもわからない。社《やしろ》がどこにあるのかも知らない。

（ほんとにもう……、どうしよう）

この状態では、つがい（予定）と出会ってもお互いにわからないだろう。というか、どうやったらわかるのかも聞いてない。ついでに、つがい（予定）が好みかどうかも聞きそびれた。

（詰んだ。私のうさぎ生、終わった。短い異世界生活でした……）

なんだか妙に諦めの境地になって、ころりと地面に横たわる。とりあえずは水で喉を潤《うるお》すこともできたし、緊張しまくって疲れたのだ。うさぎの身体は小さく繊細で、疲れやすい。

陽光も暖かく、私は川辺でうとうとしはじめてしまった。

◆◆◆

今回は苦労ばかり多く得るものの少ない、嫌な仕事だった。近年、緊張関係が進みつつある隣国に出向いての情報集め。現場に出る仕事が減って、軍本部での情報解析が増えてきていた中、内容としては俺が直接行くほどのものではなかったが、俺の貴族としての肩書が必要だったため仕方がなかった。それに、希少で力ある狼獣人は、どこの国でもなにかと権力者の受けがいい。そういう風習は嫌いだが、仕事上有利になるならばそれを利用するのは当然だ。

とはいえ、おもしろみもなく、ストレスが溜まるばかりの滞在だったから、帰りにこうして少し寄り道をして一人の時間を作った。ついでに魔物でも狩って憂《う》さを晴らそうと思ったのだが、目ぼしい獲物とは遭遇することなく、すんなり危険地帯を抜けてしまった。拍子《ひょうし》抜けだ。

眼の前に広がるのは、麗《うら》らかな日差しが降り注ぐ平和な草原。こんなところで日がな一日昼寝でもしたいものだが、この平和を守るためにはいろいろとやらねばならないこともある。それが軍人であり貴族でもある俺の義務で誇りなのだ。

まずは日が暮れるまでに次の街に入り、先行している腹心と合流しなくては。寄り道というわがままを言った分、それなりに働く必要があるだろう。

俺はこの場に似つかわしくない重い溜息を吐いて、小川沿いを進んだ。

小川の近くに、誰かの荷物が置かれている。しかし、周りを見回しても人影はどこにもない。血の匂いもしないし、なにかに襲われたとは考えづらい。

どうしたものか、と思ったが、それよりも気にかかることができてしまった。人や血の匂いを嗅《か》ぎ分けようと集中したら、とても芳《かぐわ》しい香りがあたりに漂っていたのだ。

（なんだこの香りは）

居ても立ってもいられないような、それなのに落ち着くような、不思議な香り。いつまでも嗅《か》いでいたくなり、さらに鼻に意識を集中させた。どうやら荷物のあたりから漂ってくるらしい。

（荷物の持ち主の香りか？）

いつになく胸を高鳴らせながら、荷物に近づいていく。確かに香りは濃くなったが、発生源はさらにその先の、小川の側にあった。

「うさぎ？」

すやすやと気持ちよさそうに眠る黒いうさぎ。野性をどこにやった、と言いたくなるくらい無防備に転がり腹を晒《さら》している。毛艶がよく、光を反射して毛の先がきらきらと輝いていた。足の先と腹だけは毛の色が白く、しかもほとんど汚れていない。

「か、可愛い……」

思わず呟いて、自分にもそんな感性があったのかと驚く。さらに、すぐにでも抱き締めてしまいたいという気持ちが心の奥底から湧いてきて、手を変な具合に握ったり開いたりしてしまった。

そして、その野良うさぎにしては違和感のある小綺麗な様子からふと気づく。

（もしかして、うさぎ獣人なのか？）

それならなぜ獣型でこんなところにいるのだろうか。普通の獣人、とりわけ小型の草食動物が獣型で外をうろつくことなど考えられない。そもそも裸であるわけだし、人と獣《けもの》を問わず襲われやすく、危険極まりないからだ。いくら平和な草原とはいえ、こんな小さなうさぎの姿でいるなんて、不用心すぎる。

それにしても、近づくほどに増すいい香りはなんなのだ。成人した獣人ならば誰もが持つフェロモンの匂いもするようだが、発情した時の強い匂いとは違うようだし、そもそもそれでは説明できないほどの魅力を感じる。思わずふらふらと黒うさぎの横に膝をつき、顔を近づけた。

と、その瞬間、黒うさぎが目を覚まし、身を起こすと変な方向にジャンプした。そして、俺の視線に縫い留められたようにそのまま固まる。わずかに震えながらも身動きが取れずにいるその様に、肉食獣の獣人らしく嗜虐心《しぎゃくしん》をくすぐられながらも、大事に大事に傷つけないようにしまい込みたい気持ちにもなる。

「怖がらせてしまったか」

はじめての感覚に対する動揺を押し殺して、落ち着かせるようにゆっくり言っても、黒うさぎの硬直は解けなかった。

「君は、うさぎ獣人だな？」

それでも動かない。言葉が理解できないのだろうか。

（うさぎは表情がわかりにくくて困る。俺は早く仲良くなって、その柔らかそうな毛に顔を埋めて胸いっぱい匂いを嗅《か》ぎたいのだが……。いや、なにを考えているんだ、俺！）

ともかく、絶対にこのうさぎを逃してはいけないということだけはわかっていた。そんなことになったら、俺は絶対に後悔する。もし逃げられたら、即座に自分も獣型になって追いかけよう。

その決意が伝わってしまったのか、黒うさぎの震えがひどくなって、ついには腰が抜けてしまったようだ。腰からへたりこんで立ち上がれなくなっている。

「すまない。怖がらせるつもりはなかったんだ。話がしたいから人型になってくれないか。服を着るまで背を向けているから」

そう言うと、うさぎから途方に暮れたような気配が伝わってきた。少なくとも言葉は通じているように思う。だが、人型になる気はないらしい。まあ、突然現れた厳《いか》つい男を信じられないのは当然だ。とはいえ、うさぎでいるほうがずっと無防備に思えるが。それにそのまま獣型でいるならば、荷物をどうするつもりなのだろうか。このままでは街に着く前に日が暮れてしまう。

不審者ならば捕縛する必要がある。一瞬、俺に差し向けられた隣国のスパイあるいは暗殺者なのでは、という考えが頭を過《よぎ》ったが、ありえないと考え直す。獣型でこんなところにいるのはデメリットが大きすぎるし、俺の今回の寄り道は唐突に決めた上、ルートは直感で選んでいるから先回りは不可能だ。

（ならば訳ありの迷子か？　ふむ。迷子を保護するのも軍人の職務のうちだ）

そう自分に言い聞かせると、うさぎに言った。

「この荷物は君のものか？」

ようやくうさぎは頷いた。

「俺と一緒に街まで行こう。どうだ？」

しばらく迷ったようだったが、うさぎはもう一度頷いた。

ゆっくりと、脅《おど》かさないように手を伸ばす。うさぎは一瞬身を固めたが、頭を撫《な》でると気持ちよさそうに力を緩めた。その隙に身体ごと持ち上げて、胸に寄りかからせて片腕で支える。

手触りは恐ろしく柔らかく、小動物らしい体温の高さと鼓動の速さが伝わってくる。ついでに気づかれないよう少しだけ鼻を近づけて匂いを嗅《か》ぐと、やはり極上の香りがした。

そしてなぜか、下半身に血が集まってくる。

（これは危険だ……）

慌てて鼻を離すと、置いてあった荷物を拾い上げて歩きだした。すると、いかんともしがたく抱えたうさぎの香りが上がってくる。宿に着くまでずっと、こんな至近距離でこの香りに悩まされるのは困る、と気づいた時にはうさぎは俺の腕の中ですやすやと眠っていて、俺は新人時代に覚えさせられた軍人の心得をひたすら頭の中で唱えながら黙々と早歩きをするしかなかった。

街に入る少し前に、うさぎが目を覚ました。もそもそと動いて、俺の肩越しに周りを見ようとする。

「目が覚めたか。悪いがしばらくこの中でじっとしていてくれ」

うさぎを抱えて歩く姿は、正直怪しい。仕方なく、荷物からマントを取り出してうさぎを包むことにした。不思議そうに首を傾げながらも、大人しく俺のマントに包まれるうさぎはとても小さく、守ってやらねばという気持ちが沸き起こる。うさぎはしばらくもぞもぞと動いていたが、落ち着く姿勢を見つけたようで動かなくなった。

街の中、人の密度が高くなると、すぐ側を通る若い男どもが鼻をひくつかせてなにかを探す素振りを見せるようになった。

(俺だけではなかったか。やはりこの匂いは目立つ)

呼吸のために開けている隙間から、うさぎの芳《かぐわ》しい香りが漏《も》れてしまうらしい。

(ただのフェロモンではないと思ったのだが、やはりフェロモンなのか?)

ともかく落ち着いて話せるところで二人きりになりたかった。

「いらっしゃいませ、サー・ベックラー・ケルンハルト。ご宿泊のご予約をハロン・シュペール様より承《うけたまわ》っております」

この街に来る時は必ず使う宿に入ると、すぐに支配人がやってきた。腹心が手配しておいてくれた部屋に、そそくさと向かう。さすが高級宿の支配人、俺が抱えている不審なものにも、匂いにも、一切反応せずに案内してくれた。

部屋に着いて人の気配が去ると、うさぎをマントから出してベッドの上にそっと下ろした。周囲を見回して、感謝するように頭を下げてくる。

「くっ……、やはりこの香りは……」

マントにこもっていた濃い匂いが解放され、部屋に充満する。本能を直撃する刺激に、思わずベッドサイドに跪《ひざまず》いて悶《もだ》えてしまった。

うさぎは不思議そうにそれを眺めると、自分の体のそこここに鼻を突っ込んでは匂いを嗅《か》いで、毛づくろいをしていく。可愛い。可愛くて愛しくて、すぐにでも抱き締めて撫《な》で回したい衝動に駆られる。ついでに、下半身の欲求が堪えようもないくらいに高まって、この香りが充満する部屋から逃げることにした。

(敵前逃亡……、ではない。これは戦略的撤退だ)

「すまん、風呂に入ってくる」

そう言い残して、早足で部屋の奥のバスルームに向かった。


風呂場で一人、精を吐き出して、反省する。うん、俺は変態だ。ごめんなさい。

いくら奇妙に惹き寄せられる大変好みの香りがするからって、初対面の、しかも獣型しか見たことのない相手に欲情するなんて、どうかしている。

考えてみれば性別すら確かめていない。フェロモンらしき匂いからするときっとメスだが……、あまりに蠱惑《こわくてき》的な香りに阻《はば》まれて、判別が難しい。

俺は今までそれなりに女性経験を積んできた。十代の頃は誘ってくる年上の女性たちと後腐れなく適度に楽しみ、二十代になってからは高級娼館のプロたちを相手にしてきた。女性というのは、香水や化粧品などがきつくさえなければ、基本的に柔らかくていい匂いがするものだと思っている。

それらは好ましいものだが、最高級の女を抱いても溺《おぼ》れることはなかった。

しかしどうだ。俺の両の手のひらに載せられる程度の小さなうさぎの匂いに、今、溺《おぼ》れそうになっている。それにあの毛皮の柔らかさといったら……！

（違う違う。女性の柔らかさというのは、そういうことじゃない。こう、たわわな二つの実りがだな……）

ああ、でも、あの柔らかな毛を撫《な》でて、できれば腹なんかももふもふして、匂いを嗅《か》いだら最高じゃないだろうか。このまま逃げないよう檻《おり》に入れて飼ってしまいたい。毎日おいしい食べ物を与えて、快適な環境を整えて、夜は押し潰さないよう気をつけるから抱いて寝たい。

（はっ！　こうしているうちに、いなくなっているなんてことは……？）

訳ありだったから、俺を利用したということはないだろうか。街の門には衛兵がいるから、目立つ容姿だと記憶される。それを避けるために運ばれることを選んだとか。いや、それにしては、あの草原は人を待つのに不適切な場所だったし、下手をすれば誘拐などされるかもしれない。

だが、ないとは言い切れない。

その可能性に思い至った俺は、身体を流すのもそこそこに、慌てて風呂場を飛び出した。

◇◇◇

私を拾ったケモ耳ケモ尻尾の男性は、ベックラーさんと言うらしい。

川辺で目が覚めた瞬間に巨大な人型が覆いかぶさるように自分を見つめていたから、びっくりして心臓が止まるかと思った。しかも少し息が荒くて、食べられてしまうんじゃないかと怖くなった。

でも、ベックラーさんは私がうさぎ獣人だとわかっていたらしく、丁寧に話しかけてくれて、しかも親切にも街まで連れていってくれることになった。それが私にとって安全なのかはわからないけれど、少なくとも草原で夜を越すよりずっとましだろうと思って身を委《ゆだ》ねた。

そしてなにより、ベックラーさんは飛び切り格好よくて、私の好みど真ん中だった。

ケモ耳が生えてたけど！　ケモ尻尾も生えてたけど！　むしろいい！　ガタイのいいワイルド系男性に、灰色のケモ耳ケモ尻尾。いい……！　声も腰に来る低音とか、なんだこれ。最高すぎる。

おそらくイヌ科の、肉食獣の獣人なのだろう。威圧感があって少し怖いけれど、大きな手はあったかくて気持ちがいいし、なんだかいい匂いがして、街に着くまでつい眠ってしまった。

私を宿のベッドに降ろすと、ベックラーさんはすぐにバスルームへ行ってしまった。

(別に汗臭くもなく、いい匂いなんだけどなぁ。あ、私が臭かったせいじゃないといいんだけど)

そんなことを思いながら、広い背中を見送る。

彼が去ってしまうと、急に心許ない気持ちになった。人間の時より視界がぼやけているし、ベッドはとても広く感じられる。うさぎであることがこんなにも心細いなんて知らなかった。

それに今、私は見知らぬ土地にいる。その実感が急に湧いてきて、草原にいた時やベックラーさんに触れていた時には隠れていた孤独と不安が押し寄せてきた。

ベックラーさんがお風呂から戻ってくると、私は思わず彼に駆け寄った。ベックラーさんの側はなぜか落ち着いたから。

しかし、ベッドの上は歩きにくく、うっかり縁から落ちそうになってしまう。

「おい！　危ないだろう」

ベックラーさんが私を抱き上げて、膝に乗せてくれた。薄いズボンを穿《は》いただけで、髪が濡れたままのベックラーさんは、まさに水も滴《したた》るいい男で大変セクシーだった。お風呂上がりの身体の熱さが私の脚やお腹に伝わってくる。そして、くらくらするほど魅惑的な匂いが漂っていた。

私は突き動かされるように、匂いの強いところに近寄る。

ふんふんとベックラーさんの太腿に鼻を寄せて匂いを嗅《か》ぐと、くすぐったいのかベックラーさんが身じろぎした。「可愛い」と呟いたような気がするけれど、気にしていられない。

「……ごほん。ところで、君は、人型になる気はないのか？」

その問いかけに、ふと意識が戻る。微かに頬に朱が差しているベックラーさんは、一応真面目な顔をしていた。

（人型になれないってことを、どう伝えたらいいのやら……）

頭を上げて、首を傾げることくらいしかできない。

「なにか事情があるのか」

ベックラーさんは察してくれたようで、そう問いかけてくれた。ありがたい。

極力神妙な様子を作って頷いた。

ベックラーさんは少しの間考えると、「犯罪ではなさそうだな」と呟いたので、一生懸命何度も首を縦に振った。それで一応は納得してくれたみたいでほっとする。まあ、我ながらだいぶ怪しいとは思うんだけど。

「ところで君は、その……、女性、だよな？」

そう問われて、私は後ろ脚で立った状態で固まってしまった。うさぎの性別は見た目ではそんなにはっきりとわからないけれど、私は首のところの肉垂《マフマフ》がそこそこあるから、メスだと判別はつきそうだ。それともそういう動物の知識って他種族だとよく知らないのだろうか。

（あれ？　そもそも私は宿の部屋に連れ込まれていると言えるわけで……？　そこで女性かどうかを確認？　これどう捉えたらいいんだろう？）

忙《せわ》しなく耳を動かしながら考えていたら、「すまん」と言ったベックラーさんにひょいっと持ち上げられて、後ろ脚の間を覗き込まれてしまった。

（いやぁぁぁ！）

「痛っ！」

思わず蹴った。顔にクリーンヒットしたと思う。うさぎの後ろ脚は強いのだ。手が緩んだところで暴れて、華麗にベッドに着地。いきなり股を覗き込んだベックラーさんから距離を置いた。ちょっとした危険人物と認定しましたよ。

「す、すまなかった。どうしても気になってしまったんだ。許してくれ」

真摯《しんし》に謝られると、それもそうかという気になってくる。なんでかベックラーさんは信用していい気がするのだ。

それに、実はさっきからそれどころではない。お風呂で温まったせいかベックラーさんの全身から惹きつけられるいい匂いが立《た》ち上《のぼ》っている。さらに、その奥から蠱惑的《こわくてき》で誘うような香りもしていて、何度も意識を奪われそうになっている。

考えごとは置いておいて、この匂いをもっと嗅《か》ぎたい。酔ったように理性が眠りについて、本能に突き動かされるように匂いの源を探った。再びベックラーさんに近づき、太腿に乗り上げる。

匂いの源は、……股間だった。

(なぜ股間からこんないい匂いが！　ああでも嗅《か》いでしまう！)

匂いを嗅《か》いでいると、頭がぼうっとして、心地よい酩酊感《めいていかん》に襲われる。

「お、おい、酔っているのか？」

(そうかもしれません)

そう思いながら、匂いの強いところに顔を擦りつける。

「そっ、そんなところでそんなことをしたら……」

焦ったようなベックラーさんの声を遠くに聞きながら、私はそれをやめられない。

(私はこの匂いをもっと嗅《か》ぎたい！　それになんだかおいしそうな気がする！)

ベックラーさんが私を匂いの元から引き離そうとするから、その手を思い切り噛んでしまった。

「痛い！」という声とともに手が離れた隙に、邪魔な布をどかすべく前脚を一生懸命動かす。

「ちょっと待て、なにをしている！」

はじめはただ揉《も》んでいるような動きになってしまったけれど、途中で爪が引っかかって布が取れた。それと同時に、匂いが広がり強くなる。

やっぱりここだった、と思いながら鼻先を近づけると、肌色より濃い色のなにかがぴくりと動いた。

「なにをしているんだ！　ああ、もう、ひげがくすぐったい！」

ベックラーさんは文句を言いながら、私からソレを隠そうとする。今度はその手の甲に爪を立てて引《ひ》っ掻《か》いた。

「痛っ！」

手がどいたところで、今度は思い切ってソレを舐めてみた。

「うあっ！」

ああ、やっぱりおいしい。瑞々《みずみず》しくて爽やかな果物みたいな感じ。ソレはだんだん硬く大きくなって、一番匂いの強い部分が遠ざかった。仕方なく、ベックラーさんの筋肉質なお腹に前脚を置いて伸び上がり、先端に舌を這《は》わす。さっきより濃い味が広がって、私はうっとりとそれに酔いしれた。

「ちょっ、くっ……！」

小刻みにチロチロと舌を動かすと、ベックラーさんが艶《なま》めかしい声を上げたけれど、気にしていられない。ただただ夢中になって、いい匂いでおいしいソレに舌を這《は》わせた。

「なんでこんなに気持ちいいんだ……、おかしいだろう？　いや、俺はやはり変態になってしまったのか……？」

ベックラーさんがぶつぶつなにかを呟いているけれど、よくわからない。私はただその匂いが気になっているだけだ。

「ああっ、もう、知らないからな！」

やけくそ気味な声でそう言うと、ベックラーさんは自分の手を添えてソレを扱《しご》きはじめた。そうするとさらに透明な液体が溢れだして、私は一生懸命舌を動かす。おいしい。

「はぁっ、はっ、はぁっ」

ベックラーさんの荒い息遣いが頭の上から落ちてくる。時折頭を撫《な》でられるのはうっとりするほど気持ちよかった。

「あっ……、う、イクっ」

ベックラーさんが呻《うめ》きながら私をソレから引き離そうとするのに抵抗したら、先端から数度に分けて白濁《はくだく》が飛び出して、私の身体にパタパタと落ちてきた。なんだかそこからもっと濃い匂いがしてくる。堪らなくなって顔にかかったものを前脚で拭い取り、ぺろりと舐めた。ベックラーさんが止めようとしたけれど、間に合わなかった。

次の瞬間。

私はベックラーさんの脚の間の床に膝をつき、素っ裸の人型になっていた。

ベックラーさんは呆《ほう》けたようにこちらを見つめて言った。

「女神か」

「いえ、違います」

咄嗟《とっさ》にそう答えたけれど、エスさんはこの状況をどうしろと言うのだろうか。

「ええと、ベックラーさん、ですよね」

人型になってびっくりした反動で、少し酔いから覚めて冷静さを取り戻したけれど、まだ頭が混乱している。ただ、いい匂いにつられて、とんでもないことをしでかしたことだけは理解した。

(だって、ほんとにびっくりするほどおいしそうでいい匂いだったんだもの……)

こんなタイミングで人型になるなんて、エスさんの悪意を感じる。うさぎの姿でアレをぺろぺろ舐めたとか、そんでもって今、裸でアレとご対面してるとか、とんだ変態じゃないか。なぜかベックラーさん、また勃《た》ってるし。

ともかくも、私は酔ってたんだ。あの匂いに酔ってた。というか、正直今も酔っている。さっきよりも断然濃い匂いが部屋に充満しているからだ。

混乱したまま、とりあえずなにか話さなければと思う。

「あの……、はじめまして?」

「あっ、え? はじめまして」

間抜けな挨拶をしてしまった。

「とりあえずですね……、すみませんでした!」

ひとまず頭を下げるのが日本人。もともと膝をついていたから、ほぼ土下座である。

「ちょ、君、なんで謝って……。謝るのは俺のほうで」

「いえ、私が……」

「いや俺が悪かった。……これ以上はやめよう。まず、君は誰で、どうしてこんなことを?」

そう言いながら、私にシーツを掛けてくれて、ベックラーさん自身はズボンを穿《は》いた。勃《た》ったままだけど。

(ていうか、ズボン薄いなー。パンツ穿《は》いてないよなー。気になるー)

思わずそちらに目を向けると、ベックラーさんは居心地悪そうに身じろぎした。

「……えっと、私はルミです。タカギ・ルミ。ルミ・タカギかな」

「俺はベックラー・ケルンハルト。軍人だ」

軍人。なるほど、引き締まった身体はそのためか。

「君はどうしてあんなところに？」

(なんて答えよう……)

魂の入れ間違いが原因で異世界から来ました、なんて言っていいものか。怪しさ満点である。答えに窮《きゅう》していると、ベックラーさんは一つ頷いて言った。

「……なにか事情があるんだな。答えられないならそれでいい」

「いいんですか？」

驚いて問い返すと、困ったように眉を下げた。灰色のケモ耳とケモ尻尾も一緒にへにょりと下がる。

「軍人としては、本当はそれではいけない。怪しい人物を捕らえるのも職務のうちだ。しかし、今は職務中ではないし、それに軍人としての勘が、君は犯罪者ではないと言っている」

根本的には納得していない様子に申し訳なくなるが、一安心だ。

ほっとして気が抜けたら、さっきから治まらないままのアレが気になってしょうがなくなってきた。私はなんだかおかしい。アレは私を酔わせる匂いの元だし、今はアレから出たものが身体中に付いているから、匂いが強すぎてくらくらしてきた。

（あ、このままだと倒れてしまう）

◆◆◆

（俺はどうかしている）

怪しいうさぎを拾ったことも、こうして宿まで連れてきたことも、そのあとのこの……、倒錯的《とうさくてき》な行為も、冷静になってみれば、普段なら絶対しないことばかりだ。

あんなところで怪しいうさぎを見つけたら、スパイや暗殺者の可能性ありとして即座に捕縛しても構わないくらいだし、普通のうさぎ獣人だったとしても、街に着いたらすぐに迷子として警邏《けいら》に引き渡していただろう。

さらに事情を強く聞かずに引き下がるとは、変態以前に軍人失格と言える。なのに、それでルミの心を守れるのならいいかという気さえしているのだ。

（本当に、どうしてしまったんだ、俺は……）

それにしても、先ほどからまったく熱が治まらない。俺は今、欲望を吐き出した直後のもっとも賢者に近き落ち着いた精神状態のはずなのに。ただ彼女の、高すぎない落ち着いた声音《こわね》で名前を呼ばれただけで、再び勃《た》った。

目の前に女神のように美しいルミがいる。白い肌と対照的な艶めく黒髪が肩にかかり、黒いうさぎの耳が揺れている。瞳も黒く輝くようだ。そして先ほどまでうさぎの小さな舌が覗いていた可愛らしい口元は、今は赤い唇となって、妖艶に濡れて光っていた。

細身ながら見事な曲線を描く裸体をシーツで包み、ベッドに腰掛けた俺の脚の間で、床に膝をついて俺を見上げるルミを見下ろしていると、押し倒したいという衝動があとからあとから湧いてくる。

(なんなんだ、さっきよりも強くなった芳《かぐわ》しい香り、その美しい顔立ち、警戒していない様子、赤みを帯《お》びた頬、揺れる頭……、ん？　揺れている？)

「危ないっ！」

ルミが横に倒れそうになったのを咄嗟《とっさ》に支える。ぐらつく頭に手を添えると、ルミは潤《うる》んだ瞳で見上げてきた。

「なんか……、私、熱くて……」

そう言ってシーツを脱ごうとする。

「待て待て待て」

慌ててシーツを掴むと、ルミが頭から俺の股間に倒れ込んできた。これはまずい。

「んー」

「おい、ちょっ、やめろ！」

ルミは俺のオレに鼻を擦りつけると、ズボンの上から唇を寄せ、甘噛みする。

「ぐはっ」

その刺激と目に映る情景だけで危うく吐精しそうになった。

黒うさぎの姿もぐっと来たが、あれは背徳感がありすぎた。片方が獣型というプレイをする者もいるというが、俺はそういうアブノーマルな趣味は断じて受け入れられない派だったのだ。

駄目だ駄目だと言いながら、無理矢理にうさぎを引き離しはせず受け入れてしまった時点で、俺も完全に変態なわけだが。

とにもかくにも、それに比べてこれは純粋に破壊力が高すぎる。ルミの肩を掴んで股間から引き剥がした。

「だから、君はなんでそんなことを！」

「なんででしょうー？」

無表情のまま不思議そうに首を傾げる。くっ、人型でも可愛い。

「俺に聞くな！」

(うさぎ獣人は性欲が強いと有名だが、こんな状態になるなんて聞いたことがないぞ！)

ルミはもぞもぞとシーツから腕を出すと、俺の腰にしがみついてきた。

「なんかここからいい匂いがするんですー。おいしそうで食べちゃいたい」

「食べ……っ」

草食動物相手に、一瞬股間がひゅんっとした。でも全然萎《な》えない。困った。

「んー」

「やめなさい！」

またも股間に顔を寄せつつ、ズボンを脱がそうとするルミを引き剥がし、ベッドの上に寝かしつけた。いや、そのつもりだったが、結果として押し倒してしまった。はだけたシーツから豊かな胸がこぼれ、黒髪が枕に広がる。お互い少し息が荒くて、ほとんど服を着ていない。この状況はまずい。

しかし、俺は気づいてしまった。シーツの隙間から立《た》ち上《のぼ》る、発情したフェロモンの強い匂い。

(彼女が、俺に、発情している……？)

それは抗いがたいほど魅力的な考えだった。思わずごくりと喉を鳴らす。

(どうする、俺……！)

そうだ、了承、彼女の了承が必要だ。合意ならあり！　成人同士だもの！　ルミは成人するかしないかくらいの年齢に見えるが、これだけのフェロモンが漂うのであれば、成人だと断言できる。

「ルミ……、その、熱を治めたいか？」

ずるい聞き方だと思う。ルミは小さく頷いた。

「どうにかしてくださいー」

もう、我慢の限界だった。

薄く開いた赤い唇に口づけて、舌を割り入れる。甘い蜜のような味がした。

「んっ……はぁ……」

時折漏《も》れる甘えたような声が耳に届き、ますます熱心に、深く彼女の口内を探る。

「んん、おいしいー」

ルミも俺の舌に舌を絡め、唾液を舐め取っている。擦れ合うところからぞくぞくとした気持ちよさが広がっていく。

彼女の身体中を確かめるようにまさぐると、さらに鼻にかかったような声を出して、脚を絡めてきた。シーツが完全に剥がれ落ち、脚の間から濃厚な匂いが立ち込める。すぐにでもそこにむしゃぶりつきたいのを我慢して、そっと耳を撫《な》でた。

「ひゃん!?」

落ち着かなげに動く耳を手のひらで撫《な》でつけ、優しく指で揉《も》む。驚いたように口を開けてぷるぷると震えながらこちらを見つめてくるが、なぜだろう。耳は、人によっては一番の性感帯だ。もしかして、触れられたことがなかったのか。

いやまさか。恋人がいればその程度の戯《たわむ》れは口づけと同程度にはする。こんなに魅力的な女性が未経験だなんて、ありえないだろう。フェロモンも素晴らしいが、顔立ちも体つきも……、きっと多くの男がルミを求めてきたはずだ。そう考えると、腹の中にどす黒い感情が溜まるようで、俺は頭を振ってその考えを追いやった。

ルミがあまりに震えるものだから、耳から手を離して頬に口づける。そのまま首にもキスをして、そっと胸を揉《も》んでみた。思いの外弾力のあるそれは、すべすべして手触りがいい。そっとその頂《いただき》にある赤い突起を撫《な》でると、彼女の身体に力が入った。さらに何度か撫《な》でてから、やんわりと摘《つま》む。

「んんんっ」

俺の脚が、ルミの両脚できつく挟み込まれた。敏感な反応に気を良くして、立ち上がったそれをくりくりと弄《いじ》りながら、もう片方に唇を寄せた。舐め上げて、舌先で転がし、吸いつく。その度にルミは身体を震わせ、小さな嬌声を上げる。

「あっ、あっ、やっ、なにこれっ。んっ、なんか、お腹にっ響く……！」

「さっきから、煽《あお》りすぎ、だ」

俺はもうかなり余裕がなくなっている。名残惜しく思いながら彼女の胸から離れ、少し性急かと思いながらも脚を広げさせた。

「ちょっ、やだっ、見ないで」

「さっき、獣型の時に一度見たから今更だ」

「じゅうけい……？　あっ！」

思い出したのか、ルミはすでに上気していた頬をさらに赤らめて脚をばたつかせたが、その程度は俺にとっては抵抗にならない。

「ほら、熱を治めたいんだろう？」

脚を押さえてそう言うと、攻撃が弱まって、ふいっと顔を背けられた。これは続行していいということだろう。そのはずだ。

今までになく胸を高鳴らせながら、太腿を撫《な》で、その先にある秘所に指を伸ばす。そこからはすでに蜜が溢れて後ろまで垂れていて、甘い匂いを強く発している。そっと開くと、充血した赤い色が誘うように覗いた。自分の喉が鳴るのが、他人事のように聞こえた。

（これは……、なんて蠱惑的《こわくてき》なんだ。くそっ！）

乱暴にしないよう気をつけつつも、熱い蜜壺にすぐさま舌を差し入れてしまう。貪《むさぼ》るように舐め啜《すす》ると、蜂蜜のように濃厚な甘みを感じた。彼女が悲鳴のような嬌声を上げて仰《の》け反《ぞ》る。それに構わずさらに舐め、次いで秘玉にも舌を伸ばした。

「やあぁぁぁぁ！」

先ほどから彼女はびくびくと身体を跳ねさせっぱなしだ。どんな顔をしているか見たくなり、彼女の腰を少しだけ持ち上げて見下ろすと、身体まで淡く赤く染め、肩で息をしていた。そして、先ほどまでの無表情ではなく、わずかに眉間にしわを寄せて余裕のなさそうな表情をしている。それは大変扇情的だったが、少し心配になって問いかけた。

「大丈夫か？　気持ちよくなかったり……、するか？」

「ちょ、ちょっと、待って……」

荒い息を吐きながら、ルミは俺を見上げる。眦《まなじり》に溜まった涙がこぼれ落ちて、嗜虐心《しぎゃくしん》をくすぐられたが、一応待つ。

俺は待てができる狼だ。

しかし、手は無意識に彼女の胸を揉《も》んでいた。

「んんっ、ま、待ってって言ったのにぃ……」

「す、すまん」

「あの、ですね。気持ち、いいんだと、思いますけど、刺激が強すぎて、苦しい……、です」

「ん？　慣れていないのか？　もしかして、はじめて……？」

ルミは目に涙を溜めて、小さく何度も頷いた。

……腰にきた。

実は先ほどから少しだけそんな気がしていたのだが、本人が認めるのを見たらぐっときた。俺は特に初物にこだわる性向ではなかったはずなのに。

とはいえ基本的に狼は新雪を見ると大はしゃぎで踏み荒らすものだ。傷つけないよう気をつけなければならない。

急《せ》く気持ちを抑えて、頷く。

「わ、わかった。できるだけ、ゆっくりする」

ルミもまた頷いた。少しほっとしたように見える。本当になんでこんな美人がはじめてなんだ。

そして俺がはじめてでいいのか。まるでわからない。

疑問は横に置いて、この幸運に感謝すると、さっきよりさらにがちがちに勃《た》ち上がったオレを必死になだめながら、改めて彼女の秘所に向き合った。先ほどより優しく、入り口からその周辺までを舐め、指で皮の上から秘玉を撫《な》でる。小さな豆が赤く立ち上がると、今度は皮を剥いて舌先でつつくようにそっと刺激した。

「あっ、あぅ、んっ、あっ」

「気持ちいいか？」

ひっきりなしに可愛らしい嬌声が上がっているし、舐めても舐めても蜜が滴《したた》り落ちてくるから、聞くまでもないとは思うが、念のため確認だ。わざと言わせたいわけじゃない。断じてない。

「き、気持ちいいですー」

ルミは顔を両手で覆って、小さな声で答えた。なんという破壊力だ。鼻血が出るかと思った。さっきから彼女の表情や仕草、言葉の一つ一つに、どうしようもないほど煽《あお》られている。

「痛かったら、言ってくれ」

ようやくそれだけ言うと、赤い宝石を大切に舐め上げながら、そっと蜜壺に指を差し入れた。

（熱くて、狭い……）

どろどろに溶けた肉壁に指がきつく包まれ、期待と興奮が高まって、思わず溜息を漏《も》らしてしまった。ここにオレを挿れたら、きっと包まれる喜びと搾《しぼ》り取られるような快感を得られるだろう。

焦らないよう自分を戒めながら、慎重に指を進め、解《ほぐ》すようにゆっくり動かす。はじめは身を固くしていたルミも、徐々に緊張を解いている。赤い尖《とが》りを舐め、胸を触り、時折キスもして、やがて二本目が入るようになった。

「あっ、ああっ……、んっ、気持ちいいっ」

少しずつ中の感覚がわかってきたのか、擦る場所によってはよさそうな反応をしはじめ、しかも素直に気持ちいいと口にする。その度に俺は歯を食いしばって、すぐにでも自分のものを突き入れたいという衝動を堪えた。

しかも、彼女は俺の髪に手を差し入れ、時折耳を撫《な》でるのだ。

（そんなことをされたら我慢が効かなくなるだろうが！　でもまだだ、もう少し……）

もう十分に潤《うるお》ってはいるが、せめて指三本は入らないとあとがつらいだろう。興奮のせいか、まださほど動いていないというのに汗をかきながら、俺は耐えた。溢れ出る蜜を舐め取り、指を動かし、彼女のいいところを探る。

しばらくして、そろそろいいかと思った頃。

「はぁっ、あっ、すごく……っ、なんかっ、あ、あああ……っ！」

俺の指がさらに強く締めつけられ、彼女の腰が跳ねた。何度かぎゅうぎゅうと締めつけた後、彼女の身体が弛緩する。目を瞑《つむ》って荒い息を吐く彼女から指を抜くと、蜜がこぼれた。

「はっ、はぁっ……。い、今の……？」

「イッたみたいだな」

「今のが……、はぁ、気持ちよかった……」

無表情が緩んで、どこか恍惚とした表情でそんなことを呟く彼女を見て、改めて限界を感じた。

「悪い、もう本当に我慢できない」

◇◇◇

「悪い、もう本当に我慢できない」

はじめての絶頂とやらを経験して、少しだけ身体の熱が解放され、思考が多少戻ってきたところに、そんなことを言われた。

「えっ」

（今イッたばかりだし、いきなり最後まで……、そりゃするか。私ばっかり気持ちよくしてもらったもんね）

わりと冷静にそう思った。そう、最初はどう考えても私が悪い。匂いに酔っていたとはいえ、明らかに処女とは思えないような言動をしてしまった。どう見ても私が誘った。合意もした。気持ちよかった。

ベックラーさんは手練《てだ》れなのだろうか。本当にとてつもなく気持ちよかった。指と舌に翻弄されて、わけがわからないうちにイッてしまった。恥ずかしさなんて、とっくにほとんど吹っ飛んでいる。

（もしかしてと思っていたけど、やっぱりベックラーさんが私のつがいなのかな？）

この快感も、「相性最高」の一環だと思えば納得できる。たまたま草むらを通りがかった、見た目も匂いも好みの男性の精液を舐めたら人型になれたとか、都合が良すぎてエスさんの作為を感じる。

うん。それなら、これから最後までしてもなにも問題は……、ないと思う。ないない。

ただ、さすがにちょっと怖いけれど。

「あの……、優しくしてくださいね？」

私の脚を持って広げ、今まさに挿入しようと臨戦態勢のアレを私のアソコに当てているベックラーさんを見上げて、念のためそう告げた。ベタだけどそうとしか言いようがない。ベックラーさんは「ぐっ」と呻《うめ》いていたけれど、通じたようで頷いてくれた。よかった。

ベックラーさんのアレは、想像していたよりもだいぶ大きかったけれど、うさぎの時に舐めまくったせいか、わりとすんなりその造形を受け入れられた。ついついソレを眺めていると、穴を押し広げるようにして、熱いものが入ってくる。

「はぁ……」

先端が入っただけでものすごい圧迫感だが、ベックラーさんは気持ちよさそうな溜息を吐いた。後ろで尻尾がふわりと揺らめく。

「痛く、ないか？」

「大丈夫……、です」

「そうか」

なにかを堪えるように眉間にしわを寄せながら、ベックラーさんは腰を進める。額に玉のような汗が浮かんでいた。

「痛っ……！」

急に圧迫感だけでなく痛みが襲ってきた。わりと結構、本気で痛い。ベックラーさんは一旦動きを止めてくれたが、やめる気はないようだ。

「すまない。少しだけ我慢してくれ。俺に掴まって」

そう言って私の腕を自分の背中に回させると、ゆっくりと動きはじめた。時折少し戻りながらも、確実に奥へ奥へと入ってくる。痛い。さっきまであれだけ気持ちよかったのだから、もっと簡単に処女喪失できると思っていたら、大間違いだった。

　無意識にベックラーさんの頭を引き寄せ、キスをねだる。舌を絡め合わせると、快感が腰に響いて、熱い杭《くい》のようなソレを引き込むように中が動いた。甘い味に頭が痺れて、痛みが少し遠のく。

　それに気づいたのか、ベックラーさんはより深くキスをしながら、先ほどより性急に腰を進めてきた。

「んんーっ！」

「これで……、全部だ」

　唇を離すと、ベックラーさんは額の汗を拭ってそう言った。私は痛みのピークが過ぎたことに安堵して、ぼんやりとベックラーさんを見上げる。

（改めて見ても格好いいなぁ。顔立ちもワイルドで好みだし、くっきりした喉仏も割れてる腹筋も大きな手も、いい……。少し苦しそうな表情も最高にセクシー……）

　さらに、少し上体を起こして、額に貼りつく髪を掻き上げたその仕草はあまりにもツボで、お腹の奥がきゅんとした。

「うっ」

　ベックラーさんが思わずといった風に腰を引くと、私の中が擦られてじわりとなにか痛み以外の感覚が生まれた。

「あんっ！」

「ぐっ……。す、少し、動いていいか？」

頷くと、緩やかな抽送《ちゅうそう》がはじまった。キスをして、ときどき胸も弄《いじ》られて、引《ひ》き攣《つ》れるような痛みもあるけれど、だんだんとお腹の奥が熱くなってくる。

「あっ、なんかっ、気持ちいいっ」

思わずそう言うと、ベックラーさんはさらに眉間にしわを寄せた。それでも私に合わせて、ゆっくり動いてくれているのが、初心者でもわかる。

「ルミ、可愛いな……」

「ああっ……、んあっ……」

腰に来る掠《かす》れた声で囁《ささや》かれ、さらにさっき指で擦られた気持ちいいところを重点的に突かれ、徐々に気持ちよさが痛みを上回るようになってきた。少しずつ二度目の絶頂が近づいているのを感じる。

「あの、もうっ、大丈夫っ、ですから」

もっと動いてほしい、という気持ちを込めてそう言うと、急に動きが激しくなった。

「あっ、あっ、ああっ！」

「さすがに、もう、手加減できない……っ」

ベックラーさんは獣《けもの》のように荒く息をしながら、肉食獣の目で私を見つめてくる。捕食者に魅入られた草食動物の気持ちと、荒い快感と、少しの痛みに翻弄されて、私はベックラーさんの肩にすがりつくことしかできない。揺らされる度に自分のものではないような、悲鳴に似た高い声が出てしまう。

「あっ、ああっ、もうっ」

イキそうだとうまく言えなくて、代わりに口の端からよだれがこぼれてしまう。ベックラーさんはそれを舐め上げて、獰猛に笑った。

「俺もだ」

強く抱き締められ、激しく抽送《ちゅうそう》される。そしていきなり、耳を甘噛みしながら熱い吐息を吹き込まれた。耳から腰までぞくぞくとした感覚が走り抜け、中がきつく収縮する。ベックラーさんのものがより強く擦れて、声にならない悲鳴を上げた。一気に絶頂に押し上げられ、先ほどよりも高いところまで飛ばされる。

「っ！」

ベックラーさんも小さく呻《うめ》いて、達したようだ。

私は気持ちよさの余韻と、酸欠気味のぼんやりした頭で、ああ、やっぱりベックラーさんいい匂い、と思いながら目を閉じた。

第二章　狼さんはにぶいです

——目が覚めると再びうさぎになっていました。大変遺憾《いかん》です。

横にある温かいものはベックラーさんのお腹だろう。いつの間に一緒に寝ていたのだろうか。とりあえず毛布の中は暗いので、もぞもぞと外に出ようとする。しかし、頭のほうはベックラーさんの太い腕に阻《はば》まれて抜け出せない。脚も邪魔だ。なんだかぬくぬくの檻《おり》の中にいるみたい。

しばらく四苦八苦して囲いを抜け出し、ようやく布団から顔を出すことができた。体を長く伸ばして欠伸《あくび》をする。外はもう暗くなっていた。

（うーん、困った……）

ベックラーさんの寝顔を眺めながら考える。不思議だけれど、前の世界では人間不信気味だったのに、ベックラーさんのことは最初からかなり信頼していたし、今となっては完全に安全だと思ってしまっている。これがつがい効果ならすごいと思う。それにはじめてなのに気持ちいいとか、「相性最高」も伊達ではないのだろう。

でも、こうしてすぐにうさぎになってしまうのはとても困る。せっかく出会えたつがいとの意思疎通もままならない。異世界なのに言葉が通じているだけでもありがたいのだけれど、できれば普通に人型でしゃべれるようにしてほしかった。さっきは二人して熱に浮かされたみたいにそういう感じになってしまったけれど、今なら落ち着いて話ができる気がするのに。

つがいのはずの男性の寝顔を感慨深く眺める。

（あー、ベックラーさん、まつげ長いなぁ）

思わずぺろりと目元を舐めると、ベックラーさんはくすぐったそうに身じろぎした。完全に目が覚めたわけではなさそうだが、大きな手が伸びてきて、わしゃわしゃと撫《な》でられる。乱暴だけれど怖くはない。やがて手の動きが止まって、指で耳を弄《いじ》りはじめた。

（ああっ、そこは、そこはだめです！）

さっき知った事実。獣人の耳は性感帯でした。

気持ちよくてふにゃふにゃになってしまわないうちにベックラーさんの手から抜け出すと、私を追いかけたベックラーさんの手が空を切ってベッドに落ちた。

「ルミ？　俺は寝てしまったのか……？　いや、それよりルミ、なんで……？」

ベックラーさんの困惑し悲しそうな表情から、なぜ獣型なのかを問われているとわかった。でも、こうなってしまったのは不可抗力で、私にも原因はわからないし、ついでに声も出せない。深刻そうな様子に申し訳なくなる。

せめてもとベックラーさんの顔に近づき、自分の頭を寄せると、表情が少し和《やわ》らいだ。

「ルミ、もう一度、人型になってくれないか？」

ベックラーさんが寝そべったまま視線を合わせて言う。私だってそうしたいけれど、できないのだ。精一杯困った雰囲気が出るよう、耳を伏せて首を傾げる。

「もしかして……、人型になれないのか？」

（そう！　そうです！）

私は勢いよく頷く。

「なんということだ……。なにかの病か？　呪いでもかけられたのか？」

この世界には呪いなんてあるんだ。でもたぶん違う。私が元人間だからだろう。首を横に振る。

「わからんな。……そうだ、文字は読めるか？」

それはまだ知らないから肯定も否定もできない。私の微妙な反応をどう捉えたのか、ベックラーさんは起き出して荷物の中から紙とペンを取り出した。さらさらと文字を書いて、私に見せる。

《おはよう》

（おお、読める！　はじめて見た文字なのに！）

私は何度か頷いて、読めることを伝える。

「読めるみたいだな。じゃあ、こうして……」

ベックラーさんは文字を大きめに、少しずつ離して書いて、ベッドに置いた。

（ああ、この世界、それとも国？　の文字が表音文字でよかった）

漢字のような表意文字だったら、数が多すぎて難しかったかもしれない。これで、少し時間はかかるけど、意志を伝えることができるだろう。

ひとまず、前脚で《お》《は》《よ》《う》と指してみた。

「ああ、おはよう」

ベックラーさんは嬉しそうに尻尾を振って、頭を撫《な》でてくれる。とても心地いい。そして尻尾が大変可愛い。そのうちもふらせてもらえないだろうか。

「頼む。事情を聞かせてくれ。秘密は守ると約束する。俺は……、その、君のことが……」

ベックラーさんが口ごもりながらもなにかを言おうとしたその時。

「よーお、ベックー！　迎えにきたぞー」

いきなりドアが開いたかと思うと、細身で長身の男性が顔を覗かせた。オレンジ色に近い明るい茶色の髪に、焦げ茶の筋がいくつか入っている。

「ちょ、ノックくらいしろ！」

「別にいいだろ。って、なんだこの部屋。フェロモンすげぇな。おまえ、高級娼婦でも連れ込んだのか？　どんな手使ったんだ」

男性はずかずか部屋に入ってくると、窓を開けながら言う。ベックラーさんはなぜか慌てて私を上着で包んだ。視界が塞がれるのは嫌だったので、もがいてなんとか頭だけ出す。

「馬鹿、そんなわけないだろう」

「このレベルのフェロモンは素人じゃないだろ。ん？　おまえなに抱えてんだ？」

その人は不思議そうに、ベックラーさんに抱えられている私を覗き込んできた。猫科っぽい耳がぴこぴこと落ち着かない様子で動いている。

（あ、この人も肉食っぽい……。ちょっと怖い）

「うさぎぃ？　なんでうさぎがこんなとこにいるんだよ。飼うのか？　食うのか？」

（ぴっ……！）

思わず身を固めると、ベックラーさんがなだめるように背中を撫《な》でてくれた。ふわぁ、落ち着く。

「彼女はルミ」

「獣人なのか？　なんで獣型なんだよ」

（やっぱり人前で獣型はおかしなことなのか。困ったなぁ）

「今は人型になれないらしい。ちょうど事情を聞こうとしたところにおまえが来たんだ」

邪魔だと言いたげな刺々《とげとげ》しい声でベックラーさんが答える。私もさっきベックラーさんがなにを言いかけたのかはとても気になるので、まあ、邪魔といえば邪魔だった。

「ああ？　今は、ってことは、元は人型だったんだろ。このベッドの惨状、明らかに事後じゃねぇか。しかも血の匂いまでするんだけど」

おおぅ、そんなことまでわかっちゃうんだ。さすがに恥ずかしいね。

猫科の人は、明るい茶色に焦げ茶の模様が入った細長い尻尾を苛立たしげに揺らしながら、じとりとした目で隣のベッドとベックラーさんを見る。ベックラーさんは気まずそうに咳払いをした。

「一旦は、事情を聞かないことにしたんだ」

「聞く余裕がなかったの間違いじゃねぇのか。盛りやがって」

「違う！　俺が見つけた時、彼女は獣型で」

「拉致《らち》って連れ込んだのか。最低だな」

いや、一応合意ですよー。伝わらないだろうけど、ふんふんと頭を横に振ってみる。

「ほらな。ちゃんと、意思は確認した」

ベックラーさんは少し気まずそうに言い、猫科の人は納得いかないというように鼻を鳴らすと、続きを促した。

「それで？」

「なにがきっかけかはわからないが、急に人型になって……、寝て起きたら獣型になっていた」

「おまえ、都合の悪いところを全部飛ばしただろ」

「……」

「黙秘か。締め上げるぞこら。詳しく話せ」

ベックラーさんは私を抱えているため逃げられず、本当に首を絞められそうになって、仕方なく私を見つけてからのことを洗いざらい話した。

ベックラーさん目線で語られるうさぎの私は、とても可愛らしくて面映《おもはゆ》い。人型はどうやら美人に見えていたようでほっとする。そしてなにより、ベックラーさんにとっても私はとてもいい匂いのようだ。よかった。獣《けもの》臭かったのかとちょっと気にしてたんだよ。

でも、具体的な描写とか、「気持ちよさそうに微笑んで眠りにつく様に胸が熱くなった」とか、そんなことまで話さなくてもいいんじゃないかな。

上着に包まれて動きづらいながらに、時折暴れたりベックラーさんを蹴ったりして意思表示をしながら、一通りの話が終わると、忍耐強く耳を傾けていた猫科の人、もといチーター獣人のハロンさんは、呆れた目でベックラーさんを見やった。

「言いたいことはいろいろある」

「はい」

神妙に答えたベックラーさんの耳はしょんぼりと伏せられている。

「だけど、とりあえず気づいてねぇみたいだから、教えてやる。その子、おまえのつがいじゃね？」

「……は？」

ベックラーさんよ、それはないんじゃないかい？　考えてもみなかった、みたいな顔にちょっと傷ついたよ。初対面の処女と「我慢できない」とか言って最後までいたしておいて。しかも、ハロンさんに「死ぬほど気持ちよかった」とまで言ってるのに。まあ、一般的なつがいの場合、そちら方面の相性がいいのかは知らないけれど。

なんだか悔しいから、緩んだ上着から前脚を出して、てしてしとベックラーさんのお腹を叩いた。

「ほら、その子は気づいてるみたいじゃねぇか」

「……つがい」

ベックラーさんは私を上着ごと自分の目の高さまで持ち上げて、まじまじと見つめた。

そうですよ、たぶんきっとつがいですよ、私。獣人の判断基準はよくわからないけど、展開的に間違いなさそうですよ。そんな気持ちを込めて見つめ返す。

「正直、俺もその子のフェロモンはいい匂いだと思う。おい、睨むな」

ベックラーさんは私を包んでいる上着を引っ張って、さらに露出を減らそうとする。苦しい。

「だがな、おまえが言う『それ以外の耐え難いほど魅力的な香り』とやらはわからん。たぶんおまえだけにわかるなにかだろ。匂い以外にも、会ってすぐにそんだけ惹きつけられる相手なら、まあ、つがいとしか考えられんわな」

「そうなのか……。周りの男どもが反応してたから、てっきりルミが魅力的すぎるんだと……」

「確かに、十分に魅力的な匂いだが、普通、異種の獣型じゃピクリとも反応しねぇよ」

「これがつがいの匂い……」

「聞いてねぇな」

聞いてない上に、私の頭、耳と耳の間に鼻先を埋めて匂いを嗅《か》いでくる。やめてください。私、お風呂入ってないし。

あれ？　でもうさぎって繊細だからあまりお風呂に入れちゃいけないって聞いたことあるな。私、獣型だとお風呂入れない……？　一応、さっきまでのべとべとはベックラーさんが拭いてくれたみたいだけど。ああ、人型に戻りたい！

ずっと私の頭の上ですーはーしているベックラーさんに頭突きして、意識をこちらに向けさせた。

「ルミ……、俺のつがい……」

ベックラーさん、恍惚とした表情でしみじみと言ってくれるのは嬉しいですが、今はとりあえず話し合いが必要です。一生懸命前脚を出して先ほどの紙を指すと、ようやく気づいてくれた。

「なんだそれ？」

「ルミは文字が読めるから、これで意思疎通ができることがさっきわかったんだ」

「なるほどな」

ベックラーさんが近づけてくれた紙に書かれた文字を、不安定な姿勢で一つ一つ指していく。もうほんと上着から出してくれないかな。裸って言っても、毛皮に包まれてるからあまり恥ずかしくはないんだよね。

そんなことを考えながら、とりあえず伝えたかったことを伝えてみた。結構時間がかかった。

《ひとがたなりたいちょくぜんのことためす》

「直前のこと、な。さっきの話だと、フェラしてたんだよな」

「あれは、それとは違……」

「違わねぇだろ。で、出ちまって、気づいたら人型になってた、と」

ちょっと違うかな。でも私からは言いづらいです。仕方なく、ベックラーさんを見上げて太腿をぺしぺしする。

「う……、正確には、頭にかかった俺の、その、精液を、ルミが舐めたら、だな」

「なら、もう一度それをしてみるしかねぇな」

「なっ」

「ぶっかけなきゃならんのかはわからねぇが、まあそういうことだろ」

「下品だぞ、おまえ！」

「ぶっかけたのはおまえだろうが」

「うっ……」

ベックラーさん、一人だと落ち着いた人っぽかったけど、ハロンさんと一緒にいるとこんななんだな。ハロンさんはまだちょっと怖いけど、二人の掛け合いはおもしろい。

まあとりあえず、もう一回私にアレを舐めさせてください。なんかとってもおいしかったし、嫌悪感はないんで。

「どっちにしろ、このままじゃ不便だし、可哀想だろ」

「……わかった。しばらく部屋を出ていてくれ」

「へいへい。急げよー。俺からの報告やら他の仕事やらが待ってるんだからな」

「……」

ベックラーさんはむっつり黙り込んで、ハロンさんを追い出そうとする。

「あ、そうだ。ルミちゃんの服はあんのか？」

ハロンさん、意外と気が利く人だね！　たぶん荷物の中にあるけれど、ちゃんと確認したわけじゃない。私は一生懸命文字を指す。

《にもつ》

「ああ、そうだった。開けていいか？」

頷くと、ベックラーさんは私をベッドに置いて荷物を持ってきた。中を覗いて服を取り出す。

繊細なレースの縁取りが付いたブラウスに上品なワインレッドのスカート、下着に絹のキャミソールとストッキング。あ、パンツじゃなくてドロワーズなんですね、この世界。ベックラーさんが下着類を慌てて隠した。あとは革の靴。きっとサイズも問題ないんだろうな。初心者セット、ありがたい。

「どれも新品だな。それに金貨、ナイフもなかなかのもんだ。ルミちゃん、どっかの令嬢なのか？」

私は首を振る。令嬢なんてものじゃないし、そもそも異世界から来た。

うーん、人型になれた時にどこまで話すか悩むな。ベックラーさんには全部話してもいいような気がしてきたけれど。

「違うのか。でも、手や髪は綺麗に手入れされていたし、労働者階級ではなさそうだと思ったが」

「ますます正体不明だな。まあ、なんにせよ、人型になってからだ。じゃ、頑張れよベック。二度目だか三度目だか知らんが、出るといいな」

ハロンさんはにやりと笑ってそう言うと、ベックラーさんが固まっているうちに、軽い足取りで去っていった。うーん、確かにその心配はあるかもしれない。

「ルミ……、そんなにじっと見ないでくれ」

恥ずかしがってるベックラーさんも素敵です。

◆◆◆

ルミは俺のつがい。

一度気づいてしまえば、なぜ最初に気づかなかったのかわからないくらいしっくり来る。悔しいが、初対面からしばらくうさぎの獣型だったのと、ルミが一般的にも魅力的なフェロモンと外見を持つために、完全に勘違いしていた。ハロンに先に気づかれ、指摘されたのは本当に屈辱だ。

だが、生涯のつがいを得たことは、獣人にとってなにものにも代えがたい幸運だ。どうしたらこんな魅力的な異性をこれからずっと俺のものにしておけるだろう、とさっきまで悶々《もんもん》と考えていたけれど、つがいであるならば安心だ。

いいや、そう簡単ではないな。他の男どもにとってもルミのフェロモンは堪らなく魅力的なようだし、あの無表情がふとした拍子《ひょうし》に綻《ほころ》んで微笑みかけられれば、天にも昇る心地になるだろう。

俺にとっては、匂いや外見だけじゃない。出会って間もないが、すでにルミの素直なところや、表情は豊かではないけれどその分はっきりとものを言うところなど、すべてが好ましい。これだけ魅力的なのに警戒心がないのが危なっかしいから、これからは俺が絶対に守らなくては。

「ルミ……」

愛おしさが溢れて、腕で包むように抱き上げた。もう片方の手で頭を撫《な》でると、ルミは気持ちよさそうに目を閉じ、溶けるように力を抜く。ああ、早く愛を告げたい。しかし、どんな愛の言葉を捧げればいいだろう。自分がこんなにもロマンチストだとは知らなかった。

やはり早く伝えたほうがいい。心臓が早鐘《はやがね》のように打っている。言葉にしようとするだけでこんなに緊張するとは思わなかった。

「ルミ、あのな……」

ルミは首を傾げて俺を見上げている。

「さっきハロンが来る前にも言いかけたが、俺は、君が好きだ」

ルミは驚いたように起き上がり、俺の肩に前脚を掛けて視線を合わせてきた。

「つがいと気づく前からそう思っていたんだ。まだ出会って間もないが、つがいとして、これから生涯をともにしたい。どうだろうか」

しばらく固まっていたルミは、ぱちくりと瞬いてからさらに伸び上がり、俺に身を寄せてきた。こちらからも顔を近づけたら、ルミは俺の頬に頭を擦り寄せた後、触れるだけのキスをしてきた。最後にぺろりと口元を舐められる。

なんという幸福。俺は今、世界で一番の幸せ者だろう。

「ありがとう、ルミ」

ルミの背中に頭をつけると、柔らかい毛の奥から速い鼓動が伝わってきた。小動物とはいえ、これはかなり速いのではないだろうか。ルミも同じようにドキドキしているのかと思うと、嬉しくて頬が緩んだ。やに下がっていると自分でもわかる。

表情を引き締めようとしていたら、ぺしぺしと叩かれた。降ろせと言っているらしい。だんだんルミの言いたいことがわかるようになってきた。

膝に下ろすと、ルミはすぐさま俺の股間に近寄り、ズボンを下げようと布を咥《くわ》えたり股間を踏み踏みしたりしている。

「ま、待て、ルミ。積極的なのは嬉しいが、獣型の君にされるのは、その、あまりに背徳的というかだな……」

そう言うとルミに呆れた目で睨まれた気がした。あっ、これはエロい行為に積極的なのではなくて、早く人型になりたいということか。

「す、すまん。人型になりたいんだな」

そう言うと、満足そうに頷いた。なぜだろう。ほぼ無表情のうさぎなのに考えがよく伝わってくる。

「だが、やはりルミにされるのは、なんというか、よくないと思う」

まったくもって今更だが、頑張ってルミを股間から遠ざける。

「ただ、その、せっかくだから、ルミの匂いを嗅《か》いでもいいか?」

(うぉぉ、なにを口走った、俺! せっかくってなんだ!)

俺が自分の発言に混乱している間、ルミは首を傾げて考えていたようだが、一つ頷くと枕まで駆けていき、「さあ来い」と言うように振り返った。そして、ころんとそこに寝転がる。

(これは! お腹に顔を埋めてもいいのだろうか!)

やばい、想像しただけで勃《た》ってきた。今日はもう三度目だというのに、硬度はばっちりである。尻尾も高速で振れている自覚がある。

いそいそとルミの横に横たわり、そっと額にキスをする。鼻と鼻を擦り合わせて、嫌がられないか確認しながら、ルミの真っ白なお腹に顔を近づけた。

(ああ、柔らかい……)

背中の毛よりもさらにふわふわで、熱を感じる。匂いも濃い。それを堪能しながら、張り詰めた自身に手を伸ばす。

その後のことはあまり思い出したくない。

俺が羞恥で悶絶している隙に、ルミが手についた精液を舐めとり、そして人型になった。ああ、いっそその白く美しい手で殴ってほしい。

(いやいや違う。今はルミが人型になれたことを喜ぶところだ)

そんなことを考えていると、ルミが俺の手をさらに舐めようとする。思わず頭をがしっと掴んでしまった。

「なにをしている!?」

「もっと舐めたら人型でいられる時間が長くなるかな、と……」

そう言いながらもルミは俺の手に舌を伸ばそうとする。少し舐められてしまって、慌てて手をルミの届かないところにやると、ルミが残念そうに唸《うな》った。

「もうちょっとくださいー」

「ダメだ!」

「えー。おいしいのにー」

「あっ、また酔ってるだろう」

ルミの身体が少し熱くなっていた。トロンとした目でこちらを見上げてくる様はまるで誘うようで、俺の理性を壊しにかかっているとしか思えない。しかもフェロモンも強くなってきた。

「ああもう! ひとまずシャワーを浴びよう。な? 酔いも覚めるだろうし、フェロモンも薄まるはずだ」

「えー」

「えー、じゃない! ほら!」

ふにゃふにゃのルミを抱き上げてバスルームへ運ぶと、蛇口を全開にして一緒にお湯を浴びる。

(エロいことはしない……、エロいことはしないぞ。……くっ、もったいない)

俺の腕の中で半ば脱力しながら濡れそぼっているつがいに、なにもしないというのはひどく難しいことだ。それでも不埒《ふらち》ないたずらを仕掛けそうになるのを必死に堪え、ルミを支えながら自分の身体をざっと洗う。

そうこうしているうちに、ルミの目に理性が戻ってきたようだ。自力で立つと、シャワーの下から抜け出て耳をぴるぴるさせて水気を払う。可愛い。ああ、早くこの状況から脱しないと本末転倒なことになってしまいそうだ。ぐっと諸々を抑え込んで、極力落ち着いた声を出した。

「酔いは少し覚めたか？」

「はい。あの、その、すみませんでした！」

ルミは勢いよく頭を下げて、シャワーの下でまたびしょ濡れになった。

「いや、俺もその……。いや、今はやめよう。もう一人で大丈夫か？」

「はい」

「ルミの着替えは置いておくから」

そう言い残しタオルを掴むと、俺はそそくさとバスルームを後にした。

しかし、ベッドルームはベッドルームで先ほどの情事の匂いが未だ色濃く残っていて、逃げ場はないと思い知らされることになった。


しばらくしてルミが戻ってくる頃には、俺も少し落ち着いていた。

「どうでしょう、私、フェロモン消えてますか？」

「ああ、だいぶ薄まった」

「よかったです」

ルミはなかなか上等そうな服を着ていた。生地が柔らかいせいか、彼女の素晴らしい体つきがうかがい知れて少々目の毒だ。そういえば服を着ているのを見るのはこれがはじめてだった。

「ルミは服を着ても可愛いな」

そう言うと、ルミはわずかに眉をひそめ、耳を伏せた。俺は言葉の選択を間違えたことに気づく。

「いや、違う！　そうじゃなくて、いや、可愛いし似合っているのは本当だが」

「ありがとうございます」

今度は嬉しそうにはにかむ。いや、表情はほとんど変わっていないのだが、おそらくそうだと思う。その素直な反応に、罪悪感が増した。それには気づかぬ様子で、ルミは耳に心地いい声で言った。

「いつまで人型でいられるかわからないので、お話ししましょう」

薄々気づいていたが、ルミはとても現実的な性格のようだ。姿勢を正してルミと向き合う。

「ああ、話を聞かせてくれ」

◇◇◇

ベックラーさんが姿勢を正すと、軍人さんだなぁ、という感じのびしっとした雰囲気になった。先ほどとは違い、シャツもズボンもちゃんと身につけている。

なし崩し的にエロいことばかりしてきてしまったから、区切りをつけてこうしてきちんと話を聞いてくれるのはありがたい。ハロンさんが来る前に確認しなければならないことがあるのだ。

つがいのベックラーさんとも知り合えたし、バスルームの設備やベックラーさんの服の生地や縫製を見る限り、それなりに文明的な生活ができそうだし、この世界で生きていくことについては一安心と言える。問題は、異世界から来たという話がどれだけ受け入れられるかだ。

「えー、ベックラーさんは私のつがいだと思うので、全部話します。ただ、突拍子《とっぴょうし》もない内容なので、信じてもらえないかもしれません」

「信じる！　俺はルミのつがいとして、信じるし、秘密は守るぞ！」

お、おう。ものすごい前のめりだ。嬉しいけれど、そうしているとなんだかとても忠犬っぽい。

「私は異世界から来ました。神様みたいな存在に、間違った世界に生まれたから本来の世界に戻すと言われまして。だからここがどこなのかとか、全然わからないんです」

ベックラーさんははじめ驚いた顔をしていたが、すぐに納得したように頷いた。

「ルミは『精霊の愛し遣《いと》《づか》い』なのか」

「なんですか？　それは」

「違うのか？　異世界からやってくる人々のことで、つがいを求める者のところに遣わされると言われている。滅多にいないし、いたとしてもつがいが彼らを守るから、ほとんど情報が出回らず、一般にはおとぎ話のような扱いだな。だが、以前、閲覧制限された軍の古い資料に、実在すると書かれていた」

よかった。正気を疑われたり、迫害されて逃亡生活を送ることになったりはしないようだ。……

機密文書の話を私にしてしまっていいのか気になるけれど。

「たぶんそれですね。ただ、その話は、『生涯のつがいに出会える保証』が間違って解釈されてるっぽいです」

「は？」

「魂の入れ間違いに対する補償なんだそうです。なので、正確には、つがいを求める者のところに遣わされるのではなくて、私のような被害者がこの世界で生きやすくなるよう、つがいを与えているみたいですね」

「なるほど、そうだったのか……」

「あ、落胆させてしまいましたか？　言わないほうがよかったですか？」

「いや、そんなことはない。確かに俺もつがいがいたらどんなにいいかとは思っていたが、もっと切実に求めている者はたくさんいるだろう。なぜ俺にと思ったが、なるほど、願いや祈りとは関係ないのだな」

「よかったです。なんか魂の相性次第らしいですよ。詳しいことはわかりませんが」

ベックラーさんは「魂の相性か……」と呟いて、嬉しそうに頷いた。

「それでですね、私をここに送った存在、精霊さんですか？　が、困ったら社《やしろ》で真剣に祈れと言っていたんです。社《やしろ》ってどんなところなんですか？　近くにありますか？」

「精霊と会話したのか……。社《やしろ》は神々を祀《まつ》るために各地に建てられている。俺はこれから王都の屋敷に帰るつもりだったが、その近くにもあるぞ」

おお、それは助かる。早急に社《やしろ》へ行って、エスさんにこの状況について文句を言……、じゃなくて質問したいところだ。というか、気になる言葉があった。

「屋敷？　え、ベックラーさんって軍人なんですよね。もしかしてかなり偉い人なんですか？　若いのに」

「貴族だからな」

「貴族!?　え、ここって王制？　というか、貴族の方がなんであんな草原に一人でいたんですか？」

「ルミはおもしろいな。表情がほとんど変わらないのに、よくしゃべる」

変だと言われ続けた私の癖をおもしろいと言ってもらえて、なんだか嬉しい。

「前はここまでではなかったんですけど、こちらの世界に来てから随分すんなり言葉が出るようになって……」

「そうか。俺としては、ルミの声をたくさん聞けるのは嬉しいぞ」

「わ、私もベックラーさんの声、好きです」

二人して照れて、しばし沈黙が落ちた。視線が交わる。

「ルミ」

ベックラーさんが表情を引き締め、私の両手を大きな両手で握り込んだ。痛くはないけれど、ぎゅっと力が込められる。

「はい」

「ルミ……、まだこの世界に来たばかりで不安も大きいだろう。それに俺とともにいると、大変なことも多いと思う。それでも……、俺と結婚してほしい」

プロポーズだ！　と気づいて、ぶわっと頬に血が集まる。

つがいだとわかって、さっきうさぎの姿の時に「生涯をともに」と言われて、ずっと一緒にいるつもりになってはいたけれど、結婚についてこうしてきちんと言葉にしてもらえたことが予想外に嬉しかった。

「はい！　もちろんです！」

「ありがとう、ルミ！」

嬉しい、と思わずこぼれ落ちたように呟くベックラーさんを見て、私の心にも喜びがさらに広がる。

正直なところ、不安がないわけではない。それはつがいを得た喜びだけで塗りつぶせるほど小さくはない。でも、プロポーズをしてもらえて、ベックラーさんについていこうと改めて心を決めることができた。そのためにも、この世界に馴染《なじ》む努力をしよう。

そう決意を固めながら、見つめ合い、幸せに浸《ひた》っていると、またもノックなしにドアが開いた。

「終わったかー？　飯買ってきたぞー」

「ハロン！　ノックをしろと言っているだろう！　くそっ、雰囲気が台無しだ。だいたい終わってなかったらどうするつもりだ！」

「取り込み中じゃないのは確認済みだ」

「どうやって確認したんだ！」

「まあまあ、いいじゃねーか」

「よくない！　ルミの裸を見たりしたら、斬るからな」

「おー、怖。でもまあ、ベックの心配もわからんではないな。ルミちゃん、まじ美人」

「え、そうですか？」

「はあ？　これまで散々モテてきただろ？」

先ほどバスルームで鏡を見たところ、元の自分の顔よりも多少目鼻立ちがくっきりしたようではあるけれど、違和感を覚えるほどの変化ではなかった。お化粧をしたくらいというか。この世界の基準がまだわからないけれど、それでこの反応とは、追加サービスすごい。

そんなことを考えていると、ベックラーさんが真剣な表情でハロンさんと私を見た。

「ハロンは俺の幼馴染《おさななじみ》で右腕だ。信頼できるし、これからのことを考えるとルミの事情を話しておいたほうがいいと思う。ルミが嫌でなければだが、どうする？」

「ベックラーさんがそう言うなら、構いません」

「お、なんかわかったのか」

「ああ。ルミは『精霊の愛し遣い』のようだ」

「……まじか」

これまでずっと飄々《ひょうひょう》とした態度だったハロンさんが真面目な顔になった。

「騙《かた》りじゃねぇよな？」

鋭い視線を受けて身体がビクリと震える。ベックラーさんが手を握ってくれた。

「俺は信じる」

「まあ、現状おまえはそうだろうな。だが、つがいのような特別な匂いを発する薬品かなにかが開発されていたら、おまえを懐柔するためにそれを使った隣国の工作員ってことも考えられる。『精霊の愛し遣い』という特別感も出してな」

うーん、私、疑われてるのか。まあ、異世界からの転移の経験がなければ、私だって眉唾《まゆつば》な話だと思っただろうから仕方ないとは思う。

「俺が草原のあの場所を通ったのは偶然だ。出会いの演出も非効率的すぎる。いくら匂いが良くても、異種の獣型にはピクリともしないと言ったのはおまえだろう。俺だってはじめはなにかの間違いかと思ったくらいだ。それに、ただのうさぎだと思われたらそれで終わりだぞ。人気のないところで接触するにしても、人型になっておかないと不確実だ。俺なら絶対やらない作戦だな」

「確かにな」

「そのくらいおまえも考えたはずだ。……試したのか」

「まあな。ルミちゃんのわずかな動揺は、やましいものがある感じじゃなかった」

私の無表情から動揺を見て取れるとは、ハロンさんなかなかやりおる。

「おまえが操られてるという線も考えたが、それもなさそうだ。あとで一応検査は受けてもらうが」

「構わない」

「ルミちゃんもだ」

「わかりました」

怪しまれているなら調べてもらったほうがいい。

「どうせおまえのことだ、一度思惑に乗ったふりをして、外に出ているうちにある程度の調査は済ませたんだろう」

「まあな。街に入ってからの足取りとおまえの証言に、おかしな齟齬《そご》はなかった。うさぎの状態で連れてきて、その後部屋から出ていないし、他の誰かが入った形跡もない。あとは他の調査員に任せてきた。明日、念のため俺が軍の本部まで護送する」

「そうなるだろうな」

どうやらハロンさんはとても優秀な補佐らしい。一見軽そうな雰囲気だったが、報告している姿はベックラーさん同様、軍人らしくきびきびしている。

「すでに軍本部に連絡し、暫定の報告書も提出しておいた。後々おまえの不利にならない程度の情報しか送っていないし、アーベライン中将宛にした。一応確認するが、ルミちゃんを連れて帰って嫁にする、ってことでいいんだよな？」

「ああ、もちろんだ」

重々しく、でも嬉しげにベックラーさんが頷いたのを見て、ハロンさんは小さく「よかったな」と言った。ベックラーさんはちょっと照れたようだった。

「あー、ありがとう。本当に助かる。『精霊の愛し遣い』ということになると初手で躓《つまず》くわけにいかないからな。素早く的確な対応ができてありがたい」

そこで話が一区切りついたようで、ハロンさんが持ってきた包みから食べ物と飲み物を取り出して渡してくれた。ふんわりしたパンに野菜と肉らしきものが挟まれている、ホットドッグのような形のものだ。飲み物は大きな瓶に入っていたジュースを木のコップ三つ分に分けて注いでくれた。酵母の扱いとガラスの透明度のレベルを見ても、やはりわりと文明の度合いは高そうで安心する。

そんな私をハロンさんがさりげなく、でも探るように見ているのを感じた。まあ、一番の問題となる異世界の話をしてしまったのだ、隠すことはないので気にしないことにする。

ベックラーさんもホットドッグもどきを受け取って、緊張を解いた。しかし、ハロンさんはなにやら困ったように眉間にしわを寄せている。

「まあ、この流れで検査要員としてやってくるのは……」

「ああ……。あいつになるだろうな」

「きっと今日中に飛んでくるぞ」

二人は微妙な表情で顔を見合わせて、溜息を吐いた。

「夜中に叩き起こされるくらいなら、起きて待つか」

「そうだな」

「あの……」

「ああ、すまない、ルミ。こちらの話ばかりして」

「いえ、それは大丈夫なんですけど、ここって王都からそんなに近いんですか？」

「馬車だと早朝に出て夜着くくらいだな。汽車だと二時間だ」

汽車！　汽車があるのか！　私はちょっと興奮した。

詳しく聞くと、ここはカレンベルグ国という国で、今いるのは王都パルタから街道沿いに進んで一つ目の大きな街。この世界には蒸気の力に魔術の補助を加える汽車があるが、魔術の使い手は貴重で希少だ。複雑な魔術はその場にいないと発動させられないため、汽車に一人は乗っている必要がある。そのため汽車はまだ王都と重要な地方都市を結ぶ街道沿いでしか運行していないそうだ。

また、王宮や軍など、限られた場所にしかない高級な魔術具を用いて、電話のような通信が短時間なら可能らしい。

「そんな貴重なものを使ってまで連絡するほどの事態なんですか？」

私が二人に尋ねると、ハロンさんが答えてくれた。

「軍部の将校がいきなり現れた女に籠絡《ろうらく》されたとなると、まずは美人局《つつもたせ》を疑う。そうじゃなく、実際に相手がついで、貴族の嫁になるってーと、ある程度の調査が必要だ。身元が定かでない相手との結婚は貴族には受け入れられにくい。だから情報の伝達は早ければ早いほどいい。ましてや、『精霊の愛し遣い』なんて言葉が出てくると、もっと詳細に調べないと納得しない奴が多いはずだ。実在が確認されているとはいえ、滅多にいないからな」

「ハロンの言うことは事実だ。申し訳ないが、少し付き合ってくれ。できる限り不快な思いをさせないようにするし、強硬な取り調べからはなにがあっても守るつもりだ」

「大丈夫ですよ。傍《はた》から見て怪しいのは自分でもよくわかってますから」

「ルミは賢いんだな」

ベックラーさんはそう言うと、私の頭を撫《な》でてくれた。子どもにするような仕草がくすぐったい。そういえば、少し若返ったのだったか。

「あの、私、何歳に見えます？」

そう言うと、二人はきょとんとして顔を見合わせた。変なことを聞いただろうか。

「そうだな、匂いからして成体だが。十六歳くらいか？」

「いや、成人したてでこのフェロモンってやばいだろ。幼く見えるだけじゃねぇの」

「確かに。落ち着きもあるし。それで、いくつなんだ？」

「それが、正確にはわからないんですよ」

「は？」

「元は二十歳だったんですけど、私をこの世界に送った精霊さん？　が、ちょっと若くするって言っていたので。この肉体はたぶん十七か十八歳くらいになってるはずですが……」

「なんと……、若返らせることなどできるのだな」

「あ、いえ、元の身体は死んで、新しい身体に魂が入ったそうです。だから獣《けもの》の耳と尻尾があるのが新鮮で」

両手で耳を触りながらそう言うと、二人は目を見開いた。

「耳と尻尾が……、なかったのか？」

「あ、耳はありましたよ。ヒトのものが。この世界には、獣人じゃないヒトっていないんですか？」

「獣人じゃない？　どういうことだ？」

「えーと、人型のまま生まれて、死ぬまで人型で、耳は肌と同じ質感で、尻尾とかがない種族です」

「聞いたことがないな」

「俺もだ」

なんと、この世界には地球上のような人間はいないらしい。

「そうか、だからルミは耳が……、いや、なんでもない」

ベックラーさんが少し赤くなって目を逸らし、ジュースを飲んだ。ベッドの上で耳に触れられて驚いたことを指しているのはすぐわかった。そしてふと思い出す。

「そういえば、体の相性も最高に設定してくれたそうですよ」

「ぶっ、ぐふっ、ごほっ」

ベックラーさんがジュースを吹き出しそうになって、それを堪えて噎《む》せた。

「な、なにを……」

「ルミちゃん、詳しく聞かせてくれ！」

ハロンさんがおもしろがって身を乗り出してきた。猫科っぽい目が輝いている。

「精霊さんのサービスだそうです。新しい身体を、つがいとの相性最高にしてくれたそうで。あ、あと、他にも少し、モテる感じに寄せてくれたらしいです」

「元とは見かけも違うのか？」

「少し目が大きくて鼻が高いかなとか、口の形が綺麗かもとか思いましたけど、基本はあんまり変わってないみたいですね。無表情なのは元からですし。あ、でも、胸とお尻は大きくなったと思います！」

「ごふっ」

やっと復活して、もう一度ジュースを口にしたベックラーさんが、また噎《む》せた。

「あははは、ルミちゃん、おもしろいなぁ。ベック、よかったじゃねぇか。おまえ胸は大きいほうが好きだもんな」

「ごほっ、ごほっ……、やめろ、それ以上おかしなことを言ったら……」

「で、どうなんだよ。相性最高だったか？」

「……」

ベックラーさんは無言でハロンさんを睨みつけたが、その目元が赤く染まっている。

「骨抜きじゃねぇか」

呆れたようにハロンさんが言う。ベックラーさんは否定しなかった。

夜中に私たちの検査をする人が着くかもしれないということで、食後は今後のことや元の世界の話などをしながらゆっくり過ごした。昼間にかなりお昼寝してしまったので、眠気はない。

明日、私たちは軍本部へ行き、そのあと社《やしろ》に寄ってエスさん（ここでは精霊さん）との接触を図り、屋敷に向かう予定となった。ハロンさんは私たちを送り届けたあと、先に屋敷で根回し等をしてくれるそうだ。ベックラーさんはすぐにでも結婚する気満々だけど、貴族なのでそう簡単にはいかない面もあるという。私には心の準備が必要だから多少時間がかかるのは悪いことではない。軋《あつ》轢《れき》も少ないほうがいいのでハロンさんに感謝である。

ベックラーさんは伯爵家の次男で、武功により一代限りの騎士爵を若くして得ているそう。すごいことだ。軍では少佐。本来なら中佐か大佐でもいいような仕事を任されているけれど、周囲の反感を買わないように少佐のままだという。ハロンさんはその副官で大尉だそうだ。

「まったく、俺に仕事させといて魔物狩りに出た挙げ句、つがいを見つけてくるなんてな。羨ましいこって。それでこの後もおまえの嫁取りのために働かされるわけか」

向かいに座るハロンさんは、恨みがましい目をベックラーさんに向けた。ベックラーさんはそれをさらりと無視している。

迷惑を掛けているのは私もなので、気まずくなって話題を変えることにした。

「検査をしに来てくれる研究者の方は、お知り合い……、なんですよね？」

「ああ、腐れ縁だな」

「研究馬鹿のオウムがいるんだ。アレンカという名でな」

「私を呼んだかい？」

「うわっ！」

ハロンさんが椅子から腰を浮かし、ちょうど話をしていたベックラーさんは「な」の口の形のまま固まっている。私も無表情ながら最大限に驚いて、椅子にしがみついてしまった。心臓がバクバクして、耳がピンと立っているのを感じる。

「……どいつもこいつも、俺の周りはノックをしない奴しかいないのか」
「まあまあ。お取り込み中じゃないことは確認済みさ！」
「だからなんで確認できるんだ！」

オウムのアレンカさんは、三十歳くらいに見える長身の女性だった。白い髪は短く、中央に一房、淡い黄色の毛が触覚のように立っている。尻尾の代わりに、肩甲骨のあたりから二つに分かれた羽のようなものが出ていた。ピンと伸びた背筋とかっちりしたモスグリーンの軍服と相まって、とても格好いい女性だ。

ベックラーさんに言わせると、「信頼はできるが、研究馬鹿」な人らしい。階級は中尉で、軍の研究所で一部門の主任を務めているそうだ。研究所勤務とはいえ、身体は軍人らしく鍛えられているように見える。

「ベックラーにつがいができたと聞いてね。私はつがい研究にも関心があるから、研究者魂に火が点《つ》いてしまって飛んできたよ」
「えっ、飛べるんですか？」
「獣型ならばね。滅多にならないが、今回は特別だ」

聞いてみたところ、狼の獣人が人型では速く走れないように、鳥の獣人も人型では飛ぶことはできないそうだ。背中にある羽は少し開くだけで精一杯だという。アレンカさんは「同じことを聞かれたことがあるよ」と言って、意味ありげに笑った。

今日は鳥の姿で飛んできて、軍の施設で着替えて宿まで来たそうだ。

「報告書は読ませてもらったよ。で、なにかあるんだろう？　ただのつがい以上のことが」

アレンカさんはなにもかもわかっているという顔でそう言った。

「……なぜわかった？」

「状況が特殊すぎる。あとは勘かな」

「はぁ……」

「どうせこいつにはバレることになるんだ。言ったほうがいいんじゃねぇの？」

ハロンさんが呆れたように言ったのに対し、ベックラーさんも頷く。目線で確認されたので、私も頷いた。

「ルミは『精霊の愛し遣い』だ」

「やはりか！」

アレンカさんは目を輝かせてこちらを見つめてきた。熱心すぎて一歩引いてしまう。

「報告書の時点では俺たちもわかっていなかったことだぞ。よくわかったな」

ベックラーさんの言葉を無視して、アレンカさんは私を観察している。

「ぜひ検査させてくれ」

「どうせ明日、本部へ行って改めて検査を受けることになるんだろう。こんな設備もないところでなにができる」

「薬物検査のキットは、近くの病院で調達してきた。採血くらいは問題なくできる。もし薬物だとしたら、できるだけ早く検査したほうがいいしな。まあ、単に私が一刻も早く『精霊の愛し遣い』をこの目で見てみたかったから、というのは否定しないが」

「おまえはまた……、無茶をしたな」

ベックラーさんもハロンさんも、呆れたような、疲れたような表情をしている。これまでたくさんアレンカさんに振り回されてきた、という過去が透けて見えた。

「だが、薬物検査を今日中にできるのは助かる。ルミ、今からで大丈夫か？」

「はい、大丈夫です」

頷いてアレンカさんに向き合うと、彼女はおもしろそうに目を細めた。皮肉げな笑みが似合う人だ。

「まずは簡単な体調確認をして、血液と尿、髪、唾液を採取させてもらう。それらをしながら、報告書に書かれていないことを聞きたい」

アレンカさんはテキパキと聴診器や注射器のようなものなどを取り出した。

「では、俺から頼む。ルミもなにをされるかわからないと不安だろう」

「ありがとうございます。でも大丈夫ですよ。あまり注射とか怖いほうじゃないんで」

ベックラーさんの優しい心遣いはとても嬉しい。顔にその気持ちが出ていないといけないから、隣に座るベックラーさんに少しだけ寄りかかって二の腕を擦り合わせた。

「ルミ……」

「はいはい、ごちそうさまです」

ベックラーさんが笑み崩れ、肩を抱いてくると、ハロンさんがやっていられないというように足を組んで椅子に腕を掛けて寄りかかった。

「見せつけてくれるじゃないか。体調確認より先に採血してやるからまずは腕を出してもらおうか」

アレンカさんは、渋々差し出されたベックラーさんの腕に駆血帯を巻いた。淡々と採血をはじめ、私に質問もしてくる。

「ルミは、注射器を見たことがある、そういう世界から来たのだな」

「はい。ここととは違って魔術はないですけど、他の技術面は進んでいるところです。まだこの世界のことをよく知らないので、断言はできませんが」

「なるほどな。言葉は通じているようだが、なぜだ？　ルミはなんという国から来た？」

「日本という国です。なんで言葉が通じるのかはわかりません」

「ニッポン……」

精霊さんがわかるようにしてくれました、といきなり言っても信じてもらえないだろうし、アレンカさんをどれだけ信用していいかまだわからない。どこまで情報を開示するか、さっきベックラーさんとハロンさんと擦り合わせをしたけれど、基本的にはエスさんについては触れず、嘘をつかない範囲で慎重に答えるという程度しか決めていなかった。それなのにいきなりイレギュラーな状況になったから、下手なことを言ってしまわないか不安になる。

「ルミは、高度な教育を受けているように見える」

「この世界の水準を知らないのでなんとも」

「ふふ。警戒されているかな」

「当たり前だ。おまえはどうも性急でいけない」

アレンカさんに瞼の裏を確認され、脈を取られているベックラーさんが私の肩を持ってくれる。

続いて私もいろいろとチェックをされた。

「おもしろい研究対象を見つけると突き進むのが私の性《さが》だからね。もう諦めているだろう？」

「だからといって、この疲労感はなくならねぇよ……」

ハロンさんがぐったりと身体を椅子にもたせかけて言う。

「みなさん、昔からのお知り合いなんですか？」

「ああ、士官学校の同期でな」

同期といっても年齢が違うようで、ベックラーさんは二十六歳、ハロンさんは二十八歳だそうだが、アレンカさんは三十代に入ったくらいに見える。

「私は庶民で貧乏だったから、生活費と学費を稼ぎながら別の学校で勉強していたんだ。そこで軍にスカウトされて、奨学生として受け入れてもらったわけだよ。それ以来の腐れ縁さ」

「アレンカは幅広い知識からさまざまな研究成果を出しているし、魔術も使える。変人だが天才だ」

「そういうベックも、座学ではアレンカに次ぐ二位で、他の奴らはついていけなかった」

「俺は残念ながらアレンカには勝てたことがない。戦闘では負けないがな」

「私はそっちで競うつもりはないから当然だ」

三人はぽんぽんと会話を交わす。特にベックラーさんとアレンカさんはとても息が合っていて、長い間親しかったことがうかがえた。

「ルミちゃん、もしかして気になる？　大丈夫だ、昔からこいつらの間に恋だの愛だのはねぇから」

ハロンさんがニヤニヤしながら言ってきた。

「ル、ルミ、もしかして不安にさせたか!?　こいつとはなんでもないからな！　本当に微塵《みじん》もないからな!?」

「なんでもないことは事実だが、随分な言い様じゃないか」

「おまえは黙っていろ！」

「あの、私は別に心配していませんよ」

たとえ過去になにかがあったとしても、つがいであることがわかった今、どうこう言うつもりはない。私はわりとそのあたり淡白なほうだと思う。

「そ、そうか」

心なしか残念そうにベックラーさんが言う。嫉妬したほうがよかっただろうか。

その後もいろいろと話をしながら手際よく採取が終わった。

「さて、これで基本的な検査はできる。見たところ、二人とも薬物や洗脳の影響はなさそうだから、あまり心配することはないと思う。聞き取り調査は明日以降に改めて詳しくされるだろうが」

「わかった。助かったが、もう早く帰ってくれ」

アレンカさんとの会話に疲れた様子のベックラーさんは、嫌そうに手を振る。それに対し、アレンカさんはまだ帰る気はなさそうだった。

「ところで、ハロンの報告書では『人型になるためにベックラーの体液が必要か？』と疑問形だったし、ぼかしてあったが、体液とは具体的になんだ？」

「……精液だ」

私が言いづらくて口ごもっていると、代わりにベックラーさんが答えてくれた。

「ほほぅ。もう少し詳しく聞かせてくれ」

「詳しくと言っても、そのままだ」

「どこからの摂取だ？」

「口から」

「人型化までの時間は？」

「ほんの数秒だな」

「他の体液では駄目なのか？」

「……それは試していなかった」

なんと、盲点だった。思わずベックラーさんと見つめ合ってしまう。

「直前にしたことを試しにしてみただけですもんね。それは考えてませんでした」

「じゃあ、次に獣型になったら、まずは唾液あたりで試してみてくれ」

「ああ、そうする。ありがたい」

ベックラーさんはそれまでのおざなりな様子を改めて、アレンカさんに感謝した。そういう律儀なところはとてもいいと思う。

「それで、体液の味は？」

「味……」

アレンカさんの迫力に気圧《けお》されて、ベックラーさんと代わる代わる味を説明させられた。なんだこれ。とても恥ずかしい。

「ふむ。ルミのは濃厚な甘さに、ベックラーのは爽やかで瑞々《みずみず》しい甘さに感じると。興味深い。これはそっちの採取も必要だな」

「……おい、実際に舐める気じゃないだろうな」

「馬鹿なことを言うな。さすがの私もそこまで研究にすべてを捧げてはいないよ。それに、今日は一刻も早く帰る必要があるし、すでに『精霊の愛し遣い』から採取したものの解析が楽しみだからね。ただ……」

ふと、アレンカさんの表情が曇り、真剣な眼差しになった。

「君が本当に『精霊の愛し遣い』ならば、ちなみに私はそう信じているが、その場合、証明はほぼ不可能だろう。この世界に『いなかった』ことを調べ尽くすことはできない」

「確かにそうですね」

悪魔の証明というやつだ。

「そして軍部は、それが証明されるまで、ルミがベックラーの伴侶《はんりょ》になることを認めない可能性がある」

私はベックラーさんをうかがう。ベックラーさんは渋い顔をして頷いた。

「残念ながら、ありえるだろうな。身元不明の人間を、貴族が、しかも軍の将校が娶《めと》るのはとても難しい。今は隣国との関係が怪しいのもあって、スパイに対して過敏になっているしな」

確かに私は怪しいけれど、そこまで困難があるとは思っていなかった。不安と悲しさがぶわっと膨らむ。

「しかし、私には証明する手段が一つだけある」

「それは本当か」

ベックラーさんが思わずといった風に前のめりになった。私の耳もピンと立っていると思う。アレンカさんは私たちを見つめてしっかりと頷いた。

「さて、取引といこう。こちらも見返りが欲しい」

「……なにが望みだ」

「その望みを言うだけで、こちらにはリスクがある。ああ、そんな顔をしなくてもいい。犯罪に関わるようなことではないし、金銭でもない。ただ、ある善良な人物を一人、守ってもらいたいだけだ」

「……そちらも訳ありか」

「そうだ。どうする？」

ベックラーさんは顎に手を当て、難しい顔をして黙り込んだ。こうして見ると、とても厳しい軍人さんといった趣《おもむき》で、新たな魅力を見つけてしまった気分だ。そんなことを考えている場合ではないのだけど、この件で私にできることはたぶんなにもない。

ベックラーさんはハロンさんに一度視線をやってなにか確認すると、意を決したようにアレンカさんに向き直った。

「……呑むしかあるまい。俺にできることなんだよな？」

「ああ。この国では君にしか頼めないだろう」

「わかった。では、その手段とやらを教えてくれ」

アレンカさんは、安堵の溜息を吐いた。それまで余裕がある表情をしていたけれど、もしかしたらとても緊張していたのかもしれない。これまでの皮肉げな笑みとは打って変わって優しい微笑みを浮かべ、アレンカさんは言った。

「実はな、私の夫も『精霊の愛し遣い』なんだ」

「なっ……!?　本当か!?」

それはびっくりだ。

「おや、ルミは驚かないのか？」

「……驚いています。顔に出ないだけで」

「そうなのか。おもしろいな」

研究対象を見るような目で（まあ研究対象なわけだけど）顔を覗き込まれる。アレンカさんは肉食獣人じゃないはずなのに、少し怖い。

「おい、それより『精霊の愛し遣い』だと？　こんな近くに二人もいるなんて、ありえるのか？　どうして『精霊の愛し遣い』だとわかった？　そもそもおまえは未婚ではなかったか？」

「最後の質問から答えよう。私は確かに籍を入れていない。だが、つがいなのでな、夫と呼んでいる。そしてもう一つ前の質問だが、それは君と同じだ。つがいがそう言うから信じた。状況的にもそうとしか考えられなかった。それだけだ」

「……なるほど、確かに俺もだ。だがおまえは研究者だろう？　他に調べる手段はあったはずだ」

「調べたさ。こっそりとな。だが、血液も、皮膚も、髪も、全部普通の獣人と変わらない。夫の話を信じれば、普通の獣人の身体に別の世界から来た魂が入ったのだから、当然だ」

「……それも知っているのか。ますます本当らしいな」

「本当さ。そしてもう一つの質問には答えがない。これが偶然なのか精霊の意図なのか、私にはわからない。ただ、二人の『精霊の愛し遣い』に会ったことがあるなんて、おそらくこの世界に私だけだろうな」

「あのー」

真剣な目をしたベックラーさんと、それをかわすように皮肉げな笑みを浮かべるアレンカさんが同時にこちらを向いた。ちょっとびびる。

「ええと、アレンカさんはなんで私が『精霊の愛し遣い』だと信じたんですか？　私、精霊さんの話の内容はまだ言ってなかったですよね」

「ああ、それはな、私の夫がルミと同じ世界から来たからだ」

「……あっ、『日本』を知ってたんですね」

「そうだ。夫は『ニッポン』の『マンガ』とやらが好きだったらしい。いずれ会ったら話をしてみるといい」

「わー、それはぜひ話したいですね！」

私が嬉しそうにすると、ベックラーさんが心配そうな顔をした。

「ルミ、おまえのつがいは俺だからな」

「もちろんです。ただ、同郷の人がいるって知ったら、やっぱり安心しちゃって。駄目ですか……？」

ベックラーさんを上目遣いに見ると、「くっ、それはずるい」と言いながら、頭を撫《な》でられた。

「で？　どうやって『精霊の愛し遣い』だと証明できるんだ？」

それまで黙って見守っていたハロンさんが口を開いた。話が脱線しそうだったからありがたい。

「君たちについての報告を聞いた時点で、私の夫、ウルリクに監視をつけた。その後の会話も第三者が証明できるようにしている。そして、ウルリクが三年前にこの国にやってきてからこれまでの行動に関しては、ある程度遡《さかのぼ》って検証できるだろう。ウルリクの普段の行動範囲は狭い。遠出の際は私と行動していて、私は自分の行き先を軍に報告している。少なくとも、ルミのように目立つ人間がウルリクの周囲に現れ、接触していたとしたら、容易に調べがつくはずだ」

「なるほど、ウルリクとルミが会ったことがないという証明ができ、かつ、二人の異世界についての知識が一致したら、二人ともが異世界から来たことをかなりの確度で証明できるわけか」

「そうだ。おそらく、ウルリクと同居をはじめたことで調査が入っているはずだ。出自がわからずマークされているだろう。ルミに限らず誰かと会ったり手紙を頻繁に出したりといった怪しい行動を取っていないことが、監視のおかげで示せるかもな」

ベックラーさんは「ふむ」と顎を撫《な》でて、真剣に考える顔になった。

「しかし、俺とおまえ経由で情報を共有していたという疑いは残るのでは？　今、四人だけでいるのもまずいだろう」

「一応、この会話は録音している。これらがすべて演技で、私たちがなんらかの企てのために共謀していると言うなら……、上は腐っているな。私たちはたとえ異世界人であっても、つがいと結婚する権利がある程度には、軍に、国に、貢献してきた」

「それはそうだが……」

「あとは、どう考えても細かい部分まで知識が一致していたり、そうだな、例えば、異世界の言語で二人が話したりすることができれば、さすがに私たち経由でそこまでの情報共有は難しいことが示せるだろう」

「ちょっと待ってください。ウルリクさんは日本人じゃないですよね？」

アレンカさんが答えた国名は北欧のものだった。

「ウルリクは『イングリッシュ』とやらが話せると言っていた。あちらでの世界共通語のようなものなのだろう？」

「あー、なるほど、それなら私もある程度は」

「ならば完全な証明は無理でも、相当な確度で異世界人であることが言えると私は思う」

「ふむ。確かに。ありがたい」

「そこで私の要求だ」

「ああ、聞こう」

ベックラーさんの声が落ち着いているのに対し、アレンカさんは少し緊張しているようだった。

「今の話からわかるだろうが、私が守ってもらいたいのはウルリクだ。これまで私はウルリクのことを隠してきた。ウルリクには戸籍がない、出生証明がない。私は仮にも軍の将校だからな。結婚するとなればある程度相手にも身元調査が入る。しかし、私には彼を守れるだけの身分がない。あまりにも危険だから、これまで籍を入れることはできなかったし、ウルリクにも随分窮屈な思いをさせている」

「……そうか」

「軍はつがい研究に熱心だ。それは一面では、国を富ませるため。また、裏の面では効果的な美人局作戦をする、あるいは防ぐためだ。実在は確認されているが滅多にお目にかかれない『精霊の愛し遣い』が私のつがいだと知れたら、私が軍人だからという理由でどんな『協力』をさせられるかわかったものではない。君もそれを懸念《けねん》しただろう？」

「ああ、その通りだ」

「貴族であるベックラーのつがいが『精霊の愛し遣い』なら、私たちも一緒に守ってもらえると思ったのさ」

アレンカさんはずっと皮肉げな笑みを絶やさなかったが、その瞳にはどこか悲しい色が滲んでいるように見えた。

つがいに『精霊の愛し遣い』。それらは万能の素晴らしいシステムのように思えたけれど、軍ではそんな風に扱われるのか、と複雑な気持ちになる。そして、私が出会ったのがベックラーさんだったのは幸運だったのだろうと。

「……苦労しただろうな」

「私はいい。ただ、ウルリクはまだ十八歳で、成人してもどこか幼く見える奴で……」

おっと、随分と年の差カップルだったらしい。三年前というと、十五歳。成人前ということは、実年齢なのだろうか。それは心細かったのではないかと思う。

「守ってもらえるかい？　別に四六時中護衛をつけろというわけじゃない。ルミと同じ程度に、軍から望まないことを強要されないよう、その身分の力を使ってほしい」

「わかった。約束しよう」

「助かるよ」

軽い口調でそう言って、アレンカさんは立ち上がった。こちらに背を向けて窓際まで歩いていく。眼鏡を外して、片手で目を覆ったのが見えた。

「よかった……」

震える声で小さく呟いたのが、うさぎらしくよく聞こえる耳に届いた。

しばらくの沈黙の後、アレンカさんは何事もなかったかのように戻ってきた。

「そんなわけで、明日、上層部に話を通したら、いろいろと話を聞くことになると思う」

「根回しは俺に任せろ」

「俺もせいぜい協力するぜ」

ハロンさんもベックラーさんに続いてアレンカさんを励ますように声を掛ける。私は今のところ見守ることしかできないけれど、不確かな未来に光明が見えたのならよかったと思う。

私の今後の方針もはっきりしてきた。まずはスパイ疑惑を払拭して、異世界から来た「精霊の愛し遣い」だということを証明し、戸籍を得る。それがベックラーさんと一緒に歩むために必要な道のりだ。

「そうだ。おまえの夫は、獣型になってしまうということはなかったのか?」

「ああ、ウルリクは最初から人型だった」

「なにがきっかけで獣型化・人型化が起こるのか、わかることは調べてほしい」

「もちろんだ。私の好奇心にかけて調べ上げてみせるよ」

「ルミもいいな?」

「はい。アレンカさん、よろしくお願いします」

頭を下げると、アレンカさんは目を細めて笑った。

「ああ、任された。さっきも言ったが、そもそもつがい研究には関心があるんだ。軍による使い道には異論があるがな。つがいカップル同士、忌憚《きたん》なく情報交換しようじゃないか。ちなみに、われわれも互いの体液はおいしくていい匂いだと感じるぞ」

なんと。

「つがいはみんなそうなんですか？　それとも『精霊の愛し遣い』特有ですか？」

「つがい同士は身体や体液などの匂いを大変好ましく感じる傾向にある。しかし、味までおいしいと感じるのは『精霊の愛し遣い』に特有だと今のところ考えている。ただ、匂いや味の定量的評価は難しい。私たちは君たちほど味に惹かれていないようだし、体液で酔ったり、ましてや獣型から人型に変化したりはしないから、そのあたりは検証が必要だ」

「あー、惹かれる強度は『相性最高』のせいかもしれません」

「なんだそれは」

興味深そうに瞬いたアレンカさんにそれを説明しようとすると、ベックラーさんに遮られた。

「待て待て。録音はまだ続いているはずだ。その話を軍の上層部にまで聞かれたくはない」

「そうですね。じゃあ、秘密です」

「気になるじゃないか。どうせ研究しはじめたら報告することになるのに」

盛大に文句を言って駄々をこねるアレンカさんを抑えて、ベックラーさんは立ち上がった。

「そろそろ帰ったほうがいいだろう」

「そうだな。明日までに検査結果を出さねば報告ができない。一足先に帰って検査を進める。そちらも抜かるなよ」

アレンカさんも立ち上がり、検体を小さくまとめた。「バスルームを借りるよ」と言ってドアの向こうに行くと、間もなく体が大きめのオウムが現れた。脚に検体が引っ掛けてある。

ハロンさんは慣れた様子で腕を差し出し、オウムを乗せると窓から放った。

「また明日な」

第三章　狼さんはうさぎを守ります

翌朝目が覚めると、再びうさぎになっていた。

（うーん、これはもしかして、寝るとうさぎに戻るのかな）

そんなことを考えながら、シーツの波を蹴って布団から這《は》い出すと、ベックラーさんはすでに起きて身支度をしていた。昨夜は遅くまで起きていたというのに、すでに髭《ひげ》を剃《そ》って髪を整え、黒いズボンに白いシャツのボタンを首まできっちり留めて着ている。昨日までのワイルドさが少し減って、渋くてぴしりと引き締まった軍人の雰囲気だ。うおー、格好いい。

「ルミ、おはよう」

額にキスをされると、ふわりとベックラーさんのいい匂いがした。

「またうさぎになってしまったな。ルミはその姿でもとても可愛いが」

そう言って抱き上げられる。

なんだろう、このむず痒い感じ。嬉しくて幸せなんだけど、甘くて甘くてちょっと落ち着かない。真面目な雰囲気でヘタレていないベックラーさんは、ともすれば気障《きざ》にも思える格好いい振る舞いや言い回しが板についていて、眩しすぎる。

「ルミ、昨夜のアレンカの話だが……、試しにキスをしてみよう」

そうだった。唾液で試すってやつ。否やはないので頷いた。今のベックラーさんとキスをすると思うと、少し緊張するけれど。

キスをすると、ぺろりと口元を舐められる。私も舐め返して……、残念ながら人型にはならなかった。

「駄目か……」

二人してしょんぼりする。

「アレンカはうさぎの状態でも調べたいと言っていたが、獣型のままでは宿を出るのも難しいからな。ひとまずこれを」

ベックラーさんが小瓶を取り出し、蓋を開けて渡してくれた。そしてすっと視線を逸らされる。

(おお、このいい香りはベックラーさんのアレ！　いつの間に)

少し舐めただけで、人型に戻れた。分量によって人型でいられる時間が変わる可能性もあるから、続けて残りを舐めていると、赤い顔をしたベックラーさんに取り上げられた。

「ルミ、またフェロモンが出ている。酔っていないか？」

「だいじょうぶ、だと思います」

ちょっと慣れたのかもしれない。それにしても、エスさん、なんでこんな仕様にしたんですか。本当に困っています。

相談するためにも早く社《やしろ》に行きたいけれど、そのためには先に軍部へ行かなければならない。

「あと一時間で軍の専用列車がこの街を通る。それに乗るから、目立たないようにこれを着てくれ」

手渡されたのは、アレンカさんが手配していってくれたという下士官の軍服だった。着替えている間、ベックラーさんは紳士的に背中を向けていてくれた。

「着替え終わりました」

「ああ、サイズはどう……、だ」

振り向いたベックラーさんが固まった。

軍服はアレンカさんと同じモスグリーンで、トップスはスーツのジャケットのような形状、ボトムスは膝丈のややタイトなスカートだ。アレンカさんはパンツスタイルだったから、好みの形を選べるのかもしれない。中は白いシャツに、黒いネクタイをする。上下ともにかっちりした生地で身体のラインに沿いながら、かなり動きやすいものだ。黒いタイツも穿《は》くため、露出はほとんどない。

ただ、袖丈やウエストなど、全体的なサイズはちょうどよいのだけれど、胸のあたりとお尻のあたりは若干ぴったりしすぎているかもしれない。でも、そんなに固まるほどのおかしさではないはずだ。

ベックラーさんが動かないので、尋ねる。

「ええと、これで着方は合っていますか」

「あ、ああ、問題ない。……いや、問題だろう。こんなルミを軍の奴らに見せるわけには……」

ベックラーさんが眉間にしわを寄せてもごもご言っているのを総合すると、どうやら禁欲的な服装なのがかえって色っぽくてよくない、ということらしい。そう言われても困る。

「よーう、準備終わったかー？」

またもノックなしに扉が開かれた。ハロンさんは部屋に入った途端、「うっわ」と言って鼻を押さえる。さらに、「ダチの女のフェロモンがつれぇとか……、なんだこれ」とか呟いていた。ごめんなさい、フェロモンって言われても、自分じゃわからないし調節できないんです。ベックラーさんも落ち着かなそうだ。

「おはようございます」

「おはよう、ルミちゃん。うおっ、これは……」

声をかけると、私のほうに目を向けたハロンさんがさらに複雑そうな顔をした。

「そんなにおかしいですか？」

「おかしくはないが……、男の多い軍隊の中では、目立つな」

「目立ちますか」

「見るな！　見ると減る！　やっぱりこの格好は駄目だ」

ベックラーさんがハロンさんから私を隠そうとする。そんなベックラーさんの反応をスルーして、ハロンさんは話を続ける。

「ルミちゃんの美人さを舐めてたな。軍服なのにエロすぎる」

「エロいとか言うな！」

「でもなぁ。仕方ないだろ。アレンカはこれしか置いてかなかったんだ。昨日の服だと一目で一般人とわかるから、軍用列車と軍部では別の意味で目立つ」

「それはそうだが……」

「ところで……、ベックラーさんの軍服は黒いんですね。とても格好いいです」

そう、私が着替えている間に、ベックラーさんもネクタイをして軍服の上着を羽織っていた。胸にいくつもの徽章《きしょう》が付いて重そうなそれは、とてもとても私のツボだった。

(ああ、軍服のベックラーさん、まじ格好いい！　セクシー！　黒い軍服に、灰色のケモ耳、ケモ尻尾のワイルドイケメン。本当にごちそうさまです！)

たぶん顔には出ていないけれど、心の中は大嵐のお祭り騒ぎだ。元々軍服萌えの気はあったけれど、好きな人が着る軍服とはこんなにもいいものだったのかと、驚嘆している。

思わずいろいろな角度から眺めてしまう。

「はぁ、素敵です」

「あ、ありがとう。ルミも、その、とても似合っている。ただちょっと似合いすぎというか……」

二人で褒め合って見つめ合って照れ合っていると、ハロンさんが呆れた声を出した。

「おーい、お二人さーん。俺もいるんだけどなー。ていうか、ルミちゃん、俺もベックと同じ服着てんだけどなー」

うん、つがい以外の軍服はわりとどうでもいいということがわかったよ。

◆◆◆

ルミがなにをきっかけにしてうさぎになってしまうのか、まだ確証がないため、馬車を宿の裏口に寄せて隠れるように出発し、駅のホームではローブを被って列車に飛び込んだ。

汽車の旅は落ち着かないものだった。隣の席に、下士官の服を着たルミが座っている。身体の線が綺麗に出ている上、今日は髪をきっちりと結い上げているため、うつむくと首筋がちらりと見える。ルミの美しさはなんの変哲もない軍服からでも滲み出ていて、その黒く濡れた瞳で見つめられただけで、彼女に触れたい、抱き締めてその服を剥ぎ取りたい、という衝動に駆られる。たとえつがいでなくても、他の男たちがこんなルミを見たらどうなるか、想像したくもない。

一方で、たとえどれだけの男たちの目に触れたとしても、あの禁欲的な服の下の、白くて柔らかくて敏感な肢体は俺だけが知っていると思うと、かすかな愉悦を覚える。そして、それだけで腹の底から熱が湧き上がってくるのを感じた。

今日は軍の本部で上層部の猛者《もさ》たちと交渉をしなければならないというのに。

そわそわする俺と、俺の装いがお気に召したらしくこちらをちらちら見てくるルミ、そして砂糖を吐くような顔のハロンを乗せた汽車は粛々と王都に入る。そこから再び馬車に乗り換えると、すぐに軍本部に着いた。

比較的人気《ひとけ》のない入り口から中央管理棟に入ると、すぐに伝令が駆け寄ってきた。小声での報告を聞いて、重い溜息が出る。

「どうしました？」

「どうやら大将と中将に呼ばれているらしい。無闇に絡んでくる小物の相手をするのも面倒だが、昨日の今日でここまで態勢を整えられると少し気が重い」

「あー、だな。でもあの人たちが出張ってきてくれたなら安心だ」

「そうなんだがな……。ルミは美人だから心配だ」

不思議そうな顔をするルミに、この短時間でどう説明するか迷う。

「大将って、軍の一番偉い人ですよね。そんな方にこれからお会いするんですか？」

「ああ」

「カレンベルグ大将はな、女癖悪くはないけど、ちょっとセクハラ入ってるんだよなー。だからベックが心配してるわけだ」

「なるほど。あれ？　そういえば、カレンベルグってこの国の名前……。まさか、王族の方ですか？」

「ああ、王弟殿下だ」

「……セクハラに抵抗したら、不敬罪になったり……」

「しない！　しないからちゃんと抵抗してくれ。その前に俺が全力で止めるが！」

ルミが不安そうにするのを抱き締めて安心させたいが、ここには少ないながら人目がある。先ほどからルミは軍の野郎どもに注目されていた。ここは中央管理棟のため、下世話な声を掛けてきたり、精力が有り余って時に暴走し、女性に手を出したりするような者は少ないが、それでも安心できない。

「ルミ……、絶対に、絶対に、俺から離れるなよ？」

「わかってますよ。大丈夫です」

そう言うが、ルミは自分の見られ方をまだよくわかっていないと思う。

「とても怖い大きなおっさんが来るが、俺が守るからな！」

「はい」

ルミはよくわかっていない顔をしていたが頷いてくれた。その信頼が嬉しくてしばし見つめ合う。

そこに少々柄が悪い声が掛けられた。

「おうおう、本部の廊下でいちゃつくとは、やってくれるなぁ！」

反射的に振り返って敬礼する。そこにいたのはやはりカレンベルグ大将だった。身体が大きく、顔の下半分はほとんど焦げ茶の髭《ひげ》に覆われ、上に向かって曲がった特徴的な角を生やしたバイソン獣人で、威圧感が半端ない。

肩から胸にかけて溢れるほど付いた徽章《きしょう》と、俺たちの態度で、ルミも察したようだ。俺の斜め後ろで姿勢を正すのが視界の端に見えた。

「そっちが自慢のつがいか。おい、ベックラー、隠すな！」

ジリジリとルミを隠すように移動したのを見咎《みとが》められ、しぶしぶ彼女を紹介する。しかめ面になってしまっているだろうが、仕方ない。

「……彼女がルミ・タカギです。ルミ、こちらがカレンベルグ大将」

「はじめまして」

ルミが事前に教えておいた通りに浅くお辞儀をすると、大将はニカッ、と音がしそうな笑みを返した。

「ほんとに美人さんだなぁ。おまえ、よくこんな子を男だらけの本部に連れてきたなぁ」

「即参上せよとの命令でなければ連れてきません！」

「あっ、そうだった」

「舌を出しても全然可愛くありませんよ」

そんなやり取りをぽんぽんとしていると、ルミがハラハラした様子で見上げてきた。俺が伯爵家次男で騎士爵を持つ少佐なのに対し、相手は王弟殿下で大将。貴族の階級でも軍の階級でも雲泥の差だ。事前にきちんと説明をしておけばよかった。

「ほら、つがいちゃんが心配してるぞ〜。表情筋まったく動いてないのに、耳動きまくってっぞ〜。おもしろいな、おい」

ルミはまだこの身体に慣れていないから、耳の制御が不得手のようだ。大将の指摘でルミについて新たな気づきを得たことにもやもやする。

「大将のせいでしょう。ルミ、この人はこういう人だから、大丈夫だ」

さらに当惑したようなルミに、人の良さそうな笑顔で大将が続ける。

「ケルンハルト伯爵とは旧知の仲でな。こいつのことは子どもの頃から知ってる。いつの間にか仕事ばっかりの朴念仁《ぼくねんじん》になりやがって、少々心配していてな。つがいを得たと聞いて、俺も嬉しく思ってるんだ。こいつのこと、よろしくな」

「……はい。ありがとうございます」

ルミは簡単に警戒心を解いてしまったようで、仄《ほの》かな笑顔を浮かべて大将が差し出した手をとって握手をしている。

「おっと。もちっとおしゃべりしたかったんだが、嫉妬深い奴がいるから無理そうだな」

そう言って大将は歩き出す。俺はルミを庇うようにしながら廊下を奥に進んだ。大将の執務室に辿り着くまでの間、大将はずっとニヤニヤしていた。

大将を追って部屋に入る前に、ルミに釘を刺しておくことにした。

「ルミは簡単に絆《ほだ》されすぎだ。心配になる」

「いい人だと思ったんですけど……。違うんですか？」

「それは否定しないが」

「ベックは、ルミちゃんが大将に微笑んだから嫉妬してるだけだ」

ハロンが笑いを噛み殺しながらそう言う。少しむかつくが事実だ。

「あれ、私、笑ってました？」

「……ああ。あんな可愛い顔を周りにまで晒《さら》さないでほしい」

唸《うな》りながらそう言うと、ルミからは困ったような反応が返ってきた。

「あと、ベックは子どもの頃から大将のことを尊敬してるからな。ああいう風に気遣われて、嬉しかったのを素直に認められないんだろうよ」

「……大将が個人的に親しくしているという姿勢を不特定多数に見せたことで、ルミの安全性は上がったはずだ。それは感謝している」

「なるほど。そういう意図があったんですね。ふふっ、それにベックラーさんのツンデレを見られてよかったです」

「ツンデレ？」

ルミに問い返したところで、俺の直属の上司に当たるアーベライン中将が部屋の中から顔を出した。

「ベックラー・ケルンハルト少佐、早く入ってこい。ハロン・シュペール大尉は部屋の前で待機、ルミ・タカギ氏を警護せよ」

「はっ」

「はっ、失礼します」

中将は、ルミに対しては一瞥《いちべつ》しただけですぐに背を向けて部屋に戻っていった。一応対象となるルミを確認したのだろうが、大将と違ってあっさりした態度がいかにも中将らしい。

俺は慌ててハロンにルミを託し、一礼して部屋に入った。そこには先ほどとは異なるぴりりとした緊張感が溢れており、奥の執務机にはカレンベルグ大将が肘をついて、組んだ手で口元を隠していた。その横にはアーベライン中将が立っている。彼はひょろっと細身のカンガルー獣人で、一見穏やかそうだが、表向きには情報部、裏向きには諜報部のトップをこなす、いろんな意味でとても怖い人だ。あと、接近戦では尻尾の攻撃がとても痛い。

「ベックラー・ケルンハルト少佐、君が身元不明、年齢不詳のうさぎ獣人女性、ルミ・タカギ氏を拾い、その者が君のつがいだという報告を受けた。間違いないか」

「はい」

「そして、彼女は『精霊の愛し遣い』であると考えられる、と」

「その通りであります」

二人とも、連日の激務に加えてこの問題が生じてさらに忙しくなったはずだが、そんな様子は微《み》塵《じん》も見せない。それなりの歳だというのに、心身ともに大変頑強だ。

「さらに、アレンカ・デュッケ中尉からの報告で、彼女の非公式の伴侶《はんりょ》ウルリク・ノルドルンドもつがいかつ『精霊の愛し遣い』であり、タカギおよびノルドルンドの両名は同じ異世界からやってきたと考えられると」

「はい」

「……まったく、できすぎですね。おかげで今朝の会議は紛糾しました」

アーベライン中将は溜息を吐いて書類を叩いた。ですます調の時は、少し肩の力を抜いている証拠だ。公の軍人口調でなくてもいいと解釈し、こちらから質問することにした。

「どのような結論になったのでしょうか？」

「まだ結論は出ていません。反対派が強硬なのですよ。シュペール大尉の報告書もありますし、朝にはデュッケ中尉から検査結果も提示されている。二人とも薬物反応は一切出なかったというし、不審な点はありません。スパイだという疑念はほぼ払拭できるはずなのに、根拠もなくつがい、あるいは『精霊の愛し遣い』というのは騙《かた》りで、あなたを籠絡《ろうらく》して軍部を探る魂胆《こんたん》だとかなんだとか。彼らは随分とあなたを敵視しているようだ」

事前に予想していたことだが、実際にこのような難癖《なんくせ》をつけられると腹に据えかねるものがある。しかも、単にスパイ疑惑があるだけでなく、俺を排除しようとする奴らがそれを利用しようとしているとは。今は憤《いきどお》りを表に出す時ではないためぐっと堪えるが、握り締めた拳が少し震えた。

「あなたはいなくてよかったと思いますよ。なかなかひどい言い草でしたから。今後も大変でしょう」

同情するような色がアーベライン中将の瞳に見て取れて、安堵とともに目礼する。直属の上司が俺の味方になってくれることが確定してよかった。彼は冷徹に事実を見る人だから、変な言いがかりをつけることはないと信じていたが、貴族社会も含む情勢次第では、俺を切り捨てる可能性もゼロではなかったのだ。

無表情を貫いたつもりだったが、その思いを見透かされたらしい。「今の軍には、優秀で血統もいいあなたを、無駄に切り捨てる余裕などないのですよ」と横目で見据えられた。冷たく見せかけているだけでなく、状況次第では本気で俺を切り捨てられる人なのだ。やはりとても怖い。この人の怖さがわからない奴は、情報部では生き残れないし、情報部以外でもいつの間にかいなくなっていたりするのだ。

「ま、ありゃあ単なる私怨だろ」

それまで黙っていたカレンベルグ大将がにやりと笑って言った。

「おまえら情報部全体もだが、特にベックラーは恨み買ってるからなぁ。とりあえず反対して、つがいとの関係を悪化させてやろう、引き裂いてやろうと思ってんだろ」

「はあ……。自分は真面目に働いているだけなんですけどね」

「あなたは突っかかってくる者たちを歯牙にも掛けず、放置してきたようですが、こういう時に足を掬《すく》われかねないのですよ。少しは反省して、こちらの粛清に手を貸しなさい。余計な権力闘争に気を取られてばかりで、国の役に立たない輩《やから》をのさばらせておくわけにはいきませんので」

「はっ、承知しました」

痛いところを突かれたと思った。自分の身内は軍関係者や、そうでなくとも武術・諜報などの嗜《たしな》みのある者ばかりで、ルミに出会うまで、こんなに大切で非力な存在を自分のもとに囲い込むことになるとは想像していなかったのだ。

（ルミを危険に晒《さら》すわけにはいかない。全力で当たらねば）

「ひとまず、誘拐や暗殺には注意するように。あなたの今の最大の弱点はタカギさんですから」

「はっ」

「ああ、叩きのめすのはいいが、一人二人は証人残しとけよ」

「承知しました」

カレンベルグ大将が背もたれに身を投げだすと、重厚な執務用の椅子がきしんで音を立てた。いい歳をして、動作がどうにも若者じみている。それを横目で見たアーベライン中将が改めて背筋を伸ばしてこちらを向き、眼鏡のブリッジを指で上げた。

今までのは裏の会話。これからは公の命令だという切り替えがはっきりしていてありがたい。

「さて、デュッケ中尉の提案通り、推定『精霊の愛し遣い』二人の面談を求める」

「承知しました」

「急だが、午後には立会人が揃う予定だ」

「……早いですね」

「証拠隠滅を恐れているとのことだ。こちらにとってもありがたいので受け入れた。客室を貸すから昼食を取り、準備をするように」

「はっ」

「おそらくデュッケ中尉ではない者の手で、昨日より詳細な検査も受けてもらうことになるだろう。構わないな？」

「もちろんです」

ルミに負担をかけたくはないが、ハロンの報告書とアレンカの検査結果に加え、ウルリクとの面談やさらなる検査の結果があれば、味方はもちろん、中立の奴らもこちらの主張を認めざるを得ないだろう。そうすれば、ルミとウルリクをこの国の者として認めるところまではなんとかなる。

その後、結婚が認められるかどうかは、より政治的なレベルでの、そして貴族間の駆け引きが必要だ。そのあたりは父上や兄上の協力を求めることになるかもしれない。

話は終わったと思い、敬礼して帰ろうとしたら、大将が再びにやにやしはじめた。

「それにしても、おまえにつがいか。早速、俺以外の目に触れるなー、ってばかりに囲い込もうとしてるようだが、独占欲の強い男は嫌われるぞ？」

からかいの色の濃い言葉に苛立つが、そんなに独占欲剥き出しではない、とは言い切れず、無言を貫くことにした。だが、さらにおもしろそうな顔をされてしまったので、早々に退散することにする。

「では、後ほど、よろしくお願いいたします」

「はいは～い。ルミちゃんによろしく！」

手を振る大将の横に、眉間のしわを揉《も》むアーベライン中将が見えた。

◇◇◇

廊下の長椅子に座ってハラハラしながら待っていると、ベックラーさんが少し疲れた様子で戻ってきた。どうだったか尋ねると、「あとでな」と言われてしまった。

「ハロン、客室を借りることになった」

「ああ、聞いてるぜ。連絡しといたから、そろそろ来る頃合いだしちょうどよかった」

「ローヴェルトか……」

話しながら客室に向かう。ローヴェルトさんというのはベックラーさんのおうちの執事さんらしい。

「生まれた時から世話になっていて、実家から独立する時についてきてくれたんだ。とても有能なんだが、どうも俺を子ども扱いするところがあるのがなぁ……」

ベックラーさんがぼやくのがちょっと可愛い。きっと幼少期を知っているからこそ、大人になっても敵わない相手なのだろう。

客室に着いて腰を落ち着けたところで、ノックの音が聞こえた。

「坊っちゃん！　坊っちゃんはおられますか！」

「うるさいぞ、ローヴェルト」

焦った様子で部屋に飛び込んできた執事さんは、どう見ても羊の獣人だった。曲がった角に、ふわふわと遊ぶ白い髪の毛、小柄な身体。老齢のようだが、背筋はぴんと伸びていて、フロックコートのようなジャケットを乱れなく着込んでシャツのボタンも襟元まで留めている。

ローヴェルトさんは私を目にすると、一度目を見開いてから改めて姿勢を正した。

「彼女がルミだ」

隣に座ったベックラーさんに腰を抱き寄せられる。密着した体温は心地いいけれど、人前だと少し恥ずかしい。ぐいぐいとベックラーさんの身体を押して離そうとしてみたものの、ぴくりとも動かなかった。

諦めて向き直ると、立ったままのローヴェルトさんが私たち、というかベックラーさんの様子を見て小さく溜息を吐いたようだった。貴族の家では一悶着《ひともんちゃく》ありそうなことをハロンさんが言っていたから、緊張してしまう。

「ルミ様、取り乱してしまい申し訳ございません。わたくしはケルンハルト家の執事、ローヴェルトでございます。この度は坊っちゃんのつがいのお方をお迎えでき、大変嬉しゅうございます」

「あ、ありがとうございます。ルミ・タカギです」

予想と違って歓迎されているようで、拍子《ひょうし》抜けした。少し肩の力が抜ける。

「ルミ様は『精霊の愛し遣い』と伺いました。とても希少で光栄なことでございます。じいはずっと坊っちゃんに伴侶《はんりょ》をと祈っておりましたので、精霊もそれを聞き届けてくださったのでしょう」

ローヴェルトさんは話しながら涙を流しはじめた。彼が取り出したハンカチにはきちんとアイロンが当てられていて、几帳面さが伝わってくる。

でも、『精霊の愛し遣い』は求める者のところに現れるのではないと知っているから、返答に困る。ベックラーさんを見たら、静かに首を振った。うん、ここは黙っておくところだよね。

「ローヴェルトは、普段は執事の鑑《かがみ》みたいな奴なんだがな、俺に関してはときどき感情の針が振り切れるんだ。ちょっと面倒くさい」

ベックラーさんが私の耳に近づいて囁《ささや》く。うさぎの耳でなんとか聞こえるくらいの音量だったからか、鼻をかんでいたからか、ローヴェルトさんが気づいた様子はなかった。

「あの、私はまだ身元が不確かですし、貴族のベックラーさんがそんな私と結婚するのは問題があるって聞きましたけど……」

「ああ、それを気にしてたのか。すまない。俺が『精霊の愛し遣い』を得たことを、俺の両親やきょうだい、古くからの使用人たちは諸手を挙げて祝ってくれる。それは間違いないから安心してくれ。問題は、それ以外の親族や、他の貴族たちが騒ぐかもしれないということだ」

「本家の乗っ取りを狙う分家の奴らや敵対派閥の貴族はなんにでも難癖《なんくせ》をつけてきやがるからな。だが、ベックの家族や家族同然の奴らがルミちゃんのことを忌避《きひ》するわけがない」

ベックラーさんとハロンさんが安心させるように説明してくれる。ようやく落ち着いたローヴェルトさんもそれを肯定するように微笑んでいたが、なにかに思い至ったように少しだけ眉を下げた。

「最近は反つがい主義という者たちもおりますから、そちらにも注意が必要ですが」

この世界では基本的につがいが尊重されるけれど、貴族社会だけはちょっと特殊なのだという。

例えば、政略結婚によって家と家のつながりを担保したり、後継者となる子どもを作ったりしなければならない貴族男性が、平民女性のつがいを見つけた場合。仕方なく身分がある女性をお飾りの正妻にして、平民のつがいを愛人とすることもあるのだそうだ。そうなると、男性にとって正妻との行為は大変苦痛だし、正妻は決して愛されないし、愛人にしかなれないつがいも不幸だし、子どもにもそれは伝わるし……、大抵は関係が破綻《はたん》するらしい。

聞いただけで、本当に誰も幸せになれない。

「反つがい主義の者たちは、そのような経験がある者やその身内を中核として、つがいなんてまやかしだ、あるいは詐欺だ、と主張しています。時にはつがいを別れさせようと、誘拐や脅迫まがいのことまでするとか」

それこそさらに不幸が増えるだけじゃないだろうか。不安なのが伝わったのだろう、腰に回った手が強く私を抱き寄せた。

「大丈夫だ、ルミ。両親や兄上たちが根回しに協力してくれるし、それでもなにか言われた場合はちゃんと俺が撥《は》ね除ける」

「ベックラーさん……」

見つめ合っていたら、「うぉっほん」という咳払いが聞こえた。

「貴族に認められるためには婚前は清い関係を保たれませ」

「つがいなんだから仕方ないだろう。我慢できるわけがない」

「坊っちゃん!!」

ベックラーさんの明け透けな言い様に、ローヴェルトさんが悲痛な叫びを上げた。

「まったく、貴族家の当主ともあろう者が、我慢ができないなどとは何事です！　それに、出会ってすぐにゲホンゴホン……、と伺いました。まったく坊っちゃんは……」

ローヴェルトさんは申し訳なさそうな表情で私を見てから、ベックラーさんを睨む。ベックラーさんはすでにたじたじだ。

「坊っちゃんは年上なのですから、そのあたりはきちんとルミ様を導く立場におありなのですよ！」

ローヴェルトさんは怒ったような困ったような表情で赤い顔をしている。白くてもっさりした眉毛がへの字だ。

それはさておき、私はさっきから、ローヴェルトさんが頭を振る度にもふりもふりと揺れる髪の毛が気になって仕方がない。密度が高く、細い毛がみっしりしているように見える。どんな手触りなのだろうか。さぞかしもふいに違いない。

「ルミ、どうした？」

ローヴェルトさんの固まって揺れるもこもこヘアーを眺めていたら、ベックラーさんが口喧嘩をやめて怪訝《けげん》そうに尋ねてきた。

「いえ、もこもこだなぁ、と」

「ああ、見ての通り、羊獣人だからな」

「羊の毛……、もふもふしたいですねー」

「なっ⁉　……いや、ルミは異世界人。知らないだけだ、大丈夫だ……」

ベックラーさんが遠い目をして自分に言い聞かせるようにつぶやきはじめた。これはなにかいけないことを言ってしまったらしい。

（あ、獣型は親しい人にしか見せないのか。ということは……）

「もしかして、もふもふしたいって、セックスしたいと同じ意味になります？」

「セッ……⁉　そ、その通りだが、そういう意味で言ったんじゃないよな？　違うよな⁉」

「もちろん違いますよ。知らなかったけど、そうかなぁ、って」

「よ、よかった」

「じゃあ、私がもふもふできるのはベックラーさんだけなんですね」

「ぐはっ」

「今度私にもベックラーさんの獣型、もふもふさせてくださいね」

「ぐふっ……」

ベックラーさんが呻《うめ》いて頭を抱えた。ハロンさんはお腹を抱えて笑っている。

「ルミちゃんはときどきずばっと言うよなぁ」

「……なるほど、坊っちゃんは骨抜きですな。そして、ルミ様にはこの世界の常識をいろいろとお教えしないといけないようです」

ローヴェルトさんは毒気を抜かれたような顔でそう言った。


その後、先ほどの大将さんたちとの会話の内容を教えてもらった。報告や検査結果には問題がなかったこと、大将さんと中将さんは味方になってくれること、でもベックラーさんに敵対する人たちが強く反発していて、彼らに注意する必要があること、場合によっては誘拐や暗殺も警戒しなければならないこと。

（誘拐に暗殺かぁ……）

そういったことが自分の身に起こりうるなんて思ってもみなかったから、正直なところまだ実感が湧かない。

（ていうか、せっかく異世界で生き延びたのに、すぐに命を狙われるって、理不尽というかなんというか。こういう部分は保証外なんですかね、エスさん……）

思わず心の中でエスさんに語りかけていると、ベックラーさんが心配そうに覗き込んできた。

「すまない、怖がらせたか？」

「いえ、まだピンときていないです。それに、なにがあってもベックラーさんが守ってくれるって信じてますから」

「もちろんだ！」

ぎゅっと抱き締められ、ベックラーさんの広い胸に顔を埋める。「うぉっほん」というローヴェルトさんの咳払いで、慌てて離れた。

「えっと、気をつけなきゃいけないことを教えてくださいね」

「ああ。まずは人型を維持できるようにならなければ危険すぎる。そこはアレンカに期待だな」

「はい。あとはお社《やしろ》でも相談してみます」

スパイ疑惑払拭と戸籍の獲得、うさぎになってしまう問題に加え、誘拐や暗殺に備える、という課題が加わったよ！　前途多難だけど、頑張らないとね。

ローヴェルトさんの給仕で遅めのお昼ごはんを簡単に終えると、すぐに会合の時間になった。

「ルミ……、絶対に、絶対に、俺から離れるなよ？」

そう言われながら再び中央管理棟に向かうと、なにやら緊張感が漂っているわ、嫌な視線を感じるわ、ひそひそされるわで、針の筵《むしろ》だった。ベックラーさんの懸念《けねん》がわかった。

「ベックラーさんから離れません」

触れるくらい近くに寄ると、ベックラーさんがちょっと鼻の下を伸ばしたような笑い方をして、辺りがひどくざわついた。やはりそんなベックラーさんは珍しいらしい。

「ベック、そんな隙だらけでいいのか？　つがいだから当然とはいえ、大切にしてるってはっきり見せたら余計にちょっかいかけてくる奴が増えるぞ？」

「別に構わん。ルミの前で笑顔を我慢できるわけもないし、ここらで面倒な奴らを一気に叩きたいからな。危険なのは早急に排除しないと安心して結婚できん」

獰猛に笑うベックラーさんに見惚れているうちに、目的の部屋に着いていた。ハロンさんが後ろで「フェロモン……」と言っていたのは気づかなかったことにする。どうにもできないので。

大きく開かれた扉の中は、法廷のような重厚な雰囲気の部屋だった。

「ケルンハルト少佐、早く入ってこい」

「はっ、失礼します」

中から中将さんに声を掛けられて、ベックラーさんが一礼して部屋に入る。真面目で格好いいベックラーさんが降臨した。浮かれないように気持ちを抑えてベックラーさんに続く。

中央にある大きな机の一番奥に大将さんが座り、そのすぐ横に中将さんが立っていた。向かって左には、すでにアレンカさんとそのつがいらしき人が椅子に腰掛けている。

（おおー、アレンカさんのつがいさんの角は山羊《やぎ》かなぁ。色素薄めだし、白山羊《しろやぎ》さんぽい）

私たちはその向かいに案内された。机を囲むように壁際に椅子が並べられ、数十人の立会人らしき人たちがいて、ハロンさんもそこに加わった。思ったより人数が多くて緊張する。

中には明確に敵意を含んだ視線を向けてくる人もいて、ピリピリした空気が漂っていたけれど、中央の机に向かっている人たちは皆、意に介していないようだった。穏やかに紅茶を飲んだり小さな声で会話して微笑みあったりしている。

（すごいなぁ。私は無表情に見えるかもしれないけど、この部屋に入ってからはそこそこ緊張してるのに）

それが出てしまったのか、耳がぴるぴる揺れるのを感じる。感情がもろに出てしまう耳と尻尾の制御は、親しい間柄ではない相手に会う時には重要だと言われたものの、すぐには難しい。

「あなたがルミ・タカギだな」

「はい」

「私はアーベライン中将。ケルンハルト少佐の直属の上司として、立会人代表を務める」

「よろしくお願いします」

一礼した後、席を勧められたので、ベックラーさんと並んで腰を下ろした。

「アレンカ・デュッケ中尉のことは知っているだろう。彼女の隣が、中尉のつがいのウルリク・ノルドルンドだ」

「はじめまして。ルミ・タカギです」

「はじめましてー。うわー、ほんと日本人だね。ちょっとくっきりはっきりしてるけど」

「ウルリクさんは北欧系なのわかります」

「ノルウェー出身だよ」

「……と、このように、この二人、現時点では『自称』とさせてもらうが、自称『精霊の愛し遣い』の二人は同じ異世界から来たと推定される。両名は非常に目立つ容貌だが、これまでの調査で、ノルドルンド氏は三年より前、タカギ氏は昨日より前に、存在の痕跡を見つけられなかった。また、両名が接触したことがないことは、アレンカ・デュッケ中尉およびハロン・シュペール大尉が提出した記録等により十分に証明できたと考えている」

中将さんがそのようにまとめた。壁際には書記らしき人たちもいて、忙しそうにペンを動かしている。アレンカさんが作った音声記録媒体も机の上に置かれていた。

「その点について疑念を表する者もまだいるが、今はその議論に使う時間はない。今回は、この二人が同じ異世界から来たことを証明するため、二人に異世界語で会話をしてもらうわけだが……」

「学者先生がまだ来てねぇな？」

その時、バターン！　と扉が開いて、人が飛び込んできた。

「すみませんっ！　遅れました！」

くりっとした目に厚めの眼鏡をかけ、寝癖のついた髪の間からは羽角が突き出ている。ピシッと糊《のり》の効いた服装の軍人たちの中では非常に目立つよれた服を着ていて、背中にも羽が見えた。

（おおー、これは典型的な学者さん！　ミミズクでは⁉）

予想が当たっているかは、あとで聞かないとわからないけれど、たぶんそうだ。

ちなみに、本人に種族を聞くことは失礼ではないが、気にしない人も多く、話題に上らない場合も多々あるという。これまで会った人たちの種族を私が知っているのは、ベックラーさんが気を遣って教えてくれたおかげだ。

「……こちらが、文化獣人類学者で、特に言語に詳しいミロ・マカルーキ氏だ」

「どうも」

不機嫌そうな中将さんの声にびくびくしながら、推定ミミズクさんが挨拶をした。今回、私とウルリクさんが異世界語で会話をするのを聞いて、出鱈目《でたらめ》でないかを見極める役割をするそうだ。アレンカさんより上、大将さんたちより下くらいの年齢だろうか。大役だと恐縮していた。

これで役者は揃ったらしい。

（うーん、英語はそんなに得意じゃないんだけど、大丈夫かな？）

結果として、ウルリクさんとは普通に英語が通じたし、楽しかった。

できるだけわかりやすく丁寧に話してくれと依頼されたので、日本人らしい生真面目な英語が役に立ったと思う。

『私、北欧には一度行ってみたかったんです。もちろんノルウェーも。オスロの美術館とか、オーロラ鑑賞とか、いろいろ見てみたかった』

『へぇ、嬉しいなぁ。僕は日本に行ったことあるよ。秋葉原は最高だった！　僕はオタクだからね』

『アキバですかー。私はあまり行ったことがないですけど、楽しそう』

『あ、ルミちゃんはオタクに抵抗ないほう？』

『はい。北欧ではジャパニメーションが結構人気って聞きます』

『そうそう。僕はアニメと漫画、あとはラノベが好きだよ』

その後は、日本の名所や好きな作品の話などで盛り上がった。有名どころはお互い知っているから、話すネタには困らない。

それだけではなく最初に、マカルーキ先生（つい先生と呼びたくなる雰囲気の人だ）他、文化獣人類学者や言語学者の人たちからの質問紙にも回答もした。こちらの言語を英語に翻訳したり、基礎的な単語や構文を答えたりといったものだ。自由作文もあって、それらを総合して言語として本当に成立しているかを判断し、さらに口頭での会話で確認するという趣旨だ。

言語を創作し、それを手紙でやりとりした場合、口頭ならボロが出るだろうということらしい。

それにしても、盛り上がれば盛り上がるほど、ベックラーさんが怖い。嫉妬しているのがはっきりわかる。アレンカさんも薄く笑っているのに、なんだか漂う空気が冷たい。

ついでに、マカルーキ先生がものすごく真剣に、目をかっぴらいて話を聞いて、手元も見ずに激しい勢いでメモをしているのも怖い。

そのせいもあってか、徐々にウルリクさんと私の盛り上がりは収束していった。

「えっと、こんなところでいいでしょうか」

マカルーキ先生に向かってそう尋ねると、彼ははっと夢から覚めたように全員の顔を見比べた。

「あ、ああ、はい」

「どうでしたか？」

「お二人は確かに、デタラメでなく、法則性を持って会話されていると判断できます。いやぁ、すごいですね！　まったくの未知の言語です！　文法構造が似ている言語と比較して、さらに解析するのが楽しみです！」

その言葉に、ベックラーさんと視線を交わして頷き合う。ひとまず目標を達成できたようだ。一方、アレンカさんは、まだ安心できない、という表情をしている。

「アレンカ。心配しすぎ」

ウルリクさんがなだめるように、同時に熱く、アレンカさんに微笑みかけ、スッと手を握った。指を絡めて手の甲を撫《な》でる。さらに耳元で何事か囁《ささや》くと、アレンカさんの眉間のしわが和《やわ》らいだ。

（なにこれー！　なにこの一瞬にしてできあがった甘い空間！　ウルリクさん、見かけによらず手《て》練《だ》れだわぁ……）

そんなことを思いながら二人を眺めていると、隣からそわそわした気配が伝わってきた。

（そんな期待した目で見られても……！）

私はあんなホストみたいな技は持っていない。仕方なく、ベックラーさんの指先を摘《つま》むように握ったら、感動したように震えられた。なぜだ。

「ごほん」

中将さんが咳払いをして、全員がそちらを向いた。大将さんは私たちを見ておもしろそうににやにや笑っている。なんだか恥ずかしい。

「では、私、アーベライン中将の名のもとに、カレンベルグ国軍においては、タカギとノルドルンドの両名が、十分と言える確度で、われわれの知らない世界から来たことを証明できたと暫定的に認める。よってスパイ容疑も却下する」

「ま、妥当なとこだな。証言、検査結果、実験結果が一致した。もともと『精霊の愛し遣い』の存在は認められているしな」

中将さんと大将さんの言葉を聞き、改めてほっと息を吐く。

しかし、立会人の一部からは不満そうな声が漏《も》れていた。そちらを一瞥《いちべつ》してから、中将さんが続ける。

「『暫定的』としたのは、今朝の会議で、検体の採取と検査を利害関係者であるデュッケ中尉が行ったということに、異議があったためだ。状況を秘匿する必要があった以上、利害関係者のみで事を運ぶことになった必要性は認めている。また、デュッケ中尉以外の研究員も検査に携わっていたし、残った検体を用いて別のグループも再検査をした。しかし、それでも認めないという者たちがいる。共謀して検体をすり替えた可能性があるという理由でだ」

中将さんは読めない表情ながら少し苛立たしげに息を吐いた。

確かに、アレンカさんが採取して、彼女と彼女の部下が検査したんだから、その指摘も仕方がないと思う。ついでに、ベックラーさんの側近のハロンさんが証人として不足だというのもわかる。

でも、私がベックラーさんと出会う前に、ベックラーさんの周りに黒うさぎ獣人の女性が見当たらなかったことは基本的に示せているそうだし、あんなに急に黒うさぎ獣人の血液や髪を用意できたとは思えないんだけど。それとも、アレンカさんならできただろうってことなのかな。有能すぎるのもこういう時にはマイナスに働くのかもしれない。

(まあでも、軍みたいなところでは、こういうことをきちんとしておく必要があるんだろうな)

「よって、多様な派閥のグループが選んだ検査員により、衆人環視のもと、タカギとノルドルンド両名の血液と髪を再採取し、検体の比較検査等を行う。いいな」

「はい」

「はーい」

私とウルリクさんは頷く。今回は、暫定でも私たちが「精霊の愛し遣い」であるという結論を示し、今後私たちが動きやすくなるようにすることを重視しており、細部を詰めるための再検査はありうると聞いていたので、問題ない。

しかし、アレンカさんは馬鹿馬鹿しいと言わんばかりに鼻を鳴らした。

「まったく。そんな簡単にバレるすり替えなんかするわけないだろう。予算の無駄だ。試薬にも人員にもどれだけ金がかかると思っている」

「本当にな」

ベックラーさんも不敵に笑う。そういう表情をしていると、とても格好いいです。狼の風格がある。ああ、フェロモン出ないように気をつけなきゃ。

「同時に、ケルンハルト少佐の薬物検査も改めて行う。検体がすり替えられていたなら、当初ケルンハルト少佐が薬物によって幻惑されていた可能性を否定できない、という主張があるためだ」

「承知しました」

なるほど、昨日のことはたぶんもう証明できないけど、今も継続して私に薬を使われ騙されていないかを改めて検査するのね。本当に対立派閥の人たちはベックラーさんに難癖《なんくせ》をつけたくてしょうがないらしい。

検査して潔白が証明できるならいいのだけど、疑い出したらきりがないからなぁ。その点は少し心配だ。

「また、今回の両名の会話は録音されている。質問紙の回答と合わせ、他の言語学者にも確認を依頼する。正確な検証には時間がかかるという主張があるためだ」

「私も他の学者たちと協力して解析したいですから、願ったり叶ったりです！　異世界語なんて、みんな大喜びですよ！」

さすが学者。マカルーキ先生が心底嬉しそうなのに対して、対立派閥らしき立会人たちは苦々しい顔をしていた。

「本当にいろいろと予算の無駄ですね。むしろそれが問題にはならないんですか？」

ウルリクさんがのほほんと、厳しいことを口にする。でも、私も同じことを思った。

「『今回の件は軍にスパイを潜り込ませないため、軍の威信をかけて行うことだから、少しも遺漏《いろう》があってはならない』という主張が通った」

「あんま言いたくなかったんだけどな、一応現状を知ってもらうために言っとくと、二人を拷問にかけりゃいい、なんて意見まであったんだぞ」

二人、と言う時に、大将さんはウルリクさんと私に目を向けた。

「へぇ、僕まで対象なんだ」

ウルリクさんがすっと目を細めた。なかなかに迫力があって、ちょっと意外に思う。

ともあれ、スパイ疑惑があるなら拷問くらいはありえそうだ。ほとんど他人事のように納得する。それでも少し、胸の奥が嫌な感じにぞわぞわした。ベックラーさんを信頼しているからその程度でいられるわけで、そうじゃなかったら心底怖かったと思う。

それに気づいてくれたのか、ベックラーさんが労《いたわ》るように私の顔を覗き込んで背中を撫《な》でてくれて、さらに気持ちが落ち着いた。大丈夫、というように頷くと、ベックラーさんは優しく微笑んだ。

「すでにある程度の証拠が集まっているのに、非人道的な行為に踏み切る十分な理由はない。しかし、現状のような検査・調査ではぬるいという見解は依然としてある」

「軍の派閥って面倒くさいんですね。大変だね、アレンカ」

「まあ、構わんさ。われわれには調べられて困ることはなにもない。一日も早くこの面倒から解放されたいとは思うがな」

アレンカさんが腕を組んで敵対派閥らしい人たちを見やり、鼻を鳴らした。

中将さんが「静粛に」と言って、話をまとめた。

「すでに幾度も論じた通り、不在証明を完全にすることはできない。しかし、十分なレベルの証拠は揃っていると考える。検査結果に問題がなかった場合、両名の戸籍を作成するため、国への申請手続きに移る」

中将さんの宣言に対し、異論は上がらなかった。

「では、以上で閉会とする。血液と髪の採取はこの後、医務室に移動して行う」

こうして、まずまずの結果を得られた会合は終了した。

大将さんが帰りがけ、ベックラーさんの横を通りすぎながら「油断するんじゃねぇぞ。貴族社会も厄介だからな」と言ったのが耳に残った。


医務室での採取と検査はつつがなく……、は終わらなかった。採取自体はすぐ終わったのだが、検査室へ運ぶ際に検体がすり替えられそうになったらしい。

「想定内だ」

「むしろこんなに容易《たやす》く引っ掛かるとは、軍人としてどうなのかと心配になるな」

アレンカさんの研究室に移ってからの、ベックラーさんとアレンカさんの言である。どうやらある種の囮捜査《おとりそうさ》をしていたらしい。

「あ、やっぱりわざとだったんだ」

椅子に浅く座って身を乗り出したウルリクさんも、納得した様子で頷いた。確かに、わざわざ中央管理棟の医務室で採取して研究棟に運ぶのは不思議だなと思ったのだ。

実は魔術による特殊な見えない刻印で、検体を識別できるようになっていたらしい。すぐにすり替えがバレて、犯人はあっさり取り押さえられた。

背後にいたのは再検査を主張した者たちで、露骨に敵意を見せていた一派だったそうだ。さらに、検査結果を捏造《ねつぞう》する準備やら、外部の言語学者に違う録音を聞かせる準備やらもしてあったとか。

「お粗末な手口ではあるが、中にはうまく隠蔽《いんぺい》されて見つけるのが面倒な工作もあった」

「残念ながら全員小物だったがな。まあ、あの程度で釣れるのはそれくらいだろう。過激で、考えなしにルミに危害を加えそうな危うさもあったし、多少は軍の浄化に貢献できたということで、良しとしよう」

監視として警備兵もいるけれど、私たちの間に少し緩んだ空気が流れた。ちなみに、ハロンさんは一足先に屋敷に帰っている。

「さて。ルミは昨夜から人型のままなのかい？」

アレンカさんが研究者の顔になって私に向き合った。スパイ容疑がほぼ晴れて、戸籍がなんとかなりそうな今、一番の問題は獣型になってしまうことだ。

「いいえ、今朝も獣型になってしまいました」

「残念ながら唾液も駄目だった」

「ふむ……」

「あの、もしかして、一度寝ると獣型に戻ってしまうんじゃないかと思うんですが」

「私もその可能性を考えていた。子どものうち、寝ている状態で獣化する者は一定数いる。しかし、覚醒と同時に人型に戻ることがほとんどだ。そのあたりの脳の研究はまだ十分でないが、本能的には獣型が自然で、一方、意識の上では人型が『普通の』『安定な』状態だという感覚があるからだと考えられている」

「つまり、ルミはその認識がないということか？　しかしルミは……」

ベックラーさんは私が元は獣人ではなく、獣型になったこともなかった、ということを言い掛けたのだろう、それを遮ってアレンカさんが続ける。

「端的に言うと、ルミ、君はこの世界の獣人となんら変わりない。今後検査項目が増えても、おそらく異世界人だという証明は、生物学的には難しいだろう。ウルリクの時にかなり詳細に調べたからな」

まあそうだろうな、と思う。だってこの体は、精霊さんが作ったこちらの世界のもの。むしろなにか違っていたらびっくりだ。

「だからこそ、ウルリクの存在に大きな価値が生まれる。対象が一人なのと二人なのとではまったく違うからな。貴族であるベックラーの『精霊の愛し遣い』として君が来てくれたことで私には希望が見えた。もともとの興味にその感謝の気持ちの分も上乗せして、徹底的に調べるよ」

「ありがとうございます」

アレンカさんはウルリクさんのことを話す時、目元が優しくなる。とても愛しているのだと思う。微笑ましく見返していると、照れたように目を逸らされた。

「さて、睡眠との関係にも実験が必要だが、その前にもう一つ欲しいサンプルがあるのだが……」

アレンカさんの目がギラリと輝いた。嫌な予感に思わずベックラーさんに擦り寄る。一瞬嬉しそうにしたベックラーさんだったが、すぐに私同様、眉をひそめた。

「とりあえず、勃《た》たせろ」

「は？」

「私は君の精液に興味がある。味の件もそうだが、ルミはそれを舐めると人型になるという。そんなキートリガーを検査しないわけにはいかないだろう。ああ、ルミに提供しすぎてもう枯れたか？　早くないか？」

「かっ、枯れてなんかない！　だが！」

「今すぐ勃《た》たないなら、ルミに頑張ってもらうしかないな」

「なんだと⁉」

口元を覆ったアレンカさんが、手に取ったスプレーの中身を私の顔に向かって噴霧した。少し刺激のある匂いを吸い込んでしまってびっくりしているうちに、身体が少しずつ熱くなってくる。

「おい！　ルミになにをした！」

「ささやかな催淫剤だよ。身体に害はない。ああ、そこの警備兵は外に出たほうがいいんじゃないか。ルミのフェロモンは強烈らしいから」

「くっ……、なんてことだ」

軍服姿のベックラーさんがそんな悩ましくも険しい表情をしている様は本当にごちそうさまなんだけど、これ、そこまでシリアスな状況ではないからね？

ベックラーさんが私を隠すように抱き締めた拍子《ひょうし》にベックラーさんの唇が耳に触れて、「ひゃうっ」と高い声が漏《も》れてしまった。

「ああっ、ルミのこんな表情を見て、声を聞いて、匂いを嗅《か》いでいいのは俺だけだ！」

（そこですか⁉）

思わず心の中で突っ込む。でも困ったことに身体はさらに熱くなり、言うことを聞かなくなりつつある。脚の間が濡れてくるのまでわかった。

「そこの扉の向こうが仮眠室だ。遮音性は高いから安心するといい。あまり時間をかけると待ちきれなくて乱入するかもしれないがな。ついでにルミの愛液も欲しい。君は自分で摂取したいだろう？」

「くっ、その通りだ」

アレンカさんはベックラーさんに数個の小瓶とスパチュラのようなものを渡している。

「……すまん、ルミ。ああ言い出したアレンカは、おそらく自分を曲げない」

私は込み上げる熱に震え、脚を擦り合わせながらなんとか頷いた。

「ベックラーさぁん、つらいですー……」

ベックラーさんが「ぐぅっ」と唸《うな》って、私を抱き上げる。隣の部屋はカーテンが閉め切られて薄暗かった。

その後はなんというか、お互い大変だった。採取という言葉を今後平静には聞けないんじゃないかと思う。アレンカさんたちが隣にいるのがわかっているのに、そんなこと頭から抜けてしまって、結局最後までしてしまったし。

まだ二度目なのにあんなに気持ちいいなんて、相性最高は本当に危険だと思う。

刺激が強すぎてぐったりした私は、そのまま寝入ってしまったのだった。

第四章　狼さんはつがいですよね？

目が覚めたらうさぎでした。

いい加減このパターンには飽きたけれど、一回寝るとうさぎになってしまうっぽいので仕方ない。

ところでここはどこでしょうか？　ベックラーさんが隣にいないのですが？

……と、そこまで考えて、ベックラーさんがいることがすでに当然になっていることに驚く。まだ出会って間もないというのに、つがいというのは恐ろしいものだ。

もぞもぞと動き出すと、柔らかくて気持ちのいい布団の上にいることがわかった。ベッドサイドに明かりもついている。

（これは……、くんくん、ベックラーさんの匂いが染みついてる！　ベックラーさんのお布団だ！　ということは、お屋敷まで連れてきてくれたのかしら）

ベックラーさんの寝室はかなり広いようで、うさぎの目ではよく見えない。ただ、ヘッドボードやベッドサイドの小さな台などが重厚な作りで、繊細な彫刻が施されているし、ベッドにかけられた布にも隅々まで刺繍《ししゅう》がされている。そういうのに疎《うと》い私にすら上等そうに見えた。

汚してしまったら怖いなぁ、などと思いながら、しばらくベッドの上をうろちょろしていると、ベックラーさんが隣室から顔を出した。

「ああ、ルミ！　目が覚めたか」

ベックラーさんが駆け寄ってくる。私も急いでベッドの端まで行ってベックラーさんに擦り寄ると、すぐに抱き上げられた。

「移動や会合や……、アレとかで疲れていたんだな。なかなか起きないから少し心配した」

ということは、翌朝とかになっているのだろうか。目を泳がせているベックラーさんは、検査のあとで私を抱き潰したことを一応は反省しているようだ。

異世界に来てからいろんなことが刺激的すぎたから、たくさん寝てしまったのはベックラーさんのせいばかりでもないのだけれど。アレンカさんのところの仮眠室でうっかり眠りに落ちてしまうほど疲れていたとは自分でも気づかなかった。

「まずはこれを……」

気まずそうに小瓶を差し出された。いつもいつもすみません。

指先に出された白い液体をぺろりと舐めると、すぐに人型に戻れた。

「ルミ！」

ベックラーさんは背を向けることなく私を見つめてくる。そして裸のままきつく抱き締められた。

「おはようございます。私、どのくらい寝ていたんでしょう？」

「もう翌日の明け方だ」

ならばなぜ、一緒に寝ていなかったのだろうと首を傾げてから、ふと気づく。

「ベックラーさん、もしかして寝てないんですか？　大丈夫ですか？」

「ローヴェルトが……、獣型で同衾《どうきん》なんて許さないと息巻いてな……。隣室で仕事をしていた」

ああ、これまで聞いてきたこの世界の常識に加えて、ローヴェルトさんならそういう反応になるよね。ベッドを奪ってしまった罪悪感とベックラーさんの寝不足が心配なのとで耳が萎《しお》れる。ベックラーさんはそんな私に優しく微笑んでくれた。

「このくらいはまったく問題ない。シャワーを浴びてくるといい。俺は隣の部屋にいる」

部屋の奥にあるお風呂場ですっきりしてから寝室に戻ると、ベックラーさんが誰かと話す声が隣室から聞こえてきた。顔を出すとソファの隣を示される。

「ルミ、こっちだ」

部屋にはローヴェルトさんとハロンさんもいて、ハロンさんは眠そうな顔とぼさぼさの頭でベックラーさんの向かいに座っていた。そういえば早朝だった。

おずおずと部屋に入り、ベックラーさんの隣に座ると、やはりすぐに腰を抱き寄せられた。もう抵抗するのは諦めている。

それを見てローヴェルトさんが眉をひそめた。

「まったく、坊っちゃんはもう少し慎みを持たれませ。ケルンハルト家の当主として……」

「当主と言っても、一代限りの騎士爵だ。父上や兄上とは違うさ」

「結婚前に醜聞《しゅうぶん》など流れてはのちのち困られるのはルミ様なのですぞ！　ルミ様のお部屋のご用意が間に合わず、坊っちゃんのお部屋でお休みいただきましたが、本来は客室に……」

「そりゃあ結婚前の妊娠なんかはちょっと困るだろうが、ベックラーなら黙らせるだろ」

ハロンさんが軽い調子で言う。

ちなみに、妊娠すると獣型になることができなくなるらしく、寝る度に獣型になっている私は今のところおそらく妊娠していないらしい。初日のうちに避妊の問題に思い至らなかったとは、異世界に来たことで自覚以上に動揺していたのかもしれない。

「ああ、もちろん誰にも文句は言わせない。だが、ルミが困ることはしたくない。それに、まだルミと二人の時間を楽しみたいしな」

そう言って、ベックラーさんはピルのような避妊薬を渡してきた。昨日は準備が足りなかったけれど、男性側の避妊も気をつけると小さな声で決まり悪そうに言われる。まあ、そういうことならば婚前交渉ありなんじゃないかなぁ、と現代日本で生きてきた私としては思うわけだけど、ローヴェルトさんとのやり取りは過熱していた。

「仮にそれが世間的には醜聞《しゅうぶん》だとしても、この屋敷の中のことが外に漏《も》れるなら、それはローヴェルトの責任ではないか？」

「……坊ちゃんは口ばかりうまくなって！　ハロン、お主がついていながら！」

いや、どちらかというとハロンさんみたいな悪友がいたせいじゃないかな、などと考えながら三人を眺めていたら、コンコン、と控えめなノックの音がした。ベックラーさんが頷き、ローヴェルトさんが扉に向かう。

「入りなさい」

促されて室内に足を踏み入れたのは、丈がくるぶしまであるクラシックなメイド風の服を着た女性だった。元の私と同じくらいの年齢だろうか。

（おおー、リアルメイド！　しかもあの耳は、鼠……？　でも尻尾が違うよなぁ。ていうか、スカートにも尻尾出すところがあるんだ）

そんなことを考えていると、ローヴェルトさんが紹介してくれた。

「彼女はオコジョ獣人のヒルダ。母親が本家のメイド長をしておりまして、幼い頃からよく勉強し年の割にしっかりしているので、ルミ様のお世話係にと思い呼んだ次第です。当館は使用人の数が少なく、特に女主人がおりませんでしたから女性使用人はわずかです。そのため、侍女の仕事もメイドの仕事も兼ねます」

「はじめまして。ヒルダと申します」

「ルミです。はじめまして」

ベックラーさんにがっしりと腰を掴まれ、密着した状態なので不格好だが、なんとか頭を下げる。対してヒルダさんは、とても綺麗なお辞儀をした。教育の行き届いたメイドさんという印象を受ける。

ただ、私とベックラーさんを見て驚いたようだ。まじまじと見つめられて少し居心地が悪い。

「ごほん。ヒルダ、この通り坊っちゃんが大切にしておられるつがいの方だ」

「もっ、申し訳ございません！　旦那様が、その、初めて拝見するご様子だったのでつい……」

「仕方ありません。ルミ様に対しての甲斐甲斐しいご様子にはわたくしも驚かされてばかりです。

まったく、お顔も締まりのない……」

「締まりがないとはなんだ！　仕方ないだろう、ルミはこんなに可愛いのだから」

「ルミちゃんは可愛いっていうか綺麗系じゃね？」

「顔立ちはそうかもしれないが、動作がうさぎの時と同じで可愛いだろう！　あっ、うさぎのルミは頭しか見たことなかったな。これからはそれすら絶対見せないがな！」

「はいはい、ごちそうさま、ごちそうさま」

真面目な空気だったのは一瞬で、すぐにベックラーさんとハロンさんの掛け合いがはじまった。

「だ、旦那様が壊れ……、いえ、あの」

「まったく、ずっとこの状態ですよ。恋の病は人を愚かにします」

うん、聞こえてるよ。ヒルダさんにそこまで驚かれると、普段のベックラーさんを見てみたくなる。いろいろ落ち着いたらぜひこっそり覗いてみよう。

「ヒルダ、おまえにはルミ様のお世話を頼みます。ルミ様はこの国とはまったく異なる慣習のところから来られたので、はじめはいろいろとお教えするように」

「かしこまりました。ルミ様、若輩者ですがどうぞよろしくお願いいたします」

「いえいえ、こちらこそわからないことが多いと思いますが、よろしくお願いします」

そう言うとヒルダさんは困惑した顔をしてローヴェルトさんを見た。

「ルミ様、まずはヒルダに対し、敬語を使うのをやめましょう。名前も呼び捨てで構いません。ルミ様の丁寧な姿勢は美徳ですが、ルミ様はいずれこのケルンハルト家の奥様となられるのですから、使用人に対し対等に接するのはあまりよくありません」

「なるほど、わかりました。あ、ローヴェルトさんに対しても、ですか？　それは抵抗が……」

さすがに年上の、しかもベックラーさんが信頼する人を呼び捨てにして使用人として扱うのは難しい。ローヴェルトさんとベックラーさんを交互に見ると、ベックラーさんが答えてくれた。

「ローヴェルトに対してはそのままでいいんじゃないか」

「そうでございますね。わたくしが自ら申し上げるのもなんですが、貴族家の、それも本家の頃から長年仕えている執事を、ご結婚前のルミ様が軽く扱った、と思われるのはよろしくありません」

「それならばよかったです。私の国では年長の方は敬《うやま》うのが普通なので」

「そうなのか。……ところで、俺に対しても、年上だからそんな口調なのか？」

「あ、はい、はじめはそうでしたね。と言っても、私は基本的にほとんどの人に対してこのしゃべり方なので、ベックラーさんが貴族と知って、むしろ軽すぎるかなと心配していたんですが」

「そんなことはないぞ。ちょっと距離を感じているくらいだ」

「えっと……、変えたほうがいい？」

口調を変えてベックラーさんを見上げると、彼は悩ましげに眉をひそめた。

「くっ……！　砕けた口調のルミも破壊力が……！　いやでも、敬語のルミも捨てがたい。これは悩みどころだ……！」

「おい、そんなくだらねぇことはあとで悩め」

「やはり人前では敬語、二人きりの時は砕けた口調で……？　呼び捨ても魅力的だ……」

「聞けよ！」

うん、今のは私が悪かった。ベックラーさんを混乱させてしまった。

一方、ローヴェルトさんは完全にこのやりとりを無視することに決めたようだ。

「ヒルダ、ルミ様がお慣れになるまでは、多少差し出がましいと思っても、先ほどのようなこともお教えするように」

「はい。承知いたしました」

「ルミ様もよろしいですかな？」

「もちろんです。ヒルダ、よろしくね」

「はい！」

「ところで坊っちゃん、本日はお社《やしろ》に向かわれるとのことでしたが、予定通りでよろしいでしょうか」

「ああ、早急に行く必要がある。ルミに目立たない服を頼む」

ようやくベックラーさんが真面目モードに戻った。それを満足げに眺めたローヴェルトさんは、

「承知いたしました。ご朝食の準備をしてまいります」と言ってヒルダとともに退出していった。

ほっと一息ついたところで、またも突然バーンと扉が開いた。

「ベック！　お兄ちゃんが来たぞー！」

「……兄上」

いきなりやってきたのは、ベックラーさんに負けず劣らず大きな身体の狼さんだった。顔立ちは似ているけれど、雰囲気がまるで違う。陰陽で言うと、完全に陽の人だ。それに、お兄さんはふりふりしたブラウスや金糸の刺繍《ししゅう》のベストを身につけていて、いかにも貴族という雰囲気。それと比べると、ベックラーさんは貴族と言っても質実剛健で軍人らしいと思う。

「そっちの子がベックのつがいかい？」

にこにこしながら近寄ってくるお兄さんから庇うようにベックラーさんが私の前に立つ。大きな背中で視界が塞がれた。

「ルミにいきなり近寄らないでください。そしてノックをしてくださいといつも言っているでしょう！」

「ひどいなぁ。ハロンから連絡が来て、可愛い弟につがいができたって言うから、お祝いにすっ飛んできたのに。あ、贈り物はローヴェルトに渡してあるから」

「……ありがとうございます」

「早く紹介してよ、ルミちゃんだっけ？」

ベックラーさんは一つ大きく溜息を吐くと、私に手を差し伸べて立ち上がらせた。「悪い人ではないんだ」と囁《ささや》いて、紹介してくれる。

「つがいのルミだ。こっちは兄のバーレント」

「はじめまして」

「やあやあ、ベックの兄だよ！　これからよろしくね！」

握手をすると、ちょっと痛いくらいの強さで握られぶんぶん振られる。すぐにベックラーさんが止めてくれたけれど、バーレントさんのことは少し苦手かもしれないと思ってしまった。

「こんなノリだが、兄上はケルンハルト本家の優秀な跡継ぎだ。忙しいのではなかったのですか？」

「こんな朗報より優先する仕事なんかないね！　父上はさすがに来られなかったから、僕が代理だ。悔しそうにしていたよ。母上は今、領地にいるけど、知らせが届いたら飛んでくるんじゃないかな。あ、その時は父上のためにも二人で王都の屋敷に顔を出してよ！　ね？」

笑顔で迫ってくるバーレントさんにたじろぐ。それに気づいたのか、ベックラーさんがさりげなく庇ってくれた。

「……すまん、家族が騒がしくて」

「いいえ、本当にご家族は私を受け入れてくださるんだとわかって嬉しいです」

バーレントさんのテンションの高さには面食らったけれど、これは本心だ。姿勢を正してはっきり言うと、バーレントさんは笑顔を返してくれた。

「さて、朗報だよ。スパイ容疑はほぼ晴れたようだ。君の戸籍作成は許可されるだろう。ああ、もう一人の『精霊の愛し遣い』くんの分もね」

「さすが兄上、情報が早いですね」

「昨夜には男たちの社交場で話題になっていたよ。僕は軍属の人間が多い派閥に属しているから上層部の動向は予想がつく。それに……」

意味ありげに見つめられて首を傾げると、バーレントさんがベックラーさんに似た顔でにやりと笑った。

「あの子が張り切っていたからね」

「あいつが……」

ベックラーさんが苦虫を噛み潰したような顔をする。

「誰ですか？」

「いや、その、だな。俺としてはルミに会わせたくないんだが、会わせないわけにもいかないというか……」

ベックラーさんがしどろもどろになっているところに、バーレントさんがすっぱり答えてくれた。

「僕たちのきょうだいだよ」

「えっと、ベックラーさんは何人きょうだいなんですか？」

「四人だ。兄上と姉上、それと……」

ベックラーさんが言いよどむと、バーレントさんは一層おもしろがるような顔をした。

「もう一人についてベックが話していないのなら、僕は口を噤《つぐ》むとしよう」

家族を信頼しているようだったベックラーさんの苦々しそうな反応に疑問が浮かぶ。

「まあまあ、悪いことにはならないよ。単にベックが君のことを愛しすぎているだけだ」

「はあ……」

曖昧に相槌《あいづち》を打ち、なにか知っていそうなハロンさんを見ると、露骨に目を逸らされた。ハロンさんは咳払いをして別の話をはじめてしまう。

「ところで、先ほどベックに報告しようとしていたところだったのですが、バーレント様にもお話ししても？　もうご存知なのではないかと思いますが」

ハロンさんはバーレントさんには随分丁寧な対応をしている。

「もちろん構わないよ」

「ベックにつがいができたという情報が軍の上層部と一部貴族に広がって、各種敵対勢力が暗躍をはじめています。大まかに、ルミちゃんを誘拐してベックに言うことを聞かせようという奴ら、ベックに恨みがあってルミちゃんを殺そうという奴らがいるようですね。まあ、想定内ですが」

「やはりか……」

おおぅ。私の立場はそんなに危なかったんだね。というか、ベックラーさん、そんなに恨みを買ってるのか。さらにバーレントさんが続ける。

「付け加えると、ベックやケルンハルト家の敵対勢力だけでなく、反つがい主義とかいう輩《やから》も活性化しそうだよ。中には過激なのもいるようだからね。本当に身の回りには気をつけることだ」

反つがい主義って、つがいを目の敵《かたき》にしている貴族の集団だよね。

いっぺんに聞くと本当に敵が多い。ここは異世界。現実に命がかかっていると肝に銘じなくてはと改めて思う。

「大丈夫だ、ルミ。そんな奴らに手出しはさせない。ただ、しばらくはあまり自由に外出もできないかもしれない。不便をかける」

「平気です。むしろベックラーさんが恨みをたくさん買っているのが心配です」

「ベックが優秀で出世が早いせいで妬《ねた》まれてるとか、不正を見つけられて処罰されたのを逆恨みしてるとかがほとんどだ。仕方ねぇよ」

「軍に関しては一部が昨日捕まったが、残りは少し時間がかかるな」

「……私の存在が弱みになっちゃったんですね。ごめんなさい」

しょんぼりしてそう言うと、ベックラーさんは私の頭を撫《な》でてくれた。

「いや、ルミの存在はこんな些細な苦労とは引き換えにできない唯一無二のものだ。それにいい機会だ。一網打尽にしてやる」

「ふふ、ベックラーさん、悪い顔してますよ。……無理はしないでくださいね」

「ああ、ありがとう」

「貴族の対処はお兄ちゃんたちに任せておくれ！」

「ありがとうございます、兄上。よろしくお願いします」

「滅多に頼ってくれない弟に頼られるのは嬉しいねぇ」

「じゃあ、俺たちは軍部の敵さんをどうやって追い詰めるか考えますかね」

三人のやり取りを頼もしいなぁ、と思いながら見ていると、ベックラーさんがこちらを向いて真面目な顔で言った。

「……大丈夫、ルミのことは必ず守るからな」

これが日本で他の誰かに言われたなら、「なにから守るの？　なにと戦ってるの？」と白けた気持ちになったかもしれない。でも、ベックラーさんが今、ここで言ってくれた言葉はとても心強く、私に安心をもたらした。

そして頼もしいベックラーさんの様子に、胸がきゅんとなった。珍しく私の表情筋が働いたようで、たぶん微笑んだのだと思う。

「ルミちゃんって、笑うんだなー」

「ふむ。随分印象が変わるな」

「見るな！　減る！」

ベックラーさんが騒いでいると、コホン、といつの間にかやってきたローヴェルトさんの咳払いが聞こえた。嗜《たしな》めるような目線にベックラーさんが黙る。じいやに敵わないベックラーさんは可愛い。

「こちら、デュッケ中尉からのお届け物です。ルミ様をお守りする上で必要なものと伺っております」

ローヴェルトさんがベックラーさんに手渡したのは、手紙と小さな箱だった。

手紙を一読すると、ベックラーさんは嫌そうな顔をしてそれを私に渡した。

『私が開発したこの道具は、対象の位置を知ることができるものだ。ルミが安定して人型でいられるようになるまでは不安だろうから、貸し出そう。獣型になっても外れない便利な道具だ。なに、一つ借りにしてくれればいい。アレンカ』

「このデザイン……、嫌がらせか？」

それは赤い革の首輪だった。ベルトのような留め金がついていて、本当にとても首輪っぽい首輪。

ペットにつけるような。しかもＧＰＳ機能付き……。箱にはセットとなる、位置を示す道具も入っている。

うーん、これをつけて歩くのは、なかなかハードルが高い。

ちなみに、私から手紙を奪ったバーレントさんは、読んだあと首輪を見て爆笑した。ハロンさんも笑いを堪えられていない。

「ルミ、嫌ならしなくていいんだぞ」

「いえ、大丈夫です。獣型の時に信頼できる人とはぐれたらとても怖いですし、獣型でなくても道に迷うかもしれませんし」

「そんなことはないようにする！　……だが、万一のことを考えると、つけてくれると安心だ」

「はい。デザインはアレですけど、スカーフとかで隠せますし」

「うんうん、いいんじゃないかな。ベックのものすご～く重い愛が表れてる感じがするしね！」

「兄上！　茶化さないでください」

「でも、常に居場所がわかっちゃうって息苦しいかもな～。大丈夫？」

「居場所を知られることに抵抗はありませんよ。ここでは私は右も左も分からないので、常に誰かについていてもらわなければならない身の上ですし。その負担が少しでも減るならば幸いです」

「そうか。君はきちんと状況を理解しているみたいだ。安心したよ」

バーレントさんがすっと目を細めてそう言った時、ちょっと寒気がした。

（伯爵家の嫡男が、ただの明るい青年なわけないよねー。うん）

ベックラーさんがかすかに身構えたのに対し、バーレントさんは朗らかに笑った。

「二人とも、身の回りにはくれぐれも気をつけて、仲良くやるんだぞ!!」

そう言い残して、来た時同様、嵐のように去っていった。


朝食のあとは、馬車に乗って社《やしろ》へ向かう。隣に座るベックラーさんは、今日は貴族らしい服装をしている。お兄さんのバーレントさんが着ていたものよりは落ち着いた色合いで装飾も少なめだが、これまで見たベックラーさんの服のどれよりも華美だ。艶やかなジャケットに、銀糸の刺繍《ししゅう》が施された絹のアスコットタイ、ピンもゴージャス。

(軍服が至高なのはともかくとして、これはこれで眼福です！)

貴族の礼儀として年に一度は寄進している社《やしろ》だから、貴族然としているほうがいいんだそうだ。寄進するものを持って向かいに座るローヴェルトさんのチョイスである。うん、素敵。

それにしても、さっきからベックラーさんの視線を感じる。何度も私の首元に目をやって、最後には顔を覆ってそっぽを向いてしまった。できるだけ目立たないようにという配慮から、私はケルンハルト家の侍女の服を着ている。そして、少し不似合いな襟巻きをしていた。

「その襟巻きの下にあの首輪があると思うと……、だな」

結局アレンカさんから借りた首輪は、ベックラーさんがつけてくれた。魔術による設定が必要だから自分ではできなかったのだ。ベックラーさんが不審な態度をとるものだから、そっと私の髪を払い、襟元を寛《くつろ》げ、真剣な顔をして慎重な手つきで首輪を私の首に装着した時の、ベックラーさんの吐息と温かい指の感触が蘇《よみが》ってしまう。

　こんなものをつけられて満更でもない私も、大概ベックラーさんにやられているのだ。倒錯的《とうさくてき》な雰囲気に流されそうになったあの時の残滓《ざんし》をベックラーさんから感じて、落ち着かない気持ちになった。

「……ええっと。アレンカさんのせいですね」

「そうだな、アレンカが悪い」

　そんな他愛もない会話をして気持ちを切り替えようと努力しているうちに、私たちは社《やしろ》に辿り着いた。

　ギリシア建築のような荘厳な白い石造りの建物を前に武者震いをしたら、ベックラーさんが心配そうに覗き込んできた。

「緊張しているのか？」

「いえいえ、精霊さんに文句を言いたいだけですから！」

「精霊に、文句……？」

「ええ、かなり適当に放り出されたもので。すぐに獣型になっちゃいますし、元に戻る方法がアレですし、一言文句を言わないと気が済みません」

　思えばあのエスさんとやらの前では、混乱していたのもあって私はずいぶんと控えめな対応をしたものだ。責任者出せ！　などと言って暴れてもいいくらいのことをされているように思う。さらにこの世界に来てからのこの仕打ち。

ベックラーさんとの出会いだけは感謝しているけれど（相性最高はちょっと素直に感謝しづらい）、それはそれ、これはこれだ。いくら私が温厚なほうでも、少しは怒っているのである。

「それは……、言っても大丈夫なのか？　罰を下されたりしないか？」

「たぶん大丈夫です。……でも、気をつけます」

ベックラーさんの伏せられた狼耳を見たら、勢いが萎《しぼ》んだ。まあ、一応は神様みたいなものだし、気をつけるに越したことはないかもしれない。

「本当に気をつけてくれ。俺はもう、ルミを失うことなんて考えられない」

「はい。私もベックラーさんと末永く幸せに過ごしたいので、安全第一でなんとか解決できるよう、頑張ります！」

「ルミ！」

社《やしろ》の前庭で抱き締められた。これだけ目立つことをしたら侍女の服装の意味ないよなー、と思いつつ、私もベックラーさんの背中に手を回す。半眼のローヴェルトさんだけでなく、初対面の御者と護衛の人たちも見ているので恥ずかしい。

ベックラーさんの力強すぎる抱擁から解放されると、エスコートされて社《やしろ》に向かった。うん、やっぱり侍女服意味ないよね。ベックラーさんが着せたかっただけなのでは？　とちょっと思う。

社《やしろ》の中では、腰の低い神官のおじいさんが待っていた。残念ながらフードとゆったりした服に遮られて、耳や尻尾は見えない。彼はベックラーさんをにこやかに迎え、しばし言葉を交わすと、祈りの間という部屋に案内してくれた。

部屋に足を踏み入れた途端、私の意識は暗転した。

「まだ祈ってもいない！」

私は再び、見覚えのある宇宙みたいな空間に浮いていた。

（「社《やしろ》で真剣に祈る」が条件じゃなかったの⁉　祈りの間に入るだけでこんなことが起きるなんて聞いてない！）

「うわーん！　高木瑠海さん！　やっと来てくれましたねー！」

混乱している私の前に半泣きで現れたのは、以前会ったエスさんだった。

「ど、どうしたんです？」

怒りの感情が一瞬削がれた。度々獣型になってしまって、その都度ベックラーさんに精液をお願いしている有様で、泣きたいのはこっちなのだが。

「どうしたもこうしたも！　僕、上司に怒られて、始末書書かされて、高木さんが来るまで家にも帰れなくて……」

「……私の苦境は、もしかしてあなたのミスですか？」

「うっ」

今、「うっ」って言ったよね？　言ったよね？

え、受肉担当とやらのミスで違う世界に生まれ、苦労した挙句に死んでしまって、新しい世界では幸せになれますって豪語してた修正担当というこいつのせいで、今も困ってるの？　これもしかして、大いに怒っていいんじゃないの？

　思わずじとりと睨みつけてしまう。

「ひぃっ！　あ、あのですね、ミスというかなんというか」

「ミスなんですね」

「……はい」

　しょんぼりとうなだれているけど、ベックラーさんの一万分の一も可愛くないよ。

「はあ……。それで、なんでこんなことになっているんですか」

「え、ええと。最後に二つ、サービスを追加しましたよね？　美人と相性最高というあれです。ただ、その時、慌てて操作を誤りまして……」

「操作？」

「びっ、美人にはなりましたよね!?　ね!?」

「ああ、そうみたいですね」

「なんでそんな他人事みたいなんですかー」

　なんでって言われても、獣人の美人基準がまだよくわからないんだからしょうがない。むしろベックラーさんの心配を増やしてしまっているし。

「問題はもう一つのほうなんですね」

「は、はいぃ……。相性最高に設定しようとしたんですが、生殖機能の設定じゃなく、間違えてその隣にあった獣型と人型の変化設定の項目をいじってしまいまして……」

「意味がわかりません」

「えーと、高木さんがいた世界的に言うと、ある遺伝子をいじろうとしたら、その隣の遺伝子をいじってしまったみたいな感じです」

「なるほど。ひどいですね」

「ですよねー、……って、すみません!! ほんとすみません！ そんな冷たい目で見ないで！」

いや、見るよね。遺伝子間違っていじっちゃいました、ってひどいよね。

「それにしても、寝たら獣型になるいじり方ってなんなんですか」

「獣人は生まれる時も人型ですし、人型でいる時間のほうが圧倒的に長く、そちらが基本です。ただ、まだ精神が不安定な子どもは、怖い夢を見た時などに獣型になることがあります。その話はもうご存じですよね？」

「ええ、一応」

「今回、僕が高木さんの獣型化のハードルを下げてしまい、子どものように容易《たやす》く獣型化してしまっている次第で……。元々、相性最高だって、ほんのちょっとの変化ですから、これ自体も実際はそんなに大きな違いじゃないんですよぅ。ただ、高木さんは一度死んで異世界へ行ったばかりで、魂も精神も不安定な状態なので……」

「あー、なるほど。精神が不安定という自覚はありませんが、そういうことだったんですね。でもじゃあ、どうして、……アレを舐めると人型になれるんですか？」

「それは、正直よくわかりません」

わからないんかい！　思わずカッと目を見開いて睨んでしまった。

「ひぃっ！　か、考えられるのはですね、つがいの濃厚なフェロモンに晒《さら》されることで、生殖欲求が高まり、獣型ではそれが不可能なため、人型化するのかと。精液を舐めるという行為は、意識上の単なるトリガーにすぎないのでは、と思われますっ！」

嫌なトリガーだけれど、確かに獣人になって最初にした性的な行為と言える。

「今からもとの状態に戻すことはできないんですか」

「すみません。難しいです。なので他の点で補償させてくださいっ！」

エスさんが、器用に空中で土下座する。勢いあまって空中で少し回転していた。

うーん、正直なところ、土下座されても困っていることは解決しないから、全然嬉しくない。

「それより、獣型にならない方法はありますか」

「魂がそちらの世界に馴染《なじ》み、精神が安定してくれば自然と回数が減るはずです。残念ながら、普通の大人のようにまったくなくなるということはないと思いますが」

「では、獣型から人型に自力で戻る方法は？」

「子どもが習うように、人型から獣型へ、獣型から人型への変化の練習を積むしかないと思います」

「うーん、一朝一夕には解決しないんですね」

「すみません、本当にすみません！」

エスさんは何度もぺこぺこ頭を下げている。神様のような精霊のような存在がそれでいいのか。

「わかりました。練習してみます」

「お伝えできてよかったですぅ。いやぁ、高木さんがうさぎの状態で新しい人生をスタートしちゃったせいで、世界への干渉予定が狂って、上司に大目玉を食らいました。本当に調整が大変で」

「干渉予定、ですか？」

「ええ、本来出会うはずだったつがいと出会わず、別の人とつがいになっちゃうんですもん。しかも大国の重鎮の息子、本人も軍部の出世頭なんて……。獣人世界への過干渉で怒られ……、あ！」

「今、『あ』って言いましたね？『口が滑った』って顔しましたね？別の人ってなんですか！」

私は今度こそ本気で怒りを覚えながら、エスの野郎に詰め寄った。……おっと、心の声が汚くなってしまった。

「すみませんすみませんすみませんすみません!!」

「謝ってばかりじゃわかりません。ちゃんと説明してください」

頭の芯が冷え冷えとする感覚に、表情までも凍っていくのがわかる。表面的には無表情なままかもしれないが、私は今、史上最高に怒っているのだ。

もちろん、ベックラーさんを「つがい予定ではなかった別の人」呼ばわりされたせいだ。本来出会う予定だった人などどうでもよい。今の私にとっては、あの可愛くて格好いい狼獣人のベックラーさんだけがつがいなので。

「ひぇぇぇ」

エスの野郎は私の様子に怯えてなかなか答えをくれない。これは、クレームをつけてもモンスタークレーマーなどとは呼ばれない案件ではないだろうか。上司を呼べ！　をついに叫ぶ時だろうか。

「うっ、ううっ、じ、実はですね……」

しびれを切らしかけたところで話がはじまった。

「高木さんは、あの川の畔《ほとり》で目覚め、人間ならば簡単に見えるところにある街を目指し、そこでとある大商人の三男に出会う予定だったんです……。お金もあり、自由も利き、さらに趣味で薬師をやっていて貧しい人々に安く譲るなど、人間性もなかなかで人望もあり……、まあちょっとチャラいですが、つがいに出会ったら当然一途。条件としては最高でした。身元不明な高木さんの戸籍も、おそらく実家がなんとかして用意してくれるでしょうし」

「……」

「彼の実家は王都にありますが、彼は薬草の仕入れと見聞を広めるためという名目でしばしば気ままに旅をしていて、あの時、あの街に滞在していました。うさぎのまま川の畔《ほとり》にいたために、出立が遅れ、今のつがいに見つかってしまったわけで……」

「『しまった』とか言わないでください」

「すっ、すみません」

つい冷たい声が出た。

私がベックラーさんにとっての『精霊の愛し遣い』でなかったということには、正直ちょっと動揺した。でも、いいほうに考えれば、ベックラーさんとは作られた出会いではなかったということだ。本当に偶然、運命が交錯してつがいになれた。あんなに好みで素敵な男性と。そういう意味では、その三男さんと出会うよりもずっとずっと貴重で、運命的な関係と言えるのではないだろうか。

エスの野郎……、もとい、エスさんの意思すら超えているのだから。

「……わかりました。そちらの不手際の連続には正直納得いきませんけど、理解はしました」

「本当に申し訳ありませんっ！」

「もう土下座はいいです」

「あぅぅ……」

「そちらの下界への干渉云々は私には関係ありませんよね？　私はこのままベックラーさんのつがいとして生きていっていいんですよね？」

「はっ、はい。高木さんはそのまま、頑張って生きてください」

「ちなみに、一度つがいが見つかった今、私側もその三男さんとやらも、お互いに魅力を感じず、気づくことすらないっていうことで合っていますよね？」

「え、ええと……」

エスさんの視線が泳いでいる。

「まだなにかあるんですか」

口調がぞんざいになってしまったのは許してほしい。

「う……、えっとですね……。つがいというのは、確かにある程度はひと目見てビビッとくるものなのですが、感度が鈍い人もいます」

「ああ、そういえばベックラーさんもある意味少し鈍かったですね」

「『生涯のつがいに出会える保証』では、そんな相手にも確実に気づいてもらえるよう、なんと言ったらいいのか、つがい予定の人だけが気づくマーカーのようなものをつけて送り出しています」

「マーカー」

「とても遠く、そうですね、相手が豆粒くらいでも、視界に入ったら気になって近づきたくなります」

「豆粒」

「あるいは、雑踏の中で判別できないレベルで声が耳に入ったり、匂いが風に乗って届いたりしただけで、相手を探したくなります」

「……それ、お互い王都に住んでいたら、たぶん回避できないやつじゃないですか」

「そう、かもしれません？」

未だ視線を泳がせながら、首を傾げてそんなことを言うエスさんに、怒りと、泣きたいような気持ちが溢れてきた。

私はベックラーさんと平穏に暮らしたいだけなのに。少し独占欲が強いベックラーさんの心の平穏も守りたいのに。そんな私たちのところに、「本当はつがいだった相手」なんかが現れたら、拗《こじ》れるに決まっている。

「いっ、いい加減にしてくださいよ！　そのマーカー消してください！」

「うっ、そ、それがですね、社《やしろ》に来ていただかないと、消せなかったんですぅ」

「じゃあ今、消してください！」

「けっ、消しました！　さっき消しました！」

「じゃあ、なんの問題があるんですか」

「うっ……。い、言いたくないのですが……、今、社《やしろ》に、います」

「社《やしろ》に」

「その三男坊が」

「……」

「もう、見つかってしまいました」

なんということだろう。

「今、私の身体はどうなっているんですか？　まさかうさぎに……」

「いっ、いいえ、眠っているように見えていますが、実際は覚醒していて意識がこちらにあるだけなので、人型のままです」

「その人は、私をつがいだと思うんですか」

「……わかりません。つがいとしての匂いは消えているはずです」

「私、獣人にとって美人でいい匂いらしいんですけど」

「……それを勘違いされる可能性はあります」

「面倒くさい！」

思わず思ったことを口に出してしまった。

「すみませんすみません！　ほんとできる限りの補償を付けますから！　なんでも言ってくださ
い！」

「それならその三男さんを今すぐどうにかしてくださいよ！」

「む、無理ですぅ。下界のことは下界で解決していただくしか」

「じゃあ私の匂いをどうにか」

「無理です」

「せめてベックラーさんと遭遇しないように」

「すでに喧嘩腰です」

「うわぁぁぁぁ」

なんということだ。早くベックラーさんのもとに戻らなくては。

冷静さを欠いているかもしれない。でも、ベックラーさんを傷つけるわけにはいかない、という
ことしか考えられなかった。

「一旦、下界に戻してください！　補償のことはまたあとで！」

「ええっ、待ってくださいよぅ！　補償までしないと、僕帰れないんです！」

「知りませんよそんなの！」

意識を強くベックラーさんに向けて、無理矢理にでも彼のもとに帰ろうとする。我流だけど、な

んだかできそうな気がした。

「だっ、だめです、そんな強引なことをしたら魂に損傷が！　あああ、もう、仕方ありません！　早く戻って来てくださいねー！」

私の意識は再び暗転した。

◆◆◆

祈りの間に足を踏み入れた途端、ルミが倒れた。その時どれほどの不安に襲われたことだろう。まさに身を切られるような、というのがふさわしい。

ルミはこの世界に来る時、魂だけの状態で精霊とやらに会ったという。だからおそらく今、意識のないルミは精霊のところにいる。しかし、この世界にルミの魂を運んできた存在がそのままルミの魂を取り上げてしまわないとなぜ言えるのか。ルミは精霊に文句を言うなどと威勢のいいことを言っていたが、ああいったものはなにに対して怒るかわからないのだ。

呆然としていた神官がローヴェルトに指示されて大慌てで毛布を手配している間に、ルミの細くて軽い体を抱き上げて、近くの椅子にそっと横たえた。俺の膝ではルミの頭には高すぎるから、上着を脱いで畳んで枕にする。

苦しみも喜びも浮かんでいないルミの頬を撫《な》でて、神に祈った。

（ルミを俺のもとに返してくれ……。そうでなければ、せめて俺をルミのもとに……）

そんな決死の祈りを中断させたのは、祈りの間に駆け込んできた誰かの足音だった。

「ここか⁉」

どことなく軽薄な雰囲気の洒落《しゃれ》た優男が扉のところにいた。角が大きな鹿獣人だ。額に汗を浮かべ、速い呼吸で胸を弾ませている。

「静かにしてくれないか」

「あ、わ、悪い。だが、ここのはずなんだ。この匂い……」

嫌な予感がした。

男はなにかを捜すようにしながら徐々に近づいてきて、やがて俺の傍《かたわ》らに立った。

「……やはり！」

感極まったようにそう呟くと、目を輝かせてルミに手を伸ばそうとした。俺がそれを遮るように動いても気にせずにルミばかり見ている。

「私のつがい……！」

その言葉に、頭に血がのぼるのを感じた。

「彼女は俺のつがいだ！」

「なにを言っている？」

男はまったく理解ができないというように、初めてまともに俺のほうを見た。優しげな顔立ちに雄々しい鹿の角。薄茶の瞳が怒りを噴き出しそうな俺を映している。

「だから、彼女は俺のつがいなんだ」

「そんなはずはない。私は女性にこんなにも惹かれたことはない。間違いない。あなたは私より先に彼女に出会った伴侶《はんりょ》かもしれないが、結局はつがいを引き離すことなどできないと知っているだろう？」

一瞬のためらいが生まれた。『精霊の愛し遣い』の実態については聞いている。そしてルミの場合、寝ると獣型になってしまうという不具合がある。なにか予想外の間違いがあったのだ。

(だとしたら……)

いや、俺がつがいであることは疑いない。ルミがそう言うのだから。

いやいや、それすらも、たまたま最初に出会った俺に懐いているだけということはないだろうか。獣人の体になったばかりの時に、俺が自分の存在を彼女に刻んでしまっただけということは？

地の底から冷気が這《は》い上がってきて心臓を縛り上げたような気がした。

そんな俺の気も知らず、鹿は続ける。

「彼女は大丈夫なのか？　ああ、私のつがい。なんて美しい」

(やめろ。ルミをつがいと呼んでいいのは俺だけだ。やめてくれ)

軍人として鍛え上げた自分の精神が、こんなに脆《もろ》いとは思わなかった。もし本当に彼がつがいで、俺のことは勘違いだったとしたら、ルミが俺のもとから去ってしまうとしたら。

あのスカーフの下には俺がつけた首輪がある。そんな埒《らち》もないことに縋《すが》って自分を保つとは、なんと情けないことだろう。

知らず握っていたルミの手をさらに強く握り締めてしまい、ルミの眉が寄ったのを見て慌てて離す。手の中から体温が消えたことに不安が募り、叫びだしそうになったところで、ルミが目を開いた。

無事でいてくれたことに対する大きな安堵を感じると同時に、今から捨てられるかもしれないという恐怖に慄《おのの》く。その直後。

「ベックラーさん！」

ルミが俺の名前を叫んで起き上がった。

「ルミ！　大丈夫か⁉」

「そのお嬢さんはルミさんというのか！」

ルミが俺に擦り寄ってきたから、反射的に肩を抱く。すると、強い眼差しが返ってきて、つないでいた手を「大丈夫」と言うように握り締められた。

「はじめまして、ルミ嬢、私のつがい！」

「申し訳ありませんが、あなたは私のつがいではありません」

ルミが毅然《きぜん》とした態度で鹿を拒絶してくれて、涙がこぼれそうなほど嬉しかった。その言葉に背中を押されて、ルミを守る姿勢になる。そうだ、ルミのつがいは俺なのだから、ルミを絶対に渡さないし、傷つけさせない。

「いやしかし、こんなにも惹かれ、よい香りのする相手ははじめてだ！」

「おい！　ルミにそれ以上近づくな！　ルミはちょっと……、いや、とても美人だから、惹かれるのは仕方がないが、おまえのつがいではないと言っているだろう！」

「あなたこそ勘違いなのではないですか？　私は社《やしろ》に入ろうとするルミ嬢を、驚くほど遠くからちらりと目にしただけで、居ても立ってもいられなくなり、ここまで駆けてきたのです。あなたの出会いはそれに匹敵するものでしたか？」

その言葉に再び衝撃を受けた。俺はハロンに指摘されるまでつがいだということに気づかなかったくらいだ。再び自信が萎《しお》れかける。そんな時、ルミの手が俺の腕を優しく撫《な》でた。

「大丈夫ですよ、ベックラーさんは私のつがいです。実は、私たちが思っていたよりもドラマティックな出会いだったことがわかったんですよ」

「本当か⁉」

喜びに尻尾がピンと立つのを止められなかった。ルミは俺に勇気をくれる。

「ええ、あとでゆっくりお話しします。ここは私に任せてくれませんか？」

「……ルミがそう言うのなら。俺には事態がさっぱりわからんしな」

「ありがとうございます」

いや、礼を言うのは俺のほうだ。

目を合わせて微笑み合ってから、ルミは無感情な目を鹿に向けた。俺に対する眼差しとの違いに気づいたらしく、彼はつらそうに言葉を発する。

「君は、ルミ嬢は、私に対してなにも感じないというのか……？」

「残念ながら、なにも感じません」

「そんな……、信じられない……」

鹿は絶望したように床に膝をつくと、顔を覆ってしまった。

「どうしたら、私がつがいじゃないと信じてくれますか？」

「……わからない。君がそうじゃないと言うなら、そうなのかもしれない。本物のつがいに出会えれば違うとわかるかもしれないが、そんなこと……、君に出会ってしまった今、もうありえる気がしない」

切なそうな様子に、さすがに少し同情する気持ちが湧いた。俺が彼の立場だったらどれほどつらいだろう。しかしルミは動じなかった。俺は喜びに打ち震える。

「わかりました。では、本物のつがいに出会えるよう、祈りましょう」

どういうことだろう。鹿とともに驚いていると、ルミが耳元で囁《ささや》いた。

「もう一度、精霊さんに直談判してきますね。大丈夫です。きっと解決しますよ」

ルミが精霊と直談判とやらをしている間、俺はルミを守ることに専念した。またも寿命が縮んだ気がするが、今度はあっさり帰ってきてくれた。ルミが「問題は解決しました」と言い、驚いているうちに神官に神託が下ったと辺りが騒がしくなり、その騒ぎに乗じてルミを攫うようにして屋敷へ帰った。

話が長くなるというから、ひとまず着替えて二人きりで部屋に落ち着いてから、ルミに尋ねる。

「それで結局、どういうことだったんだ？」

「えーと……。私もショックを受けたので、心構えをしてくださいね。最終的にはすべて丸く収まったので」

「……わかった」

覚悟を決めて頷く。

「ルミが俺のつがいで、側にいてくれるなら大丈夫だ」

「ふふ。そう言ってもらえると嬉しいです。ええと、まず、精霊さんによると、つがいの可能性のある人は世界に複数いるそうです。そしてあの人が、精霊さんが元々意図した私の相手だったようです」

覚悟をしていたとはいえ、予想を超える事態に、心臓が潰れそうだった。

「あっ、でもですね！　ベックラーさんと先に出会ったことで、もうその可能性はなくなりました。正真正銘、ベックラーさんは私のつがいです！」

「そうだよな。俺は、ルミのつがい」

「そうです。ベックラーさんだけが私のつがいですよ」

俺の不安を見透かすように、優しい声で繰り返してくれるルミは、年齢よりも成熟した精神をもっているように思う。それに引き換え、俺は動揺しすぎだ。

「私も、ベックラーさんの側にいられなかった可能性を想像したら、すごく怖くなりました」

不安を振り切り、しがみついてくるルミを抱き締める。そのぬくもりに二人で安堵した。

マーカーとやらの話も聞いて、ほっとする。

（まあ、俺が鈍いことは事実だが）

少し凹んだ俺の耳を見て、ルミが頭を撫《な》でてくれた。

「私にとって、ベックラーさんのほうが完全に好みなんですよ。細身で頼りない感じの人ってあんまり……」

「そうなのか！」

「それに、鹿はあんまりもふもふしてないですし」

「もふもふ」

「つがいは絶対にもふもふがいいです！」

「そうか……」

嬉しいのは嬉しいのだが、なんだか微妙な気持ちになってしまったのは致し方あるまい。俺の尻尾を目で追っているルミの意識を逸らそうと、頬を撫《な》でて尋ねる。

「それで、神託の件はどういうことだったんだ？　あの鹿が呼び出されて、俺たちは抜け出せたが」

「それはですね、私が会った精霊さんの権限では、加護を与えるとか、神託を与えるとかしかできないそうで。なので、鹿さんのつがいを見つけて、その居所を神託として授けてもらいました」

「なるほどな」

「社会的にうまくいきそうな相手を選んでくれるようお願いしたので、あの人もきっと幸せになれますよ。未来は精霊さんにとっても不確定だそうですが」

「そうか」

自分のつがいだったかもしれない相手に優しいルミを見ると、嫉妬が心の奥底から湧きそうになるが、それを堪えて話題を変えることにした。

「そもそもの獣型になってしまう問題はどうなったんだ？」

「ああ、それは、魂が馴染《なじ》んで、精神が安定してくれれば、頻度が減るそうです。あとは、子どものように練習するしかないと言われました」

「なるほどな。やはり子どもと同じ状態なのか」

「はい。どうやら『相性最高』の設定間違いらしいです」

「は？」

間抜けな声を出してしまった。ルミが苦笑交じりに語ったことの詳細はよくわからなかったが、単純なミスだということは理解した。

「ひどい話だな」

「本当です」

「……だが、それなら俺たちは『相性最高』ではないのか？」

「そうですね。そういうことになります」

「……あれで？」

思わず漏《も》れた問いに、ルミの頬が赤く染まる。

「私は、その、初めてですから、よくわかりません」

「ぐふぅ」

「ベックラーさんはどうなんですか」

「俺は……、最高じゃないとは信じられない」

一瞬迷ったが、素直に、ルミを見つめたまま答えると、彼女はさらに赤くなって視線を逸らした。

「そんな風に可愛いと、食べたくなってしまう」

「もう……」

抱き寄せると、背にルミの腕が回り、キスをねだられる。

当然ながら、そのままルミを抱き上げて寝室に運ぶことになった。


ルミをベッドに下ろすと、少々性急に服を脱ぐ。そしてルミの服も脱がしにかかった。密に並んだボタンを一つ一つ丁寧に外すが、まどろっこしい。見るとルミも自分でボタンを外そうとしていた。

なんということだ！　つがいが俺の前で自ら服を脱ごうとしている……、だと⁉　しかもキスで力が入らなくなってしまったのか、うまく外せずに何度も失敗している。可愛い！

それをずっと見ていたい気持ちと、早く脱がせたい気持ちがせめぎ合って心が乱れる。そうだ、これからルミに似合う服をいろいろ見繕おう。あんな服やこんな服も似合うだろうな。夜はできればそんな服がいいが、ルミは着てくれるだろうか。

すべて脱がすと、ルミは恥ずかしそうに胸と股間を手で隠した。ルミの胸は大きくて、細い腕から溢れてしまっている。

「そんなに見ないでください」

「いや、見るだろう⁉」

見ないわけがない。

「ルミの身体は綺麗だな。白くてすべすべだ」

ルミの腕をベッドに押しつけると、身体の前面が露わになる。首筋、鎖骨、胸とキスを落とし、胸の頂《いただき》に唇を寄せる。

「んんっ」

ルミの身体がピクリと跳ねるのが嬉しくて、さらに執拗《しつよう》に舌で転がす。ルミの手を一つにまとめて押さえると、もう一方の手で身体のラインをまさぐった。いつまでも舐め、撫《な》でていられる気がする。ルミの身体は危険すぎる。

「ベックラー、さん、あっ」

指で優しく花芽に触れると、すでに充血し、硬く立ち上がっていた。

「あっ、ふぅっ、ああっ」

揉《も》み込むように赤いそれを弄《いじ》っていると、愛液が溢れ出してくる。指に伝わるころころとした小さな感触さえも可愛らしく、立《た》ち上《のぼ》る匂いにも煽《あお》られる。

「あ、あのっ」

「なんだ」

「びっ、媚薬なんてないの、に、きっ、昨日みたいに、感じちゃ……、あっ」

「ぐはっ」

淫らに腰を揺らすルミがそんなことを言う。俺が本当に鼻血を出すのも時間の問題だと真剣に思う。

堪らなくなって、ルミの脚を広げた。蜜が滴《したた》り落ちそうになっている入り口に舌を差し入れて舐め上げ、可愛らしく尖《とが》った芽を軽く吸う。悲鳴のような嬌声を上げて、ルミはあっさり達した。甘く滴《したた》る露をもっと味わいたくて続けようとしたら、俺の頭を押さえてイヤイヤをするように頭を振っている。

「ダメ、今は、ダメ」

そんな姿に、ほんの少しの嗜虐心《しぎゃくしん》が芽生えるが、さすがに我慢する。

(昨日は媚薬に溶かされたルミに、ちょっと無理をさせたからな)

ルミの隣に横たわり、くてん、と俺に寄りかかってくる裸の身体を抱き止める。視線が絡み合って、引かれ合うように近づくと、お互い貪《むさぼ》るようにキスをした。

「はぁっ」

ルミが気持ちよさそうな溜息を漏《も》らす。

そっと秘所に手を伸ばすと、ルミの中は昨日よりも解《ほぐ》れていて、すんなり俺の指を呑み込んだ。すぐに指を増やして、ルミが悦んだ記憶のある場所を軽く叩く。徐々にルミの反応が良くなり、俺に掴まって力を込めはじめた。

「あっ、あっ、あぅっ」

指を締めつけながら、腰を揺らめかすルミに覆い被さり、耳を舐め上げた。

「ひあっ！」

締めつけがさらに強まって腰が跳ねる。

「ルミは、耳が弱いな」

「あっ、もうっ、イッちゃう……！」

ルミがイキそうになったところで、指を引き抜いた。

「うぇ……、な、なんで……？」

物欲しげに俺を見上げるルミはあまりに扇情的だ。ルミの唇を甘噛みして、頬を撫《な》でる。

「もう挿れさせてくれ」

同意するように脚で脚を擦られたので、俺が一昨日拓《ひら》いたばかりの割れ目に自身を押し当てる。

ゆっくりと挿入すると、まだまだ狭いが熱く潤《うるお》った蜜壺がオレを迎え入れた。絞られるような感覚が果てしない快感を生む。

ルミもすぐに気持ちよさそうな声を漏《も》らした。

「んんっ」

「痛くないか？」

「は、はいー」

奥まで挿れると緩やかに揺らすように動く。動く度に小さく可愛らしい声が上がって、それがあっという間に切羽詰まったような声音《こわね》になっていった。

「あっあっ、ああっ」

「ルミ……、気持ちいいか？」

「う、ん、気持ちい……っ、あっ、ああっ、んんんっ！」

まだ少し固い蜜壺がヒクヒクと痙攣《けいれん》して、ルミが達したのを感じる。あまりの締めつけにそのまま持っていかれそうになったが、歯を食いしばって耐えた。

一度抜いて、ルミにキスをする。

「大丈夫か？」

「はい、気持ちよかったですー」

うっとりと答えるルミをうつ伏せにして、力が入っていない腰を持ち上げた。

「えっ？」

白い肌に映える、可愛らしい黒い尻尾を撫《な》でると、「ひゃんっ⁉」と驚いたようにルミが鳴いた。以前は獣《けもの》の耳だけでなく尻尾もなかったというから、はじめての感触なのかもしれない。尻尾全体を撫《な》でたあと、尻尾の下側の薄っすら白い部分と毛の生えていない肌の部分の境目のあたりを指でなぞる。

「なっ、なにそれ、あああぁっ！」

軽く達してしまったのかもしれない、ルミは突き出したお尻を震わせ、枕に顔を埋めている。可愛くていやらしいその光景に煽《あお》られ、もう一度その箇所をなぞりながら、先ほどより性急にオレを突き入れた。

「やっ、やだっ、あっ、それだめっ」

「ルミは、尻尾も弱いんだな」

尻尾の下側を親指で撫《な》でながら抽送《ちゅうそう》すると、ひっきりなしに嬌声が上がった。

「も、もうっ、それやぁ」

なんとかこちらを振り向いて睨んでくるルミの瞳は濡れていて、声を上げた拍子《ひょうし》に口の端から唾液が溢れた。そんな風に見られたら、一層煽《あお》られるに決まっているのに、ルミはわかっていないのだろうか。

「ひっ、あっ、ああっ、も、イッちゃう」

抽送《ちゅうそう》を速めると、ルミは耐えられないといった様子で枕にしがみつき、声も出さずに達した。何度もきつく締めつけられる。奥へ奥へと呑み込まれそうな動きに、快感が膨れ上がった。

「ルミ……、可愛いな、ルミ」

そのまま腰を止めず奥を突きながら、背中からルミを抱き締めて耳を噛む。揺れる胸が俺の腕に当たるのが征服欲をくすぐった。

「きゃっ!? ちょっ、待っ……、イッて、イッてる、んんっ!」

せり上がってくる感覚に任せ、腰を動かす。ルミは中でずっと強くオレを食い締めたまま、口を大きく開けて懸命に息をしている。二人の荒い呼吸と、いやらしい水音だけがしばし部屋に響いた。

「ルミ……、はぁっ、……っ!」

俺が精を吐き出すと、ルミはそのままへたり込むようにベッドに身を預けた。

二人して息を整えている間に、再び力が漲《みなぎ》ってきた。

「ルミ、いいか？」

熱がこもっているであろう目で見つめると、ルミは少し驚いた顔をした。自分でも驚いている。ルミと出会ってからの俺はまるでけだものだ。ルミのことを考えるだけで、いくらでも興奮し、どれだけでもできてしまう気がする。

「もう……、私まだ初心者なのに……」

そう言いながらも、「ダメか？」と聞くと、ルミは目を逸らしながらも小さく頷いてくれた。

ルミを仰向けにして、再び奥まで入り込む。ぐちゅり、という水音とルミの嬌声、溢れるフェロモンが、俺の理性を破壊しにかかっている。絡みつく熱い襞《ひだ》は言わずもがなだ。

「ああっ、あ……、また、イッちゃ……あああっ！」

抽送《ちゅうそう》に揺さぶられると、ルミはすぐに背中を仰け反《の ぞ》らせた。二人ともすでに肌に汗が滲み、結合部はぐずぐずに蕩《とろ》けて本当に一つになってしまいそうだ。

弛緩したルミの体を起こして、向かい合って座った状態で抱き締めた。薄く開いた唇に舌を差し込んで貪《むさぼ》ると、徐々にそれに応えてルミの舌も動きはじめる。そして、もどかしそうに腰が揺れた。

「やぁ……、も、やなのに、ああっ、うあ……」

イキすぎなくらいイッたのに、さらなる快楽を求めて腰が動いてしまうらしい。しかも、自分の動きがもどかしいらしく、眉をひそめて「うー」と唸《うな》っているのがひどく嗜虐心《しぎゃくしん》を誘って、つい焦らすように腰を固定してしまった。さらに深いところまで埋まったせいで俺の首に腕を回したまま仰《の》け反《ぞ》るルミの首には、赤い首輪が嵌《はま》り、その隙間から昨日俺が付けた赤い跡が覗いている。

「だ、め。それ、奥当たって……、や、やだ」

「ルミ……、いやらしくて、可愛い、俺のつがい」

「ん、んんっ」

口づけをして背中を撫《な》で、胸の頂《いただき》を摘《つま》む。その都度ルミの蜜壺がきゅうきゅうと絞るように動く。

「はぁ、これで精霊の『相性最高』ではないなんて、信じられないな」

「ん、うん、気持ち、いいっ」

少し腰を動かしただけでルミは嬉しげな溜息を吐いた。動きを速め、ルミのいいところを重点的に刺激すると、ルミが俺にしがみつく強さが増す。

「ああっ、あっ、おかしく、なっちゃ……あっ」

「おかしくなりそうなのは、俺のほうだ」

こんな素晴らしいつがいを得て、今日は不安に突き落とされたが、結果としてはむしろ絆《きずな》が深まった気がして……。今宵、そのつがいを抱いている。精霊頼りではない出会いと相性が無性に嬉しい。

「もう、そろそろ」

「は、いっ。あんっ、いっしょ、に」

ルミを再び押し倒して、きつく抱き締めたまま本能のままに抽送《ちゅうそう》を速める。

「あ、すご、いっ、あああっ……、っ!!」

「んっ」

精を吐き出しながら、ルミの悲鳴を呑み込むように口づけをする。搾《しぼ》り取るような動きに目眩《めまい》がするほどの快感が長く続いた。

「ルミ、愛している」

「私、も、愛して、ます」

荒い息の合間に、ルミが応えて微笑んでくれた。

俺はこれからの人生、精一杯ルミを幸せにしようと思う。まずはルミを害する者、利用しようとする者を排除して、ルミが貴族社会でも生きやすい下地作りをする。明日から忙しくなりそうだが、嬉しい忙しさだ。

眠そうなルミの頭を引き寄せて額に口づけながら考える。

すると、ルミがふと思い出したように言った。

「そうそう、補償がまだ残っていて」

「うん？」

「精霊さんにお願いしたんです。家内安全と」

「それは心強いな」

「あと、『ベックラーさんと末永くラブラブでいられますように』って」

「……それは精霊に祈るまでもないな」

「そう言うと思いました」

「当たり前だ」

ルミが、ふふ、と眠そうに微笑み、隙間がなくなるくらいぴったりと抱きついてきた。

「本当に、ルミと最初に出会ったのが俺でよかった……」

「私も、ベックラーさんでよかったです。これからもよろしくお願いします」

「もちろんだ！」

俺もルミを抱き締め返す。ルミは限界のようで、目が閉じかけている。

「起きた時には、また黒うさぎのルミに会えるな」

「最初に、会った、姿、ですもんね」

「ああ、楽しみだ」

「練習、教えて、くださいね」

「任せろ」

嬉しそうな表情を浮かべて俺にしがみついて眠りに落ちるルミを見守ってから、俺も目を閉じる。

翌日、筋肉痛で起き上がれなくなったルミに、「初心者なのに」と再び文句を言われた。そんな姿も可愛くてにやけていたら、全然痛くない強さでペシリと叩かれる。それにも幸せを感じて、ルミを抱き締めたのだった。

第五章　狼さんは嘘つきです

鹿さん事件からしばらくは比較的穏やかな日々が続いた。と言っても、私はこの世界とケルンハルト家に慣れるのにいっぱいいっぱい。ベックラーさんは軍での通常の仕事に加え、ハロンさんやお兄さんのバーレントさんたちと一緒にいろいろと暗躍してくれているそうで、忙しそうだった。

例えば、スパイ容疑と戸籍について、鹿さん事件のせいでまた文句を言ってきた人がいたとか。「神託の捏造」なんて難癖《なんくせ》をつけられたそうだ。それに対して完璧な証拠を揃えてやり返し、さらに大将さんと中将さんが黙らせてくれたらしい。おかげで私は無事に戸籍を得られた。

戸籍ができても、安全のためにまだほとんど外出できないので、ひとまずこの世界のことについて勉強するのが私のお仕事となっている。歴史や技術については家庭教師をつけてもらったけれど、常識については、この世界の人にとっては当然のことなのでかえって教えにくいらしく、ヒルダも時に困惑している。申し訳ない。

さらに、いずれベックラーさんと結婚するためには、貴族特有のルールやマナーを覚えることはもちろん、ダンス、楽器演奏、文学や詩なんかの教養も必須だという。外に出られなくても、飽きる暇はなかった。

ベックラーさんは忙しい中、遅くなっても夜には必ず帰ってきてくれて、できる限り一日一食は一緒に食べようとしてくれる。その心遣いが嬉しい。

（まあ、食事中も引っついてきたり、膝に乗せようとしたりするのはアレだけど）

ローヴェルトさんやヒルダに引き剥がされて残念そうにしているベックラーさんは、ちょっと可愛くて、満更でもない自分がいる。最近はヒルダにまで「お顔がだらしないです」と冷たく言われているから、ベックラーさんの主としての威厳が心配だけど。

そんな私の最近の趣味は、「お仕事時のキリッとしたベックラーさんを覗き見る」こと。ベックラーさんは屋敷で仕事をすることもあるため、それを知ったら勉強を早く終わらせて物陰からこっそり観察するのだ。厳しい顔をしてテキパキと仕事をこなしていくベックラーさんはとても凛々《りり》しく格好いい。つい、うっとりして溜息が出てしまう。

ヒルダは「ルミ様の前でも、いつもああしておられればよろしいのに」と言うけれど、でれでれしてくれるベックラーさんも好きなので、今のところはたまの観察で満足している。というか、いつもあれだったら私の心臓がもたないかもしれない。

それにしても、うまく見つからないように誘導してくれるヒルダは、ちょっと忍者っぽい。もしかすると隠密メイドか戦闘メイドなのでは？　という疑問は、笑ってごまかされてしまったけれど。

こんな日々の中で、ちょっと困っていることがある。

そもそも私は、「眠ると獣型になってしまい人型に戻れない問題」を早急に解決したくて、ベックラーさんに特訓をお願いしていた。最近はほとんど毎晩練習してから寝ている。そして、目覚めて獣型になってしまっていたら、まずは自力で人型化を試して、うまくいかなかった場合は、その、アレを舐めるという方法で人型を保っている。そして、アレを舐める必要があるから、ローヴェルトさんの反対を押し切って、結婚前の男女なのに同室で寝ているわけだが。

その特訓がなかなか……、エロくて体力を使うのだ。

まず、人型から獣型への変化の練習。慣れないうち（主に子どものうち）は耳や尻尾に触れて、それらを意識することで全身が獣型に引きずられていくという。それを理由に、ベックラーさんに敏感な耳と尻尾を触られまくることになった。それが気に入っているらしいベックラーさんはご機嫌だけど、私はこの時点でヘロヘロになってしまう。

でも、獣型になれないまま起き上がれなくなると、ベックラーさんにおいしくいただかれてしまうので、必死に耐える。……まあ、おいしくいただかれるのも悪くはないのだけど、それだと練習にならないので。

一方、肝心の獣型から人型への変化には、魔力の流れを感じることが重要になるという。まず、人型の状態で触れ合って、ベックラーさんの魔力を私の体に流してもらい、その流れを意識する練習をする。

しかし、これが困ったことに気持ちいい。

もう一度言うが、気持ちいい。なんでだ。

自分の魔力の流れを感じ取るだけならば問題ないのだけれど、ベックラーさんの魔力が流れ込んでくると、それだけでぞくぞくした快感が体を這《は》うのだ。

実際に獣型になってからやるのは、手足（というか前脚と後ろ脚）に集中して魔力を巡らすこと。特に足は、二本足で立つことをイメージすることが変化のきっかけになるという。そのため、ベックラーさんは毎日私の足に魔力を流してくる。

しかも、時には魔力を流しながら、私の足先を舐めたりするのだ。

「魔力の練習ですよね⁉　関係ないじゃないですかー！」

身を守るためにも、早く魔力循環の基礎を掴んで人型化を習得し、次いで防御やちょっとした攻撃のための魔術を習いたい。やはりせっかくの異世界、魔術自体にも興味あるし。

そう言っているのだけれど、なかなか先に進めない今日この頃だ。

「いや、今は人型化の練習だからな。こうすることで人間の足の感触をより鮮明に覚えていれば、人型になりやすいかもしれないだろう」

「だからって、あんっ……、や、ちょっと待って……、ひゃぁん！」

「ルミの足の指は小さくて可愛いな」

そんなことを言いながら、指を吸い上げて、足の甲を舐め上げる。

「汚いから、いや、って……！」

「ルミは汚くない」

大切なもののように足を掲げられると反応に困る。当然、あらぬところまで見られてしまう体勢だし。

「このあたりにも魔力が流れているのがわかるか？　特に脚の付根は大きな動脈があって、魔力も同様に力強く流れる場所だ」

「ひっあっあっ、やんっ、そこ撫《な》で、ないで！」

ベックラーさんが片手で私の足先を弄《もてあそ》びながら、大きく無骨な手で内腿を撫《な》で上げる。大量に魔力を流し入れられて、その快感が秘所にまで響いた。

「あ、イッちゃ……」

「駄目だ。魔力の流れがわからなくなるだろう？」

「う、うう……」

イキそうになったところで魔力を止められ、手も離された。イキそびれたもやもやを持て余していると、再び足の指を舐め取られる。今度は細く、もう一方の足首のあたりから魔力を流される。

「流れはわかってきたか？」

「う、うん」

「そしたら一度、獣型になってみるといい」

「や、やだ……」

「どうしてだ？　獣型にならないと、人型になる練習ができないだろう」

真面目な顔をしてそう言うが、獣型になるためと、耳や尻尾を触りまくるに決まっているから嫌なのだ。もう体に溜まった快感がどろどろになって、集中力など根こそぎ奪われているから、いつまで経っても獣型になれず、そうなればさらに散々耳や尻尾を弄《いじ》られることになる。

私が黙り込んでいると、ベックラーさんは勝手に尻尾を撫《な》ではじめた。

「んんっ、や」

「嫌がられると、悲しいんだが」

好きな人が耳と尻尾をへにょりと萎《しお》れさせているのを見ると、それがおそらく演技だとわかっていても罪悪感がこみ上げてくる。思わず抵抗をやめると、がしりと抱き締められて、結局耳と尻尾をいいようにされてしまった。

「ルミ、もう駄目そうだな」

「ふぁい……、も、イカせて……？」

「くそ、可愛いな。今日の特訓はここまでだ」

とっくに特訓じゃなかったよね？　と私の中の理性の欠片が囁《ささや》くけれど、ベックラーさんの剛直で貫かれたら、そんなことはどうでもよくなってしまうのだった。

気を失うようにして眠った翌朝は、いつものように獣型になってしまっていて、そこからなんとか人型になれた喜びも束の間、もう一度練習だと言って獣型になるまで耳と尻尾を弄《いじ》られた。さらに、なんとか獣型になったものの、人型に戻れずに、ベックラーさんのアレを舐めることに……

魔術を習えるようになるまで、道は遠そうだ。

「ルミが可愛いのが悪い」

ベックラーさんは開き直ることにしたらしく、悪びれずにそう言うようになった。

会合以来、私は何度かアレンカさんの研究室を訪れている。アレンカさんの「精霊の愛し遣い」

研究と、マカルーキ先生の異世界言語研究に協力するためだ。

外出は危険なので、往復はベックラーさんと一緒、さらに私が戦闘メイドと睨んでいるヒルダと、時にはローヴェルトさんまで同行し、アレンカさんの研究室からは基本的に出ない。

それでもベックラーさんは研究室行きを渋った。それはたぶん嫉妬とか独占欲とかそういうものだろうと、ローヴェルトさんが呆れたように言っていた。同郷のウルリクさんをはじめ、近寄る男性全員を警戒しているらしい。

特にウルリクさんには、遭遇するたびに近寄るなという空気を出している。でも、私にも郷愁の念というものが多少はあるので、ウルリクさんと地球の話をして懐かしむくらいは許してほしい。

「いやー、本当に異世界のお話は刺激的ですな！」

マカルーキ先生がお茶を飲みながら嬉しそうに目を細める。今は雑談タイムだ。アレンカさんは棚の向こうでなにかの実験をしている。言語学には興味がない、邪魔だ、と言いつつ、ウルリクさんと私の安全のために研究室を使わせてくれるアレンカさんは優しい。

「ふぅ」

元気いっぱいのマカルーキ先生とは対照的に、私は少々疲れ気味だ。夜毎のベックラーさんによる特訓のせいである。

「ルミさんは顔色が良くないようですな。今日は早めに終わりにしますか？」

「いえ、ベックラーさんの手が空いた時にしか帰れないので、お気になさらず。少し睡眠不足なだけですから」

「そうですか……？」

「ルミちゃんのそれ、どうせベックラーさんのせいでしょ。軍人って体力ありすぎだよね」

「おい」

棚の向こうから怖い顔をしたアレンカさんが姿を現した。実験が一段落したらしく、自分で淹れたコーヒーのような飲み物を手にしている。

アレンカさんは怒っているというよりは照れているのかもしれない。その様子を見たウルリクさんは、草食獣人のくせにちょっと捕食者っぽく目を細めた。うん、ごちそうさまです。

「まあ、あれだ。ベックラーが迷惑を掛けているなら言ってくれ。私でも不意打ちで一発くらいなら入れられるだろう。ルミならばうまくあいつを手のひらの上で転がすこともできそうだが……」

「いえいえ、大丈夫です。あの、私がお願いして、特訓をしてもらっているだけなので」

「特訓？」

「はい。例の人型化と獣型化の訓練です。夜しかベックラーさんの時間が取れないもので、睡眠不足になりがちなだけで。最近は少し感覚が掴めてきたようで、自力で変化できる確率も少しずつ上がっているんですよ」

アレンカさんには、エスさんの話の詳細も、訓練が必要で努力していることも伝えてある。成果報告とばかりに話したら、怪訝《けげん》な顔をされた。

「ちょっと待て。何故ベックラーが必要なんだ？」

「え？　魔力の流れを教えるのは、ベックラーさん以外の人では無理でしょう？」

「何故だ？　他の人間に獣型を見られたくないという理由で、ベックラー以外の人間の前で変化をしないというのはわかるが、魔力の流れの訓練は教師に習うこともできるぞ？」

「えっ？　でも、ほら、ベッドの中でないと……、えっ？」

「ああ、なるほどな」

アレンカさんが少し憐れむような目をした。マカルーキ先生はそわそわと羽角を揺らしていて、心なしか顔が赤い。

「確かに、最初のうち親などに魔力を流してもらって感覚を掴むという方法はあるが、それは幼いために繰り返しするだけで、一度感覚がわかってからは他人に流してもらう必要はない」

「えっ」

「ただ、成体で相性のいい相手だと、魔力を流すと快感を得られることがある。まあ、ある種のプレイだな」

「あー、なるほどね。ベックラーさん、ルミちゃんが無知だからって、特殊プレイを迫ってたわけか」

「なっ……」

ウルリクさんに言われて絶句する。自分の顔が真っ赤になっている自信がある。

聞けば、魔力の量が豊富でないと、いざ本番の前に疲れ果ててしまうし、相性もあるから、珍しい……、というか結構特殊な趣味なのだそうだ。この手の話に慣れていないらしいマカルーキ先生が、持っていたカップを傾けてしまい、中身をドバドバこぼしている。

つまり、最初の数回である程度の感覚を掴めた大人の私は、一人で魔力を巡らせる練習をすればよかったのだ。口頭でコツを習うことだってできたという。

「じゃ、じゃあ、獣型化のために、耳や尻尾に触るのは……」

「それも子ども向けのトレーニング方法だが……、おい、ベックラーはどれだけむっつりなんだ。普通は自分で触れればいいことだぞ」

「つがいを撫《な》でくり回したい気持ちもわかるけどねぇ。騙し討ちはダメだよねぇ」

「年齢詐称してたおまえが言うな」

アレンカさんとウルリクさんの痴話喧嘩がはじまってしまったけれど――ちなみに「精霊の愛し遣い」の年齢が見た目通りではないことをバラしたのは私だ。ウルリクさんの中身は外見よりかなり年上で、アレンカさんはそのことを知らなかったらしい――、私の耳にはほとんど入ってこなかった。恥ずかしくて聞けなかったが、足を舐める必要なんて絶対ないだろう。

「べ、ベックラーさんめ……！」

「まったく、あいつは仕方ないな。本当に殴りたくなったら協力するから言ってくれ。ウルリクに戸籍ができて、ようやく大手を振って結婚できる。子どものことも考えられるようになった。君には感謝しているんだ。だからいつでも頼ってくれて構わない」

アレンカさんが朗らかに言う。「ま、ベックラーの功績でもあるんだが、それとこれとは別だ」と呟いていた。

「ちょっと抗議してきます！」

そう意気込んでも、私には行動の自由がない。ひんやりした空気をまとったローヴェルトさんとヒルダとともに、しばらくベックラーさんの迎えを待つ。私が研究室を訪れる日は、ベックラーさんは夕方に一度私を家まで送ってくれて、そのあと再び軍部に戻って夜中まで仕事をしていることが多い。その点は頭が下がるけれど。

「お話があるので、今日は早めに帰ってきていただけますか？」

私の口調とローヴェルトさんたちの冷たい視線になにかを察したのか、ベックラーさんは「わかった、早めに切り上げる」と言って、本当にすぐに帰ってきてくれた。

その心意気に免じて、最初は文句は控えめに、と思ったのだ。

しかし、ベックラーさんはまったく悪びれる様子がなかった！

「ルミは異世界から来たという、特殊な事例だからな。普通の子どもと同じことをやってできるようになるとは限らないだろう？」

「できるかもしれないですし、まずはそれを試してみるべきじゃないですか」

「いやいや、それでは時間がかかってしまうかもしれないし、最初からできることはしたほうが」

「屁理屈！」

「それに俺がルミの獣人としての成長や魔術の上達を見守りたい！」

なんにも悪いことはしていません！　と言うように、キリッとした顔で耳と尻尾を立ててそんなことを言われると、絆《ほだ》されてしまいそうになる。わかってやっているだろう、この狼さんは！

だが、今日は負けてはいけない戦いなのだ。

「あのですね、私がなにに怒っているって、ベックラーさんが私を騙してたことなんですよ！　とても悲しいです……」

勢い込んで話しはじめたが、段々と語尾が弱々しくなってしまう。

そう、私自身がそれを見抜けなかったというのも悔しいけど、ベックラーさんが平然と私に嘘をついていたこと、嘘をつけるということがとっても嫌だったのだ。

夜の激しいイチャイチャは、体力にさえ配慮してくれれば、まあ、嫌ではない。求められるのは嬉しいし、魔力流しプレイだって他の行為だって、ベックラーさんがしたいと言うのならなんやかや受け入れる気もある。

でも、それが「必要だから」という嘘をつかれていたのが、悲しい。

ベックラーさんと視線を合わせず、俯きながら気持ちを吐露したら、急に涙がこみ上げてきた。こういう時に泣くのはずるい、と私は思っている。でも、我慢できずにこぼれ落ちそうだ。

「わ、悪かった。騙すつもりはなかったんだ。ただ、たくさんルミを愛でたくて……。騙したことになる……、のか？」

「普通に騙してますよね？　私が異世界から来て、こちらの常識を知らないのにつけこんでますよね？　特にこういうプライベートなことは他の人に聞けないから、簡単に騙されちゃうのわかってますよね？」

「す、すまん！　ルミ！　泣かないでくれ！」

いつの間にか涙は頬を伝っていた。涙と一緒に感情が溢れて止まらなくなる。

「私にとって、一番信用できるのはベックラーさんだったのに……！」

言葉にしてようやく腑《ふ》に落ちた。そう、私が過敏に反応していたのは、そういうことだ。信頼を裏切られたと感じたのだ。

ベックラーさんというつがいを得て気が紛れていたとはいえ、ずっと心の奥底にあった、「この世界のことはなにもわからない」という不安が、わっと膨張して、私の胸を埋め尽くす。

いつもなら冷静に抑え込める感情をうまくコントロールできなくて、そんな自分に呆れながらも、もういいやとコントロールを手放した。

「嘘をつくベックラーさんは嫌いです。反省してくれるまでお話ししません」

自分で耳を触って、意識を集中させると、獣型化がはじまるのを感じる。気合の勝利だ。

「ま、待ってくれ、ルミ！　話し合おう」

自分はこういう時に落ち着いて話し合えるタイプだと思っていたけれど、駄目だったみたい。今は時間が欲しい。

あとたぶん、私が感じた痛みを少しでも理解してほしい、そのために同じくらい傷つけばいいんだ、という意地悪な気持ちもあると思う。

「ルミ……」

完全にうさぎになって沈黙した私を、ベックラーさんが呆然と見下ろしている。

私はぐちゃぐちゃな気持ちのまま、ベッドの隅っこに丸まって寝ることにした。

翌朝、浅い眠りから目覚めた時、ベックラーさんが腫れぼったい目をしてこちらを見つめていた。眠れなかったのだろうか。

「ルミ……」

少し掠《かす》れた声で名前を呼ばれたけれど、意固地になっていた私はふいっと顔を逸らしてしまった。

「人型にはなってくれないのか？」

「……」

「俺が悪かった。一晩考えて、本当にひどいことをしたと気づいた。反省している」

「……」

「すまなかった。何度でも謝る。お願いだ、話をしよう」

「……」

「せめて、うさぎのままでいいから抱き締めさせてくれないか？」

私は答えない。というか、物理的にうさぎのままでは答えられない。

傷つけられたから傷つけ返すなんて子どもっぽいかもしれないけれど、ベックラーさんの嘘は簡単に許せるものではないし、開き直った態度もいただけなかった。そして、私のとったこの手段がベックラーさんには一番「効く」というのも薄々わかっている。

私は枕の下に顔を突っ込み、拒絶を示した。うさぎのいい耳がベックラーさんの悲しげな嘆息を捕捉して、少し心が揺らいだけれど、さらに深く枕に潜り込んで耳を塞ぐ。

しばらくするとベックラーさんが身支度をする音が聞こえ、やがて足音が去っていった。今日は早朝から重要な会議があると言っていたから、それに向かったのだと思う。

仕返しをしてやったという達成感と、少しの後悔と、そして虚脱感に見舞われる。

しばし時間を置いてベックラーさんが戻ってこないことを確認してから、そろそろと枕の下から這《は》い出した。いつの間にか枕元に「帰ったら話し合おう　ベックラー」という書き置きが残されている。さらに喉が渇いた時のためだろう、水の入ったお皿がお盆の上に載せられていた。

こんな時でも優しいベックラーさんに絆《ほだ》されそうになって、でもぐっと堪えた。ここですぐ甘い顔をしてはいけないのだ。たぶん。

うさぎの姿のままベッドから飛び降り――最近うさぎとしての動き方が上達してできるようになった――、部屋を歩き回ってみる。隣の部屋へ通じるドアはきっちり閉まっているから、ベックラーさんはこの姿の私を誰にも見せる気がないのだろう。一方で、バスルームへの扉はうさぎの私が通れるくらいに開けてあり、私が人型化できなくてもトイレに困らないようになっていた。細やかな気遣いに、再び罪悪感が頭をもたげる。

それを振り払うようにベッドに戻って、私は悩みながら首を捻《ひね》った。ついでについ、うさぎの本能に従って耳を前脚で持つようにしてくしくしと梳《くしけず》ってしまった。

(んー、どうしたもんかな)

毛繕いをしながら考える。

ベックラーさんがいないとわかっているならば、昼間は人型になって用事をこなしたほうがいい。夜になったらうさぎになってベックラーさんの帰りを待てばいいのだ。でも、ちゃんと人型になれるだろうか？

ともあれ、ひとまず努力をしてみよう。そう思って前脚と後ろ脚に意識を向けながら、魔力を体内に循環させてみる。これまでの勝率は五分。まあ、人型になれなかったらなれなかったで、ローヴェルトさんかヒルダが心配して、食事の差し入れくらいはしてくれるだろう。

その程度の気楽さで人型化を試したら……、びっくりするほどあっさり人型化できた。

「もしかして……」

耳に触れながら獣型化しようとして、やはりあっさりうさぎになる。もう一度、人型になろうとして、できた。

「まさか、ベックラーさんのせいで集中できなかっただけじゃ……！」

そう、私はとっくに魔力の流し方やらなにやらがわかっていて、人型化の基礎はできていたのに、ベックラーさんが毎晩ヘロヘロになるまで私を弄《いじ》くり回していたから、失敗する確率が高くなってしまっていたのだ。

ということは、もしかしてもう魔術を習うことだってできるのでは？

（あ、まさか、私が外に出るのが心配で妨害してたなんてことも……？）

「怒った……。これは許しがたし！」

いつの間にか、ベックラーさんに嘘をつかれたという悲しさを、怒りが凌駕《りょうが》していた。

「しばらく、絶対、口をきかない！」

そう言いながらひとまず服を着て、ヒルダを呼ぶことにしたのだった。

◆◆◆

ルミがうさぎから人型に戻らなくなって、五日経つ。最後に人型だった時に見たのは泣いている顔。それが脳裏に焼きついて離れない。

考えてみれば、俺は随分とひどいことをした。ハロンには呆れられ、ローヴェルトには小言を言われ、ヒルダには睨まれた。

「ルミ様は、すでに人型化・獣型化をほぼ習得なさっていました。そのため、魔術を習うことを妨害されていたのかも、とすら考えておられます」

「それは違……、いや、意図したわけではないが、囲い込みたい気持ちもあったかもしれない……」

「坊っちゃん、いくらつがいでも、お相手を尊重しなければなりません。このようなことをこんなお年になってからお諫《いさ》めしなければならないとは……。じいは情けのうございます」

改めて反省し、うさぎの姿のルミに言葉を尽くして謝ったけれど、未だ人型にはなってくれない。なにを考えているかも、うさぎの姿だと人型に比べてずっとわかりにくい。

どうやら俺が外出している間は人型で活動しているらしいが、俺が帰るとすでにうさぎの姿になっている。しかし、なぜか自分の部屋ではなく俺の寝室に戻っているのだ。

寝室につがいの芳《かぐわ》しい香りが漂っているのに、愛し合うことができない。寝る時には手の届くところにいるのに、触らせてもくれない。

これはなんという拷問だろう。

つい、「せめて匂いを嗅《か》がせてほしい」と下心満載で言った時は、威嚇《いかく》するように後ろ脚をダンダンと床に打ちつけて睨んできたし、その夜のルミは、寝室に置いてある一人がけのソファの上から頑として動かなかった。

ああ、後ろ姿のうさぎ尻尾も、とても可愛い。

正直なところ、一人で抜いてその匂いを嗅《か》がせたら、ルミが酔って、寄ってきてくれるのではないかとも思ったけれど、そんなことをして火に油を注ぐほど俺は愚かではない。反省ができる狼なのだ。

しかし、つらい。

良い香りがして、近くにいるのに、触れることもできず、自分で抜くこともできない。世の夫たちは、妻と喧嘩をする度にこんな思いをしているのだろうか。

そんなことをつらつらと友に相談したら、呆れたような溜息のあと、「知らねぇよ。屋敷の別の部屋で抜いてシャワー浴びればいいんじゃねぇの?」と投げやりに言われた。

悩んだ末、耐えきれずにそうしたら、戻ってきた時、うさぎの姿のルミが、くあっ！ と大きく口を開けて固まった。顎が外れないか心配になるような大きさで、目も極限まで見開いている。

その日、ルミは心なしか悲しげに椅子で寝ていた。一人でしたことを悲しむとは、少しは俺のことを気にしてくれているのだろうか、なんて喜んでいた俺は本当に大馬鹿だった。

翌朝、ローヴェルトから衝撃的なことを言われた。

「坊っちゃんは昨夜、浮気したと思われています」

「はぁ!? なんでだ!?」

「坊っちゃんが別の場所で入浴してからお部屋に戻られましたよね。いつもと違う石鹸の香りがした上、坊っちゃんから、その、フェロモンの残り香が感じられたとのことで」

ローヴェルトの視線が痛い。

ルミは一睡もできずに過ごし、朝からヒルダに泣きついて、最後には泣きすぎて頭痛で寝込んでしまったという。

「誤解だ! それは、別の部屋で、だな……」

客室の石鹸が主寝室と違っただけだし、屋敷からも一歩も出ていないことはわかっているだろう、と説明したら、ローヴェルトはますますひどい目で見てきた。なんでだ。

「坊っちゃん、この状況で疑われるような行動をするのが間違いです。ルミ様のお嘆きがいかばかりかわかりますか。そもそもルミ様を怒らせたのも、その下半身に比重が寄りすぎた最近の行いのせいでしたでしょう!」

ぐぅの音も出ないとはこのことだ。

しかし、言わせてほしい。新婚ならぬ新つがいのカップルにとって、そちらの方面はどうしたって重要ではないのか。つがいでないカップルを貶《けな》すつもりはないが、つがいでないとそのあたりはわからないんじゃないのか。

そんなようなことをしどろもどろに語ったら、

「ルミ様はお一人でこの世界にいらして不安を抱えていらっしゃることでしょう。そこで信頼を損ない、さらにまた不安を覚えさせるなど、つがい失格では？」

と冷たく言われた。ローヴェルトに「浮気じゃなかった」ことをルミに伝言するよう頼むと、しぶしぶ「ルミ様のためですから」と伝えてくれることになった。でも、

「少し頭を冷やすとよろしいかと」

そんな言葉とともに仕事を積まれ、夜中まで仕事をする羽目になった。


ふと目が覚めると、人型のルミが薄着で俺に抱きつき、夢中な様子で俺の身体を撫《な》で回していた。

「がぅ……、わふ？」

意味がわからない、夢か？　と声を上げたら、人語が出なかった。

（そうだ、獣型化したんだった）

とはいえ、獣型化した時のことはよく覚えていない。

改めてルミに昨夜のことを直接説明し、謝りたいと思っていたのに、なかなか仕事が終わらず、慌てて部屋に戻った時にはルミは黒うさぎの姿ですでに寝ていた。

それを確認したらどっと疲れが出て、なおざりに上着を脱ぎ捨てると続き間で酒を呷《あお》った。少々やけになっていたと思う。

やけっぱちな気持ちのまま、いつもより多く飲み、酔った頭で「こうなったら我慢比べだ」とかなんとか思って、自分も獣型化したのだと思う。なんで獣型になったら我慢比べになるのかは、今

の自分にはよくわからない。どうせ朝になったら人型で仕事に行かねばならないのに。

ともあれ、狼の姿で寝るのは久しぶりだった。

そもそも、ルミには何度か獣型化をねだられていたのだ。しかし、もふもふ好きなルミに狼の姿のほうが気に入られたら悔しいなどと思ってしまったのと、力の強い狼の姿で万が一にもルミを傷つけないか心配だった。ついでに言えば、寝室で獣型になることの背徳感もある。ルミはわかっていないようだが獣型で伴侶《はんりょ》と戯《たわむ》れるというのはかなりアブノーマルなプレイと見なされるのだ。

そんな諸々の感情が渦巻いて、これまでのらりくらりとかわしてきた。

獣《けもの》の姿になった解放感と酔いに任せ、うさぎのルミの横にどさりと寝そべると、ベッドから後ろ脚がはみ出たが、すぐに眠気がやってきた。

そうして目が覚めたら、ルミが俺の体に腕を回し、その繊細な指で俺の毛の奥深くまでをかき分けて、味わうように撫《な》で回していたのだ。首をもたげてルミを見ると、見たことのない夜着を着ている。薄いシルクでできている上に、ところどころがレースで透けているセクシーなものだ。

(なんだこれは！　夢か？　いや違う、違うはずだ)

「あ、起きちゃいましたか」

少し気まずそうにルミが言った。声を聞くのも本当に久しぶりで、涙が出そうになる。すぐにでも抱き締めたいけれど、ルミの肌を傷つけてしまわないか心配でためらってしまう。ひとまず起き上がろうとしたら、ルミに尻尾を掴まれた。

「キャンッ⁉」

（そ、それはダメだ！　いろんな意味で弱点なんだぞ！）

怯えながらルミを見上げると、ルミにしては珍しい笑顔で宣告された。

「反省しているなら、人型化しないで、しばらくもふられてください」

（ま、またも拷問だ……）

ルミはもう怒ってはいないようだったが、この一方的な宣言はおそらく、ルミなりのけじめなのだろう。それで気が済んで仲直りできるのなら俺はなんだって従う。

でもこれはまずいだろう。人型のルミが艶めいた格好をして、自分に抱きついている。ルミの手はうっとりするほど気持ちいい。

だというのに自分は狼で、なにもできないなんて。

しかも、顔や首元、肉球を揉《も》まれ、全身くまなく撫《な》でくりまわされているうちに、いつの間にか狼にあるまじきことに、腹を上にして服従のポーズを取っていた。

「ハッハハッハッ」

「狼さん、気持ちいいですかー？」

「ワフッ！」

（ダメだ、これは危険だ。獣《けもの》としての誇りがズタズタに……！　くっ、もしやルミはこれを見越して!?）

いや、ルミはそんなことは考えていないだろう。ちょっとした仕返しのつもりなのだ。ちょっとした……、それが俺にとっては軍部の拷問訓練よりも耐え難いだけで。

（しかし気持ちいい……。困った）

体は素直に喜んでいて、尻尾なんかもうびっくりするほど振れている。でも、心は瀕死だ。

しばらくするとルミは、耳と尻尾をくすぐりはじめた。これまでの愛玩動物に対するようなものではなく、獣人の性感帯を狙っている触り方。加えて、時折腹にルミの豊満な胸が当たって、毛皮越しに感じるその感触もなかなか良いということをはじめて知ってしまった。

「グルゥ……」

獣欲が掻き立てられて、あらぬところが硬くなってしまい、それを隠すように身を起こした。

「ダメですよ。いつも私にしていたでしょう？」

「グ、グゥ……」

（それを言われると……。すまなかった！　もう許してほしい！）

視線だけで訴えたが、ルミは許してくれなかった。仕方なく再びベッドに横になる。頑張って後ろ脚で股間を隠した。

ルミはちらりとそちらを見て、珍しく意地悪そうな笑みを口元にわずかに浮かべた。さらにお腹を両手で撫《な》でてくる。

「やっぱり毛皮の柔らかいところは気持ちいいですねー。ずっと触っていたいです。毎晩狼になってくれませんか？」

「ハッ、ハフ！」

（無理！　無理です！　そんなの耐えられない！）

表情と耳の動きで必死に訴えるが、ルミは気づく様子もなく、ご機嫌に俺の腹を撫《な》でている。もう少しで股間に手が到達しそうで、ハラハラする。

(き、期待はしていないからな！)

そんな新しい拷問がしばらく続いたあと、ルミが俺に寄り添うように寝転がった。首に腕を回し、耳を撫《な》でられる。

「んー、これはいい抱きまくらだなぁ……」

眠そうな声でそんなことを言われる。

(ま、まさか、放置か？　このまま放置して寝てしまうのか!?)

俺の動揺に気づいたのか気づかなかったのか、ルミは少し起き上がって、俺の頭に顔を寄せた。

(あっ、やめてくれ、耳は……、うわぁ！)

ハムッ、と耳を咥《くわ》えられ、チロチロと舐められる。

ついに我慢ができなくなって、前脚で慎重にルミを押し倒した。怒らないか顔色をうかがいながら、鼻面をルミの首元に押しつけ、匂いを嗅《か》ぐ。

「くすぐったいです、ベックラーさん」

(ああ、うさぎの時よりもさらに好きな匂いだ)

鼻先でルミの夜着をずらし、まろび出た胸を舐めると、ルミが小さな嬌声を上げた。久しぶりに聞くその可愛らしい声に、股間の滾《たぎ》りがこれ以上ないほどになる。

胸を、体中を、何度も舐め上げるうちに、このままでは獣《けもの》のまま犯してしまいそうだと気づいて慌てて人型化した。

「すまない。ルミ、許してくれるか？」

「もう、しょうがないですね」

「ルミ……！」

「それに、私も、もう……」

ルミが荒い息を吐きながら顔を赤くして放ったその言葉に、理性が飛びそうになるのをぐっと堪える。久しぶりなのにいきなり突っ込むようなことはしない。そう、俺は耐えられる狼だ。

とはいえ、ついつい性急にルミの中を解《ほぐ》す。

「も、いい、ですから」

気持ちよさそうに腰を揺らしていたルミが、眉をひそめてつらそうにそう言った。今度こそ理性の糸が切れて、少々乱暴にルミの中に侵入する。

「くっ」

久々に味わうルミの熱さとぬめり、いつも以上のきつさに、すぐに持っていかれそうになるのを必死に堪える。

「なん、で……？　お、おっきぃ……」

「久しぶりだから、ルミが狭くなったのではないか？」

「う、そ」

「嘘じゃない。俺はもう、ルミに嘘はつかないと約束する」

嬉しそうにルミが微笑む。ああ、その顔が見たかった。親しい者にしかわからないくらいの、ルミの表情の変化が愛おしい。

「きついが、動いても大丈夫か？」

ルミが俺にしがみついて頷くのを確認すると、はじめはゆっくりと、次第に激しく動く。久しぶりのキスも、時を惜しむように貪《むさぼ》り合う。

そうして果てた後もしばらくそのまま、隙間なく抱き合って互いを感じていた。


「人型のルミに会えない間、つらかった」

「……それは性欲的な意味でですか？」

「違う！　誤解だ！」

「でも、匂いを嗅《か》がせてくれとか言ってましたし……」

「あ、あれはつい……」

「まあ、いいですよ。今回の件についてきちんと反省してくれたのも、真摯《しんし》に謝ってくれたのもわかってますし、私ももう疲れました。ベックラーさんと話せないのは、私もつらいです。ちょっと意固地になっていたところもありますし……」

ルミがそう言って俺に抱きついてくれて、心の底から安堵する。

「さすがに嫌われないか不安になってた時に、ベックラーさんがいつもと違う匂いをさせてて……」

「すまなかった！　ルミを嫌いになることなんてありえないし、今後、ルミを傷つけないよう全力を尽くすと誓う」

「期待してます」

久しぶりのつがい同士の心温まる時間だった。だからつい、言ってしまったのだ。

「それにしても、このお仕置きはつらかった……。わざわざ俺の寝室で、毎晩獣型で寝るなんて、なんという拷問かと……」

「えっ？　あっ！」

ルミがみるみる赤くなって、体ごと反対側を向いた。

「ん？　どうした？」

「……なんでもありません」

「なんでもなくはないだろう。俺たちの間に嘘はなしじゃないのか？」

ずるい言い方なのは承知で問い詰めると、ルミは俺に背を向けたまま小さく囁《ささや》いた。

「だって、この部屋以外で寝るなんて考えつかなかったんです……」

「ルミ……、それは可愛すぎるだろう……」

散々お預けをされまくった後だ。欲望が再びムクリと頭をもたげる。

「ダっ、ダメですよ！　今日はもう寝ます。久しぶりだからって言って、さっきいっぱいしたじゃないですか。そんなしょげた耳したってダメなんですから！」

どうやらお仕置きはまだ続いているらしい。

「あ、あと、今日は獣型で寝てほしいです。それで全部許します」

「なっ……、それは……」

「ダメですか……？　私、狼枕で寝てみたいです」

「ぐはぁ」

ルミの上目遣いのほうがずっとずるいと思う。

溜息を吐いて獣型化すると、ルミが目を輝かせて抱きついてきた。

（だから嫌だったんだ……。ルミはもふもふが好きすぎだろう……）

その夜、ルミは俺に全身でしがみついて眠りに落ちた。脚を絡ませるのは反則だと思う。

そしてなんでこういう日に限ってなかなかうさぎにならないんだ。興奮を抑えるのが大変だった。

しかも、うさぎになってからは、小さな体でお腹のあたりにすり寄ってくるルミを押し潰さないようにするのに精一杯で、一睡もできなかった。

翌朝、げっそりした俺とつやつやしたルミを見たハロンとヒルダにニヤニヤされて、ローヴェルトには溜息を吐かれた。ちなみに、あの夜着はヒルダが仲直り用にと勧めたものだそうで、今年の報奨《ボーナス》を少し増やしてやろうと思った。

第六章　うさぎと狼は試練を乗り越えます

喧嘩のあと、安定して人型化・獣型化できるようになった——眠るとうさぎになってしまうことはまだ多いけれど、うさぎになるまでの時間は長くなっているらしい——ということで、アレンカさんに魔術を教えてもらうことになった。それとともに、安全に配慮した上で、少しずつ貴族のお茶会などにも出ることが決まった。

「今回のことでわかったんです。私が長い間ベックラーさんの嘘に気づかなかったのは、この世界に友だちや知り合いが少ないからです。貴族であり雇い主のベックラーさんの妻になる以上、使用人たちとは適切な距離を置くように言われているので親しくは話せませんし、アレンカさんの研究室に行ったのもまだ数回です。もう少し外に出ないと、この世界の常識も身につきません」

そう、いろいろと勉強は進んでいるけれど、細かい常識の違いなどで驚くことが未だにたくさんあるのだ。

「例えば、つがいだからと受け入れてきましたが、ベックラーさんの嫉妬は過剰だと最近わかりました」

「なっ……！」

異常だと言わなかった優しさを察してほしい。

「そういうのを隠されているのは嫌です。自分で判断した上で受け入れるのはいいですが、判断するだけの知識は得たいです」

「そ、それは……、そうだな」

雨降って地固まると言うけれど、たくさん悲しい思いもした先日の喧嘩の結果、ベックラーさんの態度は少し軟化したと思う。

「ルミ様のおっしゃる通りです。ルミ様はもう少し世界を広げられたほうがよろしいでしょう。それに、坊っちゃんは危険が残っていることを気になさっていますが、坊っちゃんが活躍する限り、危険が完全になくなることはありません」

ローヴェルトさんがそう言って、隣でヒルダが頷いている。私も言葉を重ねる。

「魔術を学べば、防御や攻撃も多少はできるようになりますよね。長い目で見ると、身を守る術があるほうがいいと思いませんか？」

ベックラーさんは最終的に折れてくれた。

「まだ早いと思ったが……。わかった。警護はくれぐれも厳重にな」

「私がお守りいたします！」

元気よく答えたヒルダは、最近、戦闘メイドであることを隠さなくなってきた。うん、やっぱり戦える子だったよ。実はこれまでにも屋敷に忍び込もうとした暗殺者を撃退したりしていたらしい。そんなメイドがついていていても心配って、どんな想定をしているのやら。

「アレンカは乗り気だったたし、こちらから話しておく」

ちゃんと私の考えを聞き入れてくれたのが嬉しくて、少し頬を緩めて見上げたら、ベックラーさんは鼻の下を伸ばしそうになったのを隠すように、ふいっと顔を逸らした。

アレンカさんの魔術授業には、週に一回くらいの頻度で通うことになった。まずは自分の身を守るための防御魔術と、いざという時に不意を突ける程度の攻撃魔術を使えるようになるのが目標だ。

私がベックラーさんの弱みになっているならば、できるだけ足を引っ張らないようになりたい。

まだまだ本を読んで学べることも、一人で練習する必要があることも多いから、実際には結構な時間を魔術のために使っている。他の勉強やお作法などのレッスンもあるから、かなり忙しい。

アレンカさんは、面倒臭がるかと思ったけれど、案外丁寧に教えてくれる。ウルリクさんもそうだけれど、異世界の知識があることで、こちらの世界の人とは違うおもしろい発想ができるだろうと期待しているようだ。

「ルミは筋がいい。ウルリクもそうだったが、まったく魔力がない世界から来て、よくこうも早く馴染《なじ》めるな」

「魔術の基礎部分は、結構科学に近いですから理解しやすいです。魔力に関わる部分はわかりづらいこともありますけど、ファンタジー小説なんかで想像力が鍛えられているからでしょうか、戸惑うことは少ないです」

元の世界の科学の知識や科学的な考え方がこちらでもわりと役立つことを知った時は嬉しかった。元いた世界ではそれなりの教養やスキルを身につけていたと思うけれど、そのほとんどがこちらでは役に立たなくて、それが私の心許なさにつながっていたから。

「ふむ。ウルリクも似たようなことを言っていたな」

ウルリクさんも大体一緒に授業を受けている。どうやらアレンカさんが働いている間、家で暇を持て余し、本を読んで独学で会得してしまったことが多々あるらしい。その部分にアレンカさんが不安を覚えたとかで、復習しろと言われているそうだ。

（一緒にいたいだけじゃないのかな）

戸籍を得てから、二人の関係はより親密になり、不要な遠慮がなくなったようだけれど、そういうところは素直じゃないのがアレンカさんらしい。

さらに、ベックラーさんのお姉さんのマリソルさんが、ときどきお茶会に連れ出してくれるようになった。

マリソルさんは、はじめて会った瞬間に立ち居振る舞いや仕草のお手本にしようと決意したくらい優雅な所作の人だ。社交界での情報戦や舌戦の強さだけでなく、物理的にも強いと、バーレントさんとベックラーさんが遠い目で言っていたのがちょっと信じられない。ケルンハルト家の謎が深まった。

今はもうすぐ社交シーズンがはじまるという時期。普段ならまだ嫁ぎ先のメジェク侯爵領にいるそうだけれど、私のために早めに王都に来てくれたという。私が習ったお作法の実践の場を提供し、さらにそれをチェックしてくれるなんて、本当にありがたい。

「弟が迷惑を掛けたわね」

習った通りに初対面の挨拶をしてすぐに、申し訳なさそうにそう言われて当惑した。

「迷惑なんて……」

「あら、あなたを閉じ込めようとして怒られたと聞いたわよ？」

「あ、あれは……」

「がむしゃらになれる相手を見つけたことは嬉しく思うけれど、少し心配でもあるの」

返答に困っていると、マリソルさんは優雅に微笑んだ。

「ふふ、わたくしのことはこちらの世界での本当の姉と思って、なんでも話してくれていいのよ。弟についての愚痴《ぐち》も聞くわ。さあ、今日は本当に親しいお友だちだけのお茶会なの。楽しんでね」

「……ありがとうございます！」

温かい言葉に、胸が詰まった。

「そうそう、ドレスも用意したのよ。弟の屋敷では使用人も軍の気風に毒されすぎて、華やかな事が得意じゃありませんからね。これからはあなたが女主人になるのだから、ここで学んでいってくれると嬉しいわ」

「はい。お気遣いありがとうございます」

本当に妹のように扱おうという熱意が伝わってきて、嬉しく思う。まだうまく距離感が掴めないけれど、その厚意には応えたい。

メジェク侯爵家は、ベックラーさんの屋敷なんて目じゃないくらい広大だった。これが王都の中にあるのだからすごい。全体的に落ち着いた雰囲気のお屋敷だけれど、マリソルさんの私的なエリアは明るく陽気な感じだ。

そこでドレスを試着して、サイズ合わせのお直しを待つ間にお化粧をしてもらい、髪を結ってもらった。その間、マリソルさんはとても楽しそうにしていた。

「ルミさんはとっても着飾らせ甲斐があるわ。ベックったら、本当に可愛い子をお嫁さんにしたわね。あっ、まだお嫁さんではなかったわ。結婚式がとても楽しみ。ウェディングドレスを選ぶのには、ぜひわたくしも付き合わせてね。わたくしには今のところ息子しかいないし、きょうだいはごついのが二人と……、アレだし、こういう機会は貴重なの」

第一印象とは違って、マリソルさんはとても元気でおしゃべりな人だった。ところで「アレ」というのが気になる、前にもベックラーさんとバーレントさんが話していたな、と思ったけれど、マリソルさんのエネルギッシュなおしゃべりに負けて、聞けないままに話が進んでしまった。

「まったく、男たちは過保護すぎなのよ。ルミさんをずっと屋敷に閉じ込めて籠の鳥にするなんて。わたくしたち女性の自由をなんだと思っているのかしら。あなたもそんな首輪、拒否してもよかったのよ？」

マリソルさんの侍女に着ていた服を一度すべて脱がされたから、首輪のことはバレてしまっている。その時もひとしきり、ベックラーさんへの文句を言っていた。嫌な感じはしなくて、仲のいい姉弟なんだと思う。

「いいえ、私もこの世界でやっていけるか心配でしたし、身の危険があるということは重々承知していますので、大丈夫です」

「あら、そうなの？　あの趣味……、受け入れているのね……」

ちょっと引いているマリソルさんの様子に慌ててしまう。

「それは違います！　これはアレンカさん、ええと、デュッケ中尉が作ったもので、ベックラーさんの趣味では……」

「あなたが大丈夫ならばいいのだけれど、護衛を増やせばいいことなのにねぇ」

「男性の護衛を増やすのはベックラーさんが嫌がるので……」

「まあまあ。嫉妬ね⁉　あの朴念仁も成長したのねぇ。でも、嫉妬はいいけれど、束縛は良くないわ！　もう一度叱っておかなくちゃ」

「あの、お手柔らかに……」

そんな調子で話しながら、あれよあれよと言う間に支度は終わってしまった。マリソルさんに促されてくるっと回って見せると、満足そうに頷かれた。

「似合っているわ！　わたくしの見立てに間違いはないわね！」

「ええ、奥様のおっしゃる通り、非常にお似合いです」

侍女さんたちにも褒められて、ちょっと照れる。でも本当にいつもの自分の一・五倍は美人だと思う。お化粧とドレスの力はすごい。

今日着せられたのは淡いラベンダー色の、柔らかい生地で作られたドレスだ。舞踏会へ行くようなドレスとは違ってシンプルで、全体的に露出も少ない。首には大ぶりの花がついた幅広のリボンを巻いて首輪を隠している。髪は緩くアップにしてもらった。

「さて、お庭の準備はもうできているわよね？」

「お客様もお越しになられる頃合いです」

「では、話題をさらいに行きましょうか！」

「は、はい……」

このところ、これまで以上に真剣にマナーのレッスンに励んだけれど、あいにく私はこの世界に来てまだ半年も経っていない新米なのだ。小規模なお茶会とはいえ、不慣れだから気が張るし、そんなことを言われればますます緊張してしまう。

そんな懸念《けねん》をよそに、私は概ね好意的に迎えてもらえた。マリソルさんの人選がよかったのだろう。自分で話題を提供する能力なんてまだないけれど、マリソルさんがとてもうまく場をコントロールしていて、私にも話を振ってくれる。今困っていることを相談することもできた。

「ベックラーさんが私のために頑張ってくれているのは嬉しいんですけど、なにもできないのが心苦しくて」

「あら、好きなだけ甘えておけばいいのよ。狼というのはね、家族を本当に大切にするの。もちろん種族が違ってもよ。それに、不当な恨みを買っているのも、貴族の社会で我を通せないのも、あの子の力不足なんだから、任せておけばいいの。これを機に、もう少し成長してもらわなくてはね」

お姉さんの立場からベックラーさんを見るとそうなるらしい。なかなか手厳しい。

「あなたは結構な美人さんだから、そういう意味でも弟が心配するのはわかるけれど。これからの時代、女性も強く自立しないとね」

「そうですね。私のいた世界では、完全ではないですけど、男女が平等だったので、一方的に庇護されるのは落ち着かないです」

「あら、そのお話、興味があるわ。みなさんもそう思いませんこと？」

「ええ、ぜひ伺いたいわ！」

そんな風に、話題の中心にしてもらうこともあったし、常識を学べるように配慮された話題に耳を澄ますこともあった。

そうして私は、マリソルさんという貴族女性のお手本であり指導者を得て、時折参加するお茶会で多くのことを学べるようになったのだった。

そうして少しずつこの世界での自分に自信がついてきた頃、ベックラーさんが急に出張することになった。

◆◆◆

「しけた面してんなぁ」

カレンベルグ大将が車窓の枠に片肘をつき、完全におもしろがっている顔でからかってきた。反応すればさらにおもしろがられるのはわかっているが、それでも愚痴《ぐち》をこぼさずにはいられない気分だから、溜息を一つ吐いて答えた。

「仕方ないでしょう。つがいと引き離されて、急な出張なんて……」

そう、俺はルミと出会った時に行っていたのと同じ、若干の緊張関係にある隣国、正確にはその国との国境へと向かっていた。

無事に軍部の愚か者どもを押さえたとはいえ、まだより大きく厄介な相手は残っている。ルミとの結婚も先が見えない。そんな状態でルミの側を離れるなんて、不安でいっぱいだ。

そもそも、ルミに挨拶すらできなかったのだ。軍部の執務室にいたら、ハロンに連れ出され、馬車に乗せられた。中には家の使用人が略式のマントとスーツケースを携えて控えていた。

「おい、どういうことだ」

「大将と中将のお呼びだ。カレンベルグ大将の出張のお供だそうだ」

「ちょっと待て。明日は休み……」

ハロンに向かって反駁しかけ、続きを呑み込んだ。これまでならば休日に急な呼び出しがあっても不満などなく、問題なく対応していたのに、今ではこんなにも心残りがある。

大切なものができた者は、裏の仕事をこなす諜報部では使い物にならなくなることがあるが、俺ももしや……、と考えてしまう。

俺の場合、半分は貴族としての身分を使っての仕事だから、完全に裏に回って危ない橋を渡る者たちに比べれば問題は少ない。それでも、今後もルミを危険に晒《さら》し続けることになるだろう。秘密も多い。激務だし、こうしてふいに休日が消えることなど日常茶飯事。夜中にこっそりルミを置いて仕事に出たことだってすでにある。

そして、俺はこのような、貴族としてかつ諜報部としての働きを期待されての叙爵だったから、軍をやめることは決してできない。所属替えも、怪我や年齢による身体の衰え等がない限り認められないだろう。貴族としても、軍人としても、これからもずっと身を粉にして国に仕えていくのだ。

（改めて考えてしまうな……。本当に俺の人生にルミを付き合わせていいのか、と。いや、ルミを手放すことなんてできないんだが）

そうこうしているうちに、汽車の乗り場に着いた。すぐに旅支度をしたカレンベルグ大将がやってくる。

「おう、来たな。じゃあ、こいつ借りていくぞ」

「はっ！」

ハロンは敬礼して後ろに下がる。

俺はよほど沈鬱な表情をしていたのだろう、そこからなにを読み取ったのか、同行してきたアーベライン中将はメガネのつるを押し上げてこちらを見据えた。

「最近、ケルンハルト少佐は少々たるんでいる。緊急の命令に対応できるよう身を引き締めよ」

ぐっ、と言葉に詰まる。先ほど悩んでいたことを言い当てられた気がした。

「……肝に銘じます」

「ま、そういうこった。多少の荒療治は甘んじて受けとけ」

「はい」

さまざまな感情を呑み込んで軍人らしい無表情を作り、中将に向き合う。

「今日からしばらく、隣国との緊急会談のために、軍務大臣でもあるカレンベルグ大将および三名の大臣、副大臣らが国境に向かう。会談の内容は、両国の関係緩和と友好政策の施策についての話し合い。目指すのは融和だ。しかし、実際には現在も緊張状態にあり、なにが起こるかわからない。ケルンハルト少佐の役割は、カレンベルグ大将の護衛と、大将が暴れないよう見張ることだ」

「承《うけたまわ》りました」

「おい――、俺だって友好会議の場で暴れたりしないぞ？」

「暴れるというのは喩《たと》えです。あなたが我が国の軍のトップとしてうまく立ち回って、少しでも有利な状況を作り、国境の平和を取り戻すのに、無駄な波風を立てないように補佐をさせるのです。少佐、わかったな？」

「はっ！」

話を聞きながら、ああ、俺は、いずれ軍を率いる立場になる人材として育てられることになったらしい、と察する。これまでも予定はされていたのかもしれないが、そう感じたのははじめてだ。

(俺は軍に一生を捧げると決めた。その後でルミと出会ったが、これは変えられない。となれば、できるだけ出世して、大きな力をこの手に掴むのもルミの安全につながる道の一つだろう)

そう考えたら、すっと目の前が開けたような気がした。

顔を引き締め、姿勢を正して大将と中将を見ると、「それでいい」と言うように頷かれた。ガキの頃から知られているこの人たちには、いつまで経っても敵わない。


そうして軍の所有する列車に乗り込み、車中の人となったわけだが、ルミと挨拶も別れの抱擁もキスもそれ以上もできないままに離されたことへの不満が消えたわけではない。ゆとりのある作りの特別車両、足を投げ出して座っている大将の向かいで、ついつい渋い顔をしてしまった。

「あの美人のつがいちゃんは今頃なにしてるだろうなぁ～。寂しくて泣いてるかもな～」

「……大将、やめてください」

「俺悪くないもん。ハンスが勝手に指示したんだもん」

「おっさんが『もん』とか言っても可愛くないです」

同じ車両にいる他の軍人たちとは距離があるが、プライベートな会話なので彼らに聞こえないよう声を潜める。ちなみに、ハンスというのはアーベライン中将のことだ。

「早く帰れるよう、努力してください」

「お、早くしないとつがいちゃんの浮気が心配か？　心の狭い男は嫌われるぞ？」

「ルミは浮気なんてしません！」

「おまえ、最近ほんと色ボケすぎておもしろいなぁ。まあ、精々頑張るさ」

大将の笑い声に所属の違う軍人たちが何事かとこちらを見るのを感じ、小さく溜息を吐いた。

軍用列車なので、普通の駅には止まらない。ひたすら進み、途中、補給のために停車した街で一泊。翌日に国境の街に着くと、そこからは騎乗して砦《とりで》まで進む。

砦《とりで》ではすでに迎え入れの準備が進んでいたが、大臣、副大臣、他高級官僚たちも来るとなると慣れないこともあるのだろう、慌ただしい空気が漂っていた。

会談は国境のある平原にテントを張って行う。砦《とりで》から数刻ほどで着く場所で、国境線がある辺りだ。なにもない平原のためどちらも軍勢を隠しておくことが難しく、魔物も少ないことから、伝統的にこういった会談に幾度も使われてきた。

「明朝、日の出とともに移動し、昼から会談をはじめる。それまで各員、砦《とりで》の防衛と大臣らの警護に務めよ。先行部隊は日の入りから行動開始。くれぐれも国境線を越えないように」

「「「はっ」」」

王都から随行してきた軍人も砦《とりで》の軍人もみな散開する。俺は大将の補佐兼護衛のため、この後の対策会議に付き従うことになる。

（はあ……、ルミは今頃なにをしているだろうか。昨夜は一人で眠れただろうか。俺はあまりよく眠れなかった……）

ルミを怒らせて触らせてもらえなくなった時もつらかったが、少なくとも同じ部屋にはいられて、存在を確かめ、匂いを嗅《か》ぐことができた。まあ、別の意味でつらかったわけだが、それでも身近に感じられるということが心の安寧に大きく寄与していたのだと改めて気づく。

思えばルミと出会ってから、どんなに帰りが遅くなっても、どんなに早く家を出ることになっても、日に一度はルミの待つ部屋に戻っていた。起こる問題がすべて王都でのことだったから、というのもある。あれは恵まれた日々だったのだろう。

ルミと出会う前は頻繁に家を空けていたし、それを気にもしなかった。これからは、気にしつつもやはりその生活に戻るのだろう。

（ああ、ルミに触れて、ルミの匂いを嗅《か》いで、キスをして……。ルミがトロンとした目をするようになったら、そのまま抱きあげてベッドに……）

「鼻の下伸びてんぞ」

「……っ!?　しっ、失礼しました！」

大将の言葉で我に返る。砦《とりで》の廊下でなにを考えていたんだ、俺は！　そして前を歩く大将はなぜ気づいたんだ⁉

少し速くなった心臓を押さえながら、呼吸を整える。

「無理矢理つがいから引っ剥がしたのはちょっと厳しいと思ってたけどなー、やっぱおまえたるんでんぞ」

「申し訳ありません！」

「結婚したらハネムーン休暇取らせてやるから、気ぃ引き締めてけよ」

「はっ！」

そうだ、こんなことではルミに呆れられてしまう。ハネムーン休暇でいちゃいちゃしまくるためにも、俺は「格好いいベックラーさん」を全《まっと》うするぞ！

その後はきっちり職務を果たし、会議を終えて部屋に戻る頃には、雑念はほぼ消えていた。

その夜、大将の寝所の控えの間で休んでいると、ふと目が覚めた。扉の外の護衛の気配がおかしいことに気づき、枕元のサーベルを手にする。狭い室内では取り回しが厳しい面もあるが、尋問が必要な侵入者をうっかり殺さないためには魔術銃よりもこちらのほうがいい。

息を潜めて入り口の脇に佇む。しかし、曲者《くせもの》はそこからは入ってこなかった。代わりに、大将の寝所のほうで気配が動く。

（チッ、こちらは囮《おとり》か）

万一囮《おとり》ではなかった時のため、手近にあった重いランプをそっと倒して扉の廊下の前に置いてから、気配を探りつつ大将の寝所への扉を薄く開く。

その瞬間、黒い影が踊りかかってきた。

ナイフによる一撃を避け、サーベルで二撃目を受け流し、そのまま相手の肩を突く。手応えがあって、敵はナイフを取り落とす、……が、死角から鋭い蹴りが放たれ、直前でそれを両腕の籠手《こて》で受け止めた。

危ない、靴のつま先に刃物が仕込んであった。

(これ、毒塗ってあるだろ。こいつら下手に捕まえると服毒するな)

視界の隅で、大将ともう一人の侵入者が戦っている。大将の力があれば倒すのは容易《たやす》いだろうが、殺さないように、死なせないようにするのに時間がかかっているのだろう。

(こいつも一瞬で意識を刈り取るには隙がない。……それでもやらねば)

放たれる暗器を、毒に気をつけながら大ぶりに避けつつ、弱らせるために小さな傷をつけ、致命傷は与えない。なかなか難しい。相手を疲弊させることはできているが、こちらも消耗している。

(どうする……?)

今までなら多少の危険を承知で突っ込むところなのに、少しのためらいを覚えている。それを情けなく思う気持ちもあるが。

(こんなところで死ぬわけにはいかない。ならば、完勝するまでだ)

気合いを入れて相手の攻撃を弾き、ようやくできた隙に蹴りを入れて後ろに回り込む。サーベルの柄で相手の側頭部を殴ると、敵は膝からくずおれた。

その頃には大将ももう一人を下して拘束しにかかっていた。

「よぅ。ご苦労さん」

「ご無事でなによりです」

「このくらいはな。さて、他の奴らのところにも行ってねぇか確認しねぇとな」

廊下への入り口を慎重に開いて外に出ると、すでに空気が騒然としていた。外の護衛が倒れているのに気づいた者が、応援を呼んだようだ。俺を見つけるとすぐに駆け寄ってきた。

「まだ他の襲撃は確認できておりません」

「わかった。こちらは暗殺者二名を確保した。武器は取り上げたが、服毒の危険があるから慎重に猿ぐつわを噛ませておけ」

「はっ」

数人の軍人が大将の部屋に入る時、諜報部の部下も一人、するりと滑り込んでいった。密かに拷問して情報を吐かせるのは諜報部の仕事だ。俺と部下が担当することになるだろう。直接拷問するのに以前より抵抗があるのが不思議だが、なんにせよ部下に丸投げというわけにはいかない。

一瞬の逡巡ののち、気持ちを固めて一歩を踏み出そうとしたところで、大将に呼び止められた。

「おまえはこっちだ」

「え？」

「おまえにはこれまで以上に表舞台に立ってもらうことになる。常に汚れ仕事までやる必要はねぇ。

適材適所、ってやつだとハンスが言っていた。俺も賛成だ」

「……はい」

「おまえは十分にやってきたさ。これからは部下に任せることも覚えろ」

「……はい」

大将と中将は俺の状況の変化、心理の変化を読み取って、うまく利用しつつ最適な使い方をしてくれている。ありがたいことだ。

「今回は、伯爵子息かつ騎士爵持ちとして公の立場を示すいい機会だ。諜報部所属であることが他の奴らに印象づけられるのはよくない。そういう情報は漏《も》れるものだからな」

「承知しました」

「あとな、戦いにためらいを覚えるのも、伴侶《はんりょ》を得た誰もが通る道だ。恥じることじゃないぞ？より技量を磨けば問題ない。それに、最後の最後でその『生き残りたい』という欲求の強さが生死を分けることもある」

「……はい。ありがとうございます」

俺の迷いを見て取ったのだろう。こういうのが大将のすごいところだ。

「よし。あとは任せた。間違って殺すなよ」

俺の部下にそう命じると、大将は俺を連れて会議の間に向かった。廊下を歩きながら次々と新しい情報が入ってくる。他に襲われたのは外務副大臣。暗殺者はあっさりと護衛に撃退されており、そちらは本命ではなさそうだ。

「やっぱ俺だな」

「そのようですね」

大将が戦時中でもないのにここまで出てくるのは珍しい。それでも列席を願ったのは隣国。隣国も一枚岩ではないのは承知しているが、少なくとも一部の派閥は軍のトップであり王弟でもある大将の首を取ってこちらを動揺させることを狙ったのだろう。確かに大将という重しがなくなれば、軍部の統制が一時的にでもとれなくなる可能性はある。そして、隣国とは確実に戦争になる。ルミのいるこの国を、無益な戦争に突入させるわけにはいかない。

俺は改めて気を引き締めて大将の後を追った。

◇◇◇

会談は、暗殺者を押さえることができたカレンベルグ国が流れを掴んで有利に進められた。それでも腹の探り合いには神経を削られたし、後処理も合わせて日数もかかった。結局王都に帰還できたのは約一カ月後のことだった。

今回は学ぶところの多い出張だった。それを思い返しながらも、心はすでにルミのもとに飛んでいる。車窓からルミと出会った草原を見やりながら、気が急《せ》いた。

(ああ、俺の黒うさぎ……。待っていてくれ)

ストレスからか、うさぎになって目覚めることが増えた今日この頃です。

（ベックラーさん、どうしてるかなぁ）

落ち着かない気持ちのまま寝たせいか、夜中に目が覚めてしまった。気づけばまたもうさぎになってしまっている。ベックラーさんが出張に出る前は、獣型化する頻度が順調に下がっていたのだけど、やはり精神が不安定になると獣型化しやすいらしい。

うさぎでいるほうが匂いを強く感じるからか、寝ているうちに、私の身体はベックラーさんの匂いのする枕に乗り上げていた。しばらくすんすんと匂いを嗅《か》いでから、自分の体に匂いを擦りつけるように、枕の上でごろごろ転がってみる。

しかし、ベックラーさんがいない一人の部屋で小さなうさぎの姿でいるのはなんだか不安だ。枕や掛け布団の隙間に鼻面を突っ込んでみても不安は消えず、仕方なく人に戻った。毛がなくなると、寝間着を着てもなお部屋の肌寒さに震えた。

（ベックラーさんは体温高いから、いつもぬくぬく暖かかったんだなぁ。独り寝は寒いし寂しいよ……）

挨拶すらできずに出張に出てしまい、いつまでかかるかは不明。しかも行った先は、緊張関係にある隣国との国境というから、危険もあるのかもしれない。ベックラーさんは情報部だから、行き先等の情報は家族にも明かされないことが多く、手紙もなかなか送り合えないらしい。

（軍人の妻、という立場を甘く見てたかも。想像以上に『待つ側』というのは精神的に厳しい……）

それでもベックラーさんと別れるなんてことは考えられないから、どうにかして私の中で折り合いをつけていくしかないのだろう。

そうして私は浅い眠りの淵《ふち》で悪夢を見るような夜を幾度も過ごすことになった。


そんな折、マリソルさんのお茶会で不穏な話を聞いた。

「最近のパーティは少々奇妙な雰囲気ですわね？」

「ええ。こそこそと仲間を集めていらっしゃる方々が……」

「反つがい主義だなんて呼ばれていらっしゃるようよ。わたくしも誘われましたわ。もちろんお断りしましたけれど」

私のほうに目をやって、申し訳なさそうにそう言ったのは、参加者の中ではもっとも若い、私と同じくらいの年齢の令嬢だった。

「つがいはまやかしだなんておっしゃって、つがいを持つ方を許せないそうよ……」

そういえばそんな話を聞いた。元々は、身分の違うつがいによって不幸になった人やその親族が身を寄せあう会だったけれど、いつの間にか過激な活動をするようになっているとか。

（ベックラーさんが側にいない時に聞くと、どうしても不安になっちゃうね）

私がこれからもっと貴族社会に出ていくにあたっての根回しがなかなか進まないと聞いているけれど、そういう人たちがいるなら、ずっとベックラーさんと結婚できないんじゃないか……、という考えが湧き上がる。

それに、今の私はまだこの世界にすら馴染《なじ》みきれていない。アレンカさんに魔術を習うようになったとはいえ、まだまだ学ぶことばかりだ。そんな何者でもない私が、ただつがいだというだけで、こんなにもベックラーさんに愛されていていいのだろうか。

このネガティブな感情が伝わったのか、マリソルさんに「不安にさせてしまったかしら」と心配されてしまった。この話をはじめた人たちも、申し訳なさそうにしている。

「ケルンハルト家は反つがい主義ではないから安心してね。我が家は特に仲良しですし、弟の大切な人は私たちも大切にするわ」

ベックラーさんやバーレントさん、マリソルさんを見ていればそれはわかる。でも、私は曖昧に微笑んだ。

「ごめんなさい。私が自分に自信がないのがいけないんです」

「一種のマリッジブルーかしらね？」

「そうかもしれません。私なんかでいいのか、と考えてしまって」

「まあまあ、そうなの？　弟はあれだけ溺愛しているのにねぇ」

「ベックラーさんを信じられないわけではなくて……。ただ、自分の存在意義のようなものが不確か、というか」

もやもやする感覚を言語化して、そうすればするほど不安が増して、うつむいてしまう。

すると、マリソルさんがそっと私の手を両手で包んだ。

「……そう。あなたは遠くから来たのだものね。悩みも深くて当然だと思うわ。でも、忘れないで。弟はなにがあろうとあなたの味方だし、私たちもあなたの家族として、あなたの力になるわ」

目を上げると、優しく微笑みながら私を見つめるマリソルさんがいた。

「……う、嬉しい、です」

思わず涙がこぼれそうになる。

マリソルさんが私を新たな家族として迎え入れようとしてくれるのをひしひしと感じる。

ああ、どうしよう、これだけ温かいからこそ、前の世界に残してきた祖父母を思い出してしまう。

この温もりに触れて、心から嬉しく思っているのに、同時に悲しくなってしまう。

（エスさん、私には、ここで幸せにやっている、と伝えたい人がほんの一握りだけどいたんだよ。あなたたちの間違いのせいで、私は結果としてこの優しい人たちとの縁を得たけど、前の世界のそれらを失ったんだ）

今がどんなに幸せでも、その思い出は消えないし、こうして時折私の胸を刺す。マリッジブルーに加えて、これはホームシックだろうか。

温かい人たちに囲まれながら、私は無性にベックラーさんに会いたくなっていた。


それからの毎日は、それまでより少しつらかった。ベックラーさんの不在が骨身に沁みる。

でも、ホームシックはきっと時間が解決してくれる。そして、この世界での自分というものを確立すれば、マリッジブルーのようなこの不安も払拭できる。そう考えて、できるだけ時間を作ってはアレンカさんの魔術レッスンを受け、家での勉強やダンスのレッスン等も必死に頑張った。

私がここで生きていていいのだと、自分で思えるように。

夜には懐かしい故郷を夢に見て魘《うな》され、目が覚めるとうさぎになっていることもしばしばだった。小さなうさぎになって、些細な物音に怯えて飛び上がったり、時にはもやもやした気持ちを発散するためにベッドの上で暴れてみたり……。期せずしてうさぎの身体にも馴染《なじ》んできた。

そうして昼も夜も健闘して、ほんの少しずつ私は自信を取り戻しつつある。それでもまだ不安は尽きないし、故郷を思えば涙が浮かぶ。

（もっと頑張らなきゃ……）

ローヴェルトさんとヒルダは身体の心配をしてくれるけれど、私は自分を叱咤するのをやめられないでいた。

そんなある日のことだ。ヒルダと二人、アレンカさんの研究室から屋敷に帰ろうとしたところに、マリソルさんから手紙が来た。急なお茶会への招待だ。こんな急に、しかも軍の本部にまで連絡が来たことなどなかったから、不思議に思う。

「行ってくるといいんじゃないか？　どうせ帰ってもベックラーはいないんだろう」

アレンカさんがにやにや笑ってそう言うし、マリソルさんの使いは見たことがある人だったから、素直に従うことにした。

しかし、途中から馬車がいつもと違う道に入り、知らない場所に向かいはじめた。

「これはどういうことかしら？」

「いつもの侯爵家の馬車のはずですが、なにかあるかもしれません。油断しないでください」

緊張感のあるヒルダの声に、頷きで返した。

やがて馬車が止まると、そこは小ぢんまりとした郊外の屋敷だった。御者に入り口まで案内される。ヒルダから離れないようにして警戒しつつ近づくと、扉が中から開いた。

「やあ、いらっしゃい」

爽やかな笑顔で私を迎えたのは、まさに貴公子という風情の長身の青年だった。某女性のみの歌劇団でトップを張っていそうな輝かしさだ。物腰は柔らかで優しげだけれども、男性的な力強さもある。男性とも女性とも思える高さの声はよく通って、なんとも魅力的だ。

そして、耳と尻尾がベックラーさんと同じ灰色の狼だった。さらに、ベックラーさんに目元と輪郭、匂いも似ている気がする。

「私はアレックス。あなたを招きたくてマリソル姉の名前と馬車を借りてしまったんだ。ごめんね？」

「はじめまして。ルミ・タカギです。ベックラーさんのご家族の方ですか？」

「ふふ、聞いていなかったのかい？　ベック兄、ひどいなぁ」

以前、ベックラーさんが「会わせたくない」と渋っていて、バーレントさんが「悪いことにはならない」と言っていたきょうだい。マリソルさんには「アレ」なんて言われていた。

さもありなんと思う。男性的な近づきにくさはなく、女性にしては格好いい。この姿ではさぞかし女性たちにモテることだろうし、ベックラーさんは大いに嫉妬しそうだ。

「私は早く会いたいと言っていたのに、ベック兄は私に自分のつがいを会わせるのを嫌がってね。でも、こんなに可愛い子ならば納得だな」

私の手を取って、指先に口づけると、ウインクをする。そんな気障《きざ》な仕草もとても似合っていて、アレックスさんのせいで婚期を逃す令嬢もいるんじゃないかと思う。刺されたりしないか心配だ。

(まあ、私にはベックラーさんがいるから響かないけど。いや、そんなことより)

「なぜマリソルさんの名前を使うなんて回りくどいことを?」

「んー、秘密?」

「はあ……」

アレックスさんは、これ以上尋ねても絶対に答えてくれないだろう、と思わせる微笑みを浮かべた。ベックラーさんと似ているけれども、底知れない感じの目をしている。いつの間にかヒルダが側からいなくなっていて、不安が芽生えた。

仕方なくアレックスさんにエスコートされて、おとなしく屋敷の中を奥に進んでいくと、ますます不安が大きくなる。妙に静かで薄暗く、なにか後ろ暗いことがありそうな雰囲気なのだ。

「ふふふ。そんなに硬くなって、耳まで震えて……。それはそれで可愛らしいけど、もう少し楽にするといいよ」

アレックスさんの笑顔はなんの安心材料にもならなかった。

連れていかれた先の部屋には窓がなく、控えめな色合いのドレスの貴婦人たち、令嬢たちが集い、小さく囁《ささや》きあっている。足を踏み入れると、部屋はすぐに静まって、ピリピリした視線が私に集まった。

「これは……?」

「この方たちがあなたにお話があるとかで、お茶会を開いたのさ」

全方面から、敵意を感じる。どう考えても友好的な用事ではないだろう。

ヒルダもいない、ましてやベックラーさんは遠く国境付近……

（怖い。でも、震えているだけじゃ駄目だよね）

ローヴェルトさんとヒルダに教えてもらった。まずはこっそり深呼吸をすること。毅然《きぜん》と頭を上げて、耳にも神経を通し、怯える気持ちを悟らせないように。そしてマリソルさんをイメージして、背筋を正し、優雅な挨拶を。

「ルミ・タカギと申します。お招きいただき光栄です」

「どうぞこちらに」

リーダーっぽい婦人が、名乗り返しもせずに冷たい声で言う。案内された椅子に座ると、メイドが紅茶を淹れてくれたが、口をつけるフリだけして飲まなかった。

「アレックス様は、彼女にお会いになるのははじめてなのですってね」

「ああ、そうだよ。兄が会わせてくれなかったからね」

「やっぱり……」

「伝え聞いたところによると……、ルミさんは平民で、出自すらおわかりにならないのでしょう？」

「ルミさんのことをつがいだと主張する殿方が他にいらしたとも聞きますわ」

「まあ。ふしだらな」

「そのような方を、大切なアレックス様にご紹介できなかったのでしょうね」

「ふふ。どうだろうね」

アレックスさんは曖昧な言葉だけれど、どこか肯定するように微笑んだ。

私が異世界から来た『精霊の愛し遣い』であることは箝口令が敷かれているはずなのだけど、戸籍を作る過程で「出自不明」という情報だけが漏《も》れたらしい。さらに鹿さんのことまで知っているなんて、驚きだ。

（この人たちはなにがしたいの？　私を侮辱したいだけ？　アレックスさんの立場もよくわからない。ベックラーさんのきょうだいは味方だって信じたいけど、この状況じゃね……）

ともかく、私がネガティブな反応をすれば相手が調子に乗りそうだから、無反応を貫くことにした。怯えと苛立ちが出てしまいそうな耳の制御に気をつける。

話はベックラーさんを褒め称える方向に進んでいた。

「ベックラー様は若くして騎士爵を得られたほど有能でいらっしゃる上に、精悍で素敵な方ですわよね」

「ええ、本当に！　社交界でも、いつ結婚されるのか、多くの女性が気にしているわ」

「わたくしの妹は、随分と親しくしていただいていたのですよ。舞踏会のエスコートを引き受けてくださる程度には」

「そうでしたわ！　お二人のダンスはとても素敵でしたわね。ご実家の釣り合いも取れていらして、誰もが祝福する関係だったのでは？」

「本当に。寄り添うお姿がお似合いでしたこと」

うふふ、くすくす、と、可愛らしいけれど、黒いものが含まれた笑いがさざなみのように広まる。嫌な感じだ。

「今日はお越しにならないの？」

「ええ、傷心の妹は、今は臥《ふ》せっておりますわ」

（なるほど。私を「二人の仲を引き裂いた悪者」にする気かな？）

ベックラーさんから、結婚を考えるような相手がいたとは聞いていない。この話は相当盛られていると考えていい。エスコートだって家同士の関係で断れないことだってあるだろう。

（こういう嫌らしいやり口、嫌いなんだよね。それにベックラーさんはもう私のつがいなんですけど！）

じわじわと怒りが湧いてきて、わけのわからない状況に対する恐怖が薄らいだ。

ベックラーさんへの不信感を植えつけようとしているのかもしれないけれど、私は私のつがいを信じるだけだ。精霊エスさん保証のラブラブつがいの絆《きずな》は強いのだ。

「そのままのお二人でいらしたら、ねぇ」

「うさぎでは狼の血を繋ぐのにも不便がありますでしょうし、ねぇ？　アレックス様」

「うさぎと狼だと、うさぎの血が出る確率が高いのは確かだね」

アレックスさんは再び肯定するような、でも決定的ではない相槌《あいづち》を打っている。

（アレックスさんの立ち位置はわからないけど、説明もなしにこんなところに放り込んで、援護もしないなんて、苦手な人認定してもいいかな？　たとえベックラーさんのきょうだいでも、失礼な人とは仲良くなれないよ！）

　ベックラーさんには申し訳ないけど、ついでに心のなかで暫定敵認定をしたら少し落ち着いた。ここにいる人たちは全員敵。そう思って対峙することにする。話はますますきな臭くなっていった。

「ほら、妻は妻でも……、という考えもおありではなくて？」

　私が反応しないのがおもしろくないのか、一人がだいぶ突っ込んだことを言いはじめた。「正妻は別」と言いたいのだろう。

「いいえ、つがいなどという不確かな関係を理由に、このような方をケルンハルト家にお迎えになること自体が問題で、われわれ貴族女性を不幸にする元凶なのではありませんこと？」

　リーダー格の女性が、かなりはっきりと私を睨み、強い声でそう言う。

　ふとアレックスさんを見ると、澄ました顔をしつつ、おもしろがっているのがわかる。

「そうですわね。それがすべての不幸のはじまりですわ」

　周りの人たちもそれに同調しはじめる。

（いきなり話が大きくなったけど……、ああ、もしかしてこの集いは！）

「あなた方は反つがい主義と言われる集まりですか？」

「まあ！」

　周囲が色めき立って、それをリーダー格の婦人が抑えた。

「そのような下品な名称でわたくしたちを呼ばないでいただけます？　わたくしたちはつがいなどというまやかしに惑わされて周囲に不幸を撒《ま》き散らす者たちの考えを改めさせているだけですわ」

「そう、崇高な貴族の社会に、つがいなどという本能にのみ忠実で下世話な関係を持ち込むことが間違っているのです。わたくしたちは知的で、欲望に負けず、民の範でなければなりません」

「このような理念をもって活動しているわたくしたちこそが正しいのです。今はまだ多くの方に理解していただけず、残念ですけれど」

グループの中核的な人たちが口々に自分たちの正義を主張する。

なるほど、完全に反つがい主義なんだな、と冷静に思った。

この世界には、身の回りにつがいがいなかったり、さまざまな社会的条件によってあまり幸せになれなかったつがいしか見たことがないという人も、特に貴族社会にはそれなりにいるという。政略結婚のある貴族にとって、つがいというものが面倒な事態を引き起こすことがあるのは事実だろうし、そうなってしまうのは悲しいことだと思う。

でも、つがいとともにいることによって、本能的欲求が満たされるだけでなく、魂からつながるような深い喜びが得られる。そんな、この世界の獣人に備わった仕組みを無視して、本当に社会が成り立つと思っているのだろうか。

(それに、考えを改めさせる、ってどうやって？　お茶会で圧力をかけるだけ？　それとももっと過激な集まりなんだろうか)

どんな手段を取るにせよ、つがいを引き離すということがどれだけその人たちに苦しみを与えるのかも理解せず、強引に推し進めようというのが気に入らない。

考えを巡らせながら黙って話を聞いていると、問いかけられた。

「ルミさんはどうお考えなの？」

今のところ丁重に扱われてはいるが、この人たちの目下の目的は私とベックラーさんを別れさせることだろう。名乗りもしない人々、様付けしない時点で私は格下扱い、あからさまな敵意。なにをされるかわからないと思っておいたほうがよさそうだ。それでも背筋を伸ばして毅然《きぜん》として答える。

「私はベックラーさんの考えを尊重します」

「あら、では、望まれれば身を引くのね。思いの外謙虚な方で安心いたしました」

「ええ、臥《ふ》せっている妹もきっと喜びますわ」

「ただ……」

周囲を睨むようにしっかり見据えて言葉を発する。視線は力だ。

「ベックラーさんが私と別れることを望むとは思っておりません」

私に足りないところがあるのは事実だと思う。でも、ベックラーさんはどんな私でも大切にしてくれるし、求めてくれる。他人に不釣り合いだと言われて、仲を引き裂こうとされて、かえって気づいた。自信を失う必要なんかない。ベックラーさんは私のつがいなのだ。誰にも渡さない。

怒りが不安を押しやって、ベックラーさんを思う気持ちから力が湧く。

「んまっ！　なんて自信家でいらっしゃるの」

「つがいの結びつきは大変強いものです。ご存じないのですか？」

このリーダー格の人は、特につがいを憎んでいる感じがする。もしかしたら、夫につがいの愛人がいる正妻といった立場なのかもしれない。そちらサイドから見れば、私の存在は許せないだろう。

だけど、貴族社会における本質的な問題は、つがいの存在じゃない。貴族としての体裁を整えるために無理に正妻を迎えるという考えのほうだ。結婚したあとにつがいが見つかった場合の悲劇は痛ましいと思うけれど、それは貴族も庶民も関係なく起こりうることだし、つがいでなくても離婚騒動はあるわけで。

「失礼な方。つがいというまやかしを笠に着れば、思い通りになると考えていらっしゃるなんて、傲慢だわ」

「そのようなことは考えていません。ただ、つがいがともにありたいと思うのは自然なことで、否定されるべきではないと思っています」

「それがわがままだと言っているのです。貴族には責務があります。あなたのわがままを押し通すことで、貴族社会で不利益を被るのはケルンハルト少佐なのですよ」

「ベックラーさんはそんなことを気にしません。私とともに在ることを願ってくれます」

マリソルさんのお茶会の時とは違って、迷わずに言い放つことができた。

「ケルンハルト少佐がいいと言えばいい、なんて甘えた考えの方が、貴族の殿方を支えられると思っていらして？　そのようなところも相応しくないと思われてしまうのですよ」

「そう思っているのはあなたであって、ベックラーさんやベックラーさんのご家族、ご友人ではないので……。私はベックラーさんの考えを尊重する、と最初から申し上げていますが」

「では、お身内のアレックス様のご意見ならば聞くのかしら？」

リーダー格の人が勝ち誇ったような顔をして、アレックスさんを引き合いに出した。

「そうだね。私も現状には不満があるよ」

目の奥が笑っていない微笑みでアレックスさんが応じる。その言葉に周囲は勢いづいた。

「その通りですわ。つがいなどという世迷い言を振りかざして身分を弁《わきま》えない者たちをのさばらせておくことが問題なのです」

「あなたのような存在が正妻になるなんてことを認めたら、貴族社会の規律が狂ってしまうのよ」

「こうして言葉で諭《さと》して差し上げるなんて、お優しいこと。わたくしならば……、おほほ」

「そうならないうちに身のほどを弁《わきま》えて、自ら身を引くのが賢いのではなくて？」

「誓約書を書いて、どこかへ消えてくださるのなら、旅の費用くらいは出して差し上げてもよろしくてよ」

（おっと……、だいぶ直接的な脅《おど》しが出てきたなぁ。どうやって切り抜けよう？）

ご婦人方に今ここで私を直接害する力や勇気があるとは思えないけど、力の強い護衛たちが部屋の外にいないとも限らない。さらに、あんなにたおやかなマリソルさんすら物理的に強いというケルンハルト家出身なのだから、アレックスさんも細身だけれど強いと思ったほうがいい。

ここにヒルダがいないのが痛い。彼女が無事だといいのだけど。

「さて、あなたはどうするかな？」

微笑んだまま、仮面のように表情が変わらないアレックスさんがそう言った。

ここは一旦、身を引くふりをしたほうがいいのかもしれない。でも、誓約書を書かされるのはごめんだ。ベックラーさんがそれを見たら、どんな状況であっても絶対に悲しむから。誓約書を残して殺されるなんて最悪のパターンもありうる。

（ベックラーさん……）

つがいであり『精霊の愛し遣い』であるという安心感。そしてそれだけではない、ベックラーさんから迸《ほとばし》る深い愛情を浴びてきた実感……。私のほうからそれを手放すなんて、たとえふりでもお断りだ。

「私は、ベックラーさんを信じます」

真っ直ぐアレックスさんを見つめてそう答えると、周りがざわめいた。リーダーの人は隠すことなくすごい顔で睨んでくるし、「これだから野蛮な人は嫌いよ」といった声も聞こえてくる。

アレックスさんはそれらをすべて受け止めたように、こう言った。

「じゃあ、しばらくベック兄から離れて、冷静に考えてもらったほうがいいね」


目が覚めると、知らない部屋のベッドの上にいた。どうやらしばらく気絶していたらしい。小さな部屋ではあるが、明るく、清潔感があり、一応丁重に扱われているようだ。でも、ヒルダはいないし、いつの間に気絶したのかも覚えていない。ひとまずいつでも動けるようにしようと、ベッドを出て立ち上がったところで、部屋の外から軽やかな足音が聞こえてきて身構える。鍵を開けて入ってきたのはアレックスさんだった。

「やあ。あれ？　うさぎにはならなかったんだね」

アレックスさんには私の秘密の事情も知られているらしい。本当にこの人の立ち位置がわからない。ここまで来ても完全に敵だとは思い切れないのはたぶん、ベックラーさんのきょうだいを信じたいという気持ちがあるからだと思う。普通に判断したら、完全な敵だ。

「まあまあ、そんなに硬くならないで。あ、後ろのリボン解けてるよ」

「いえ、大丈夫で……」

「いいから、ほら、一人ではできないでしょう?」

アレックスさんはさっと近寄ってきて、私が動揺している間にリボンと服の乱れを直してしまった。最後に髪もさっと整えて、ついでに髪の先にキスを落としてから離れていく。随分と楽しげだった。

(なんだそのイケメン仕草は。ベックラーさんにやってもらいたい! いや、そうじゃなくて、咄《とっ》嗟《さ》に反応できなかった自分が情けない……)

先ほどの異様な集まりの場にいた時とは違って、二人きりになると、ベックラーさんに似た面差しと匂いが私を油断させる。

(いや、二人きりって……。あとからベックラーさんがすごく嫉妬しそうだなぁ)

そんなことを考えていられるうちは大丈夫だ。でも油断してはいけないと気持ちを引き締める。

「……いろいろ、質問してもいいですか」

「答えないものもあるけど、どうぞ」

アレックスさんのソファにもたれて長い足を組む姿は、本当に様になっている。

「たぶん、こんなことをした目的は答えてくれないですよね」

「そうだね。今はまだ」

「じゃあ、私がどうやって気絶したのか、気絶してる間になにがあったのか、教えてください」

「ふふ。あなたは可愛くて賢いね。答えられる質問をしてくる。まずは一つ目、私はそれなりに魔術が得意でね。人を一瞬で昏倒させることくらいはできる。やり方は秘密。そして、あなたが気絶してから、私がすぐにこの部屋に運んだ。護衛の男になんて運ばせたら、ベック兄が怒るからね。その代わりお嬢さんたちの嫉妬を買ったと思うから、頑張ってね」

気絶させられた上に、意識を失っている間に恨まれるとは、まったくひどい話だ。思わず胡乱《うろん》な目を向けてしまったけど、アレックスさんはどこ吹く風だった。

(それにしても、一応ベックラーさんに配慮はしてるんだ。つまり、ベックラーさんのことは大切だけど、私はどうでもいいって感じ？　うーん、それもなんか違う気がする)

「これから、私はどうなるんでしょう？」

「しばらくここにいてもらう。ああ、さっきのお嬢さん方が、あなたを『説得』に来るかもしれないね」

誓約書を書かせるまで閉じ込めておく、ということだろうか。

「あなた、とても肝が据わっているね。さすがベック兄が選んだ女性だ。気に入ったよ」

にっこり笑いかけられて、溜息を吐く。目は笑っていないような気がするし、集まりから離れても決定的に味方らしいことは言わない。やっぱり苦手だし今のところは暫定敵だ。考えても答えが出ないことに時間を使っている場合じゃない。

「ヒルダはどこに？」

「うーん、邪魔されそうだったから、部下に命じて縛って隔離しておいたんだけど」

「えっ」

「そろそろ来るんじゃないかな」

アレックスさんがそう言った時に、扉が蹴破られそうな勢いで開いた。

「ルミ様！　ご無事ですか⁉」

ヒルダはアレックスさんを目にするとすかさず飛びかかったけれど、アレックスさんは難なくかわした上に、ヒルダをおちょくるような動きをする余裕がある。ヒルダは小柄な体で小回りが利くけれど、狼の俊敏さと力強さには勝てていない。

狼きょうだい、とても強い。

ヒルダはあっという間に取り押さえられてしまった。打撃がいくつか入っていたし、最後にゴキッと脱臼させられたようだ。

でも、その時にアレックスさんが「やべっ」と呟いたのが聞こえた。うさぎの耳はほんの小さな声も拾う。ヒルダはとても痛そうで、アレックスさんに対する警戒レベルは跳ね上がったけれど、やはり完全には敵と思い切れない要素がまた出てきてしまった。

「アレックス様、なぜこのようなことをなさるのですか⁉」

「それを教えるつもりはないよ」

ヒルダの問いに素気なく返すと、アレックスさんはヒルダを放す。何度来られても負けないという自信があるのだろう。すぐに私の側に来て、庇うように再び臨戦態勢を整えたヒルダは悔しげだ。

「この屋敷内には優秀な護衛がたくさんいる。ルミちゃんのためにも、大人しくしていることだ」

アレックスさんは優雅に襟元を正しながら、ヒルダを威圧する。ヒルダが黙ると、満足したように扉に足を向けた。

「では、しばらく監禁されていてね。ああ、一応言っておくけれど、あなたはあなたの信念を曲げないでいればいいと思うよ」

アレックスさんは意味深に微笑んで部屋を出て、外から鍵を掛けた。


足音が遠ざかったのを確認して、大きく息を吐く。

「ルミ様、力不足で申し訳ございません」

「ううん。合流できてよかった。怪我はどう？　なにかできることは？」

縛られていたところが痛々しく擦り切れているし、痣《あざ》もあるし、なにより腕がプラプラしている。でも、ヒルダは「大丈夫です」と言うと、自分で肩を元に戻した。さらに、自分のスカートの内側の生地を使ってうまく肩を固定する。

「痛いよね。ごめんなさい」

「ルミ様が謝られることはありません。私の油断と力不足です」

ベッドに寝るよう勧めたけれど、断られてしまった。

「まずは脱出を……」

「でも、強い護衛がいっぱいいるみたいじゃない」

責めるつもりはなかったのだけど、ヒルダが気まずげに視線を逸らす。

ローヴェルトさんたちはもう異常を察知しているだろうし、マリソルさんも侯爵家の馬車を貸しているのだからなにか事情を知っているだろう。

「私は完全に足手まといだし、助けが来るのを待ったほうがいいんじゃないかしら」

「その通りですぞ」

その声は天井から降ってきた。見上げると白くてもふっとしたものが落ちてくる。

「ローヴェルトさん!?」

降り立ったローヴェルトさんの執事服はどこもしわになっていなくて、いったいどうやってここに来たのか、まったくわからない。

「まったく、ヒルダはまだまだ甘い」

「ルミ様をお守りできず……」

「たとえ相手がアレックスお嬢様であったとしても、油断せず、ルミ様と分断されないように立ち回るべきだった。それに、全力で反抗しなければ、ここまでの怪我をさせられることもなかっただろうに」

「はい……」

（えっ？　いきなりの登場からのお説教よりも、「お嬢様」って言葉が気になるよ？）

いや、そうじゃないかなー、という気はしていたし、だからちょっと警戒心が低くなっちゃったんだけど、でもまさか女性とは。いるんですね、リアル某歌劇団。

いやいや、今はローヴェルトさんですよ。

「えっと、いつから見ていたんですか？」

「お茶会のはじめ頃に潜入いたしました」

なんと、馬車が普段のルートを外れたことを首輪の魔術具で知った時点ですぐに行動してくれていたらしい。しててよかった、首輪ＧＰＳ！

それにしても、ヒルダが戦闘メイドなのは知っていたけど、ローヴェルトさんは忍者系執事ですか……。確かにいつも気配を感じないまま、唐突に側にいてびっくりすることはあったけれど、潜入までできるとは。ケルンハルト家、奥が深い。

「この建物はケルンハルト家とは関係のない別荘のようですね。思いの外警備がしっかりしていて、ルミ様を連れて出るのは難しいでしょう」

足手まといな自分にしょんぼりする。

「この状況、ローヴェルトさんはなにか知っているんですか？」

「いえ。ただ、推測程度でしたら」

ローヴェルトさんは考えを巡らすように一度目を瞑《つむ》った。

「そうですね……。これは、アレックスお嬢様が忠義を尽くされている、あるお方の采配で起こっていると思われます」

それが誰かを知りたかったけれど、ローヴェルトさんは首を横に振った。

「その方は味方と言えますが、今お名前を明かしてよいかわたくしには判断がつきません。わたくしはこれからその辺りの情報収集に向かいます」

「じゃあ、アレックスさんは味方なんですか？　それとも……？」

ローヴェルトさんは困ったように眉を下げる。

「アレックスお嬢様はどうもトリックスターを気取る面がおありでして。坊っちゃんの味方であることは確実ですし、今も坊っちゃんの敵を排除するために動いておられるはずです。ただ、ルミ様をどこまで危険に晒《さら》して良しとされるかわかりません。また、たまに読みが甘いことも……。なので油断は禁物です」

なるほど、ベックラーさんの味方だけども、マリソルさんのように全面的に私を守ってくれるタイプではないと。

「現在は、おそらく采配をされているお方やアレックスお嬢様の想定よりも危険な状態になりつつあります。あの集まりには、かなり高位の貴族の夫人や令嬢もいらっしゃいました。そういった方々が正義の名のもとに暴走された時、なにをなさるのか想像がつきません」

「確かに」

「少なくとも反つがい主義の過激派を炙《あぶ》り出そうという意図がアレックスお嬢様にはおありのようですが、ルミ様がどこまで巻き込まれることになるか……」

ローヴェルトさんの深刻そうな表情に、身の危険が間近にあるという実感が湧いてきた。

「ヒルダ。絶対にルミ様のお側を離れるな。今はなにより御身を守ることを優先し、調査や索敵などはこちらに任せなさい」

「はいっ」

「ルミ様も、今日の集まりでのお姿はご立派でしたが、今後はあまり敵方を刺激しすぎないようお気をつけくださいさい」

「わかりました」

そうしてローヴェルトさんは、天井から去っていった。あっという間のことだった。


その日は何事もなく終わった。夕食はアレックスさんが手ずから持ってきてくれたが、置いてすぐに去っていった。ヒルダが毒を警戒して、匂いを嗅《か》いだり、私より先に毒味をしたりしていたのが一番怖かった。当然食は進まない。

交代で寝ようと思ったら、ヒルダに「ルミ様が起きていらっしゃってもあまり意味がありません」とはっきり言われてしまったので、大人しく寝させてもらうことにする。その代わり、昼間少しでも寝てくれたらと思う。

しかし、残念ながら次の日は朝から断続的に来客があった。全員、お茶会にいた反つがい主義の女性で、滔々《とうとう》と正義を語ったり、ネチネチと嫌味を言ったり、貴族位の高さをひけらかして脅《おど》したり……、さまざまな角度から私を「説得」して誓約書を書かせようとしてくる。

かなりの暴言も吐かれたし、つがい批判に耐えかねて言い返しそうになったこともあったけれど、なんとか堪えて、のらりくらりとかわしながら、誓約書にサインだけはしないようにしている。

「精神的に、きつい」

ただでさえまるで違う価値観を持っているのに、対話する気がまったくない、なにを言っても通じない人間と会話するのは、ある種の拷問だ。途中からはほとんど対話を諦めて、聞いてばかりだったけれど、それだって胸の嫌なところを抉《えぐ》られ続けている感じがする。

「なんかこういう、洗脳の手法ってあったっけ……？」

「はい。気をつける必要があります」

確かに、これを続けられたら危ないと思う。しかも、向こうは一時間程度で去っていくけれど、こちらはそれを何人も相手しているのだ。二人や三人で来ることだってある。

「二人きりの間はできるだけ私とお話をしましょう。まったく違うことを話すと気分転換になります」

「それよりも寝てちょうだい。昨夜は寝ていないし、怪我をしているのだから」

「鍛えておりますので、この程度は問題ありません」

押し問答をしているうちに、また次の来客があった。この一日で、すでに十分に反つがい主義の過激派リストができたのではないかと思う。

人の出入りが激しかったせいか、ローヴェルトさんはやってこなかった。

夜ごはんのあと、さすがにヒルダには少し仮眠を取ってもらって、私がしばらく夜更しをする。

昼間は怒りを覚えたり、頭を使って対応を考えたりして気が紛れていたけれど、鍵が開かない部屋で一人で起きていると、さすがにネガティブになってしまう。

それでも、ベックラーさんへの気持ちだけは、ますます揺るぎないものになっている。

（ベックラーさんに会いたい。生きてベックラーさんのところに帰って、改めて愛を伝えたい。つがいとしての自信が芽生えたことも聞いてもらいたい……）

そんなことを考えながら、落ち着かない夜は過ぎていった。


ここに来て三日目。心労が続いてぐったりしていたけれど、早朝にローヴェルトさんがやってきて、少しほっとした。ただ、「今日の昼以降、事態が動く可能性があるから、準備を。身の安全を第一に」ということだけ言って去ってしまった。それでもローヴェルトさんの姿を見られたことは安心材料だ。あまり寝ていないはずなのに、ヒルダは闘志溢れる様子になっている。

午前中に二人ばかりの訪問を受け、昼が過ぎて警戒しているところにやってきたのは、集まりの中では地味で、ひっそりと隅にいて発言もしていなかった令嬢だった。私を気遣わしげに見ていたから、気にかかって覚えていた。

「なんのご用ですか？」

「あの、アレックス様が、ルミさんをお庭のお散歩にお連れしては、と。わたくしなら信用できるとおっしゃって」

そう言って頬を染める。彼女はアレックスさんに本気で惚れていそうだ。

これがローヴェルトさんの言う「事態が動く」だろうか。どうにも頼りない風情の令嬢なのだが。

ヒルダに目で確認して、ひとまず同行することにする。

「わかりました。参ります」

誘われた通りに外に出た。雲が低い曇天に、どうにも不安を掻き立てられる。

「ところで、ルミさんは、誓約書にサインをする決断はなさいましたか？」

「いいえ」

「皆様が一生懸命説得なさったと伺いましたけれど、まったく耳を貸されないのですね……」

物憂《ものう》げに首を傾げる令嬢からは、不思議と害意を感じない。

「過激なことをおっしゃる方もいらっしゃいますけれど、わたくしは、ベックラー様との関係はあなたのためにもならないと思って、この会に参加いたしましたの。わたくしの周りでは、つがいを口実に男の方が浮気されているというお話をよく伺いますわ。でも、つがいなんてまやかしでしょう？」

彼女は本当にそう信じているという、一点の曇りもない目で言った。

「一時の気迷いで、平民の方が貴族社会に入られるのは……。いつかベックラー様の目が覚められて、正しい伴侶《はんりょ》を迎えられることになれば、とてもつらいと思うのです」

このお嬢さんは本当に私を心配して、善意で言っているようだ。でも、善意だからといって害がないわけではない。こういう、思い込みと正義感に溢れたタイプは厄介だし、暴走も怖い。

「今ならまだ間違いを正すことができます」

（ああもう、こういうのは本当に苦手！）

このところは刺激しないようにしていたけれど、思わず直截な言葉を返してしまう。

「私はそれを『間違い』だとは思っていません」

令嬢は憐れむような溜息を吐いた。

「最後にもう一度、伺います。諦めて、ベックラー様から離れてはいただけませんか？」

「お断りします。私ももちろんですが、ベックラーさんがそれを望んでいないので」

「強情な方……。仕方ありませんわ。わたくしにはあなたを説得することはできないようです」

彼女がそう言った時、アレックスさんが庭に出てきた。はじめに会った時よりも飾りの少ない、シンプルな格好をしていて、細身の剣を腰に差している。

「アレックス様、申し訳ございません。わたくしの力及ばず……」

「いや、いいんだ。彼女には彼女の信念があるのだから」

「アレックス様のお兄様のためです。彼女は引き離すべきでしょう。こちらで責任をもってお預かりします」

庭に物々しい装備の兵たちが現れる。

「ちなみに、どこへ連れていくのかな？」

「わたくしは存じません。おそらく精神病院のようなところかと。父は悪いようにはしないと申しておりました」

この状況に、さすがに焦りを感じる。ヒルダは側にいるけれど、片腕を負傷している。私にはほとんど力がない。それに対し敵兵が……、五人。他にもいるかもしれない。

そして、アレックスさんの目的の詳細はわからずじまい。

（もう過激派を炙《あぶ》り出せたってことでいいんじゃないのかな？　誘拐した上で、説得という名の脅迫をしてるし、さらに強制的に精神病院とやらに連れていこうとしてるんだよ！　十分だよ！）

「一応、行き先を知っておきたいんだけど」

アレックスさんが兵たちの動きを抑えるように、一歩だけ私を守るような位置に移動した。おや、と思う。

「それは父しか存じません」

「この人たち、あなたの指示で動いているんじゃないの？」

「いいえ、父の……。いいえ、わたくしの意思ですわ」

アレックスさんと令嬢が問答をしているうちに、彼女たちごと屈強な男たちに囲まれてしまう。

「さあ、早く、連れていって」

命令に反応した兵が私に向かって手を伸ばした瞬間、ヒルダが風のように舞って、近くにいた二人が膝をついた。ヒルダの動くほうの手には、スカートに隠していたナイフが握られている。

「ルミ様は渡しません」

「キャー！」

悲鳴を上げたのは青ざめた令嬢だった。負傷した者から流れ出した血を目にしたのだろう。

「こ、こんなことになるなんて……」

「うん？　でも君が望んだことだろう？」

穏やかに言いながらも、アレックスさんもいつでも戦闘に入れるような隙のない体勢をしているのがわかった。相手は私とヒルダではなく兵たち。そのことに少しだけ安心する。令嬢はこの状況に気づいていない。

「わたくしは……、血を流すようなことは望んでいません。おとなしく連れていかれてくだされば……」

「自分の信念を否定されて、抵抗しないわけがない」

「でも！　父がベックラー様のためになるからと」

「お父上というと、トライスラー伯爵が？」

そんな会話のすぐ近くでは、ヒルダと敵兵たちの戦闘が行われている。怪我をしているのにすごく強い。

もちろん私も必死だ。近寄られそうになると、自分で防御壁を張ってかわす。ブレスレット型の魔術具に魔力を通して発動するもので、アレンカさんと魔術具を改良し、最近ようやく長時間発動できるようになったものだ。

（魔術習っててよかった！　でも、このままじゃジリ貧だよね。ヒルダは押されはじめてるし、私の魔力にも限りがある。アレックスさんはこの状態でもまだ動かない……）

ついに兵たちが私とヒルダを分断するのに成功し、私の防御壁を重点的に攻撃しはじめた。警棒のようなもので叩かれる度に、魔力が削られていく。

（ベックラーさん……！）

遠くにいるはずのベックラーさんを心のなかで呼ぶ。ベックラーさんがここにいればいいのに。そしたら絶対に守ってくれるって安心できるのに。私も一人でいっぱい頑張ったけれど、やっぱりつがいには隣にいてほしい……

(こんなところで終わるわけにはいかないのに……っ!)

パリン、と防御壁が割れる音が聞こえた、その時。

私に向かって手を伸ばしていた兵が吹き飛んだ。

「ベックラーさん!?」

「ルミ!! 無事かっ!?」

王都にいないはずのベックラーさんが、敵兵たちをなぎ倒しながら叫んだ。

「はいっ」

涙を堪えて答える。

ベックラーさんが来てくれた。私のつがいが。

ものすごい安心感に気が緩みそうになったところで、敵の声が耳に届く。

「チッ、狼か! 聞いてないぞ」

「狼は殺すな! うさぎの捕獲が無理ならうさぎは殺して構わん! 急げ!」

敵兵の攻撃をベックラーさんが弾き返す。

「ヒルダ! ルミを守れ!」

「待って! 殺すなんて聞いてないわ!」

混戦の向こう側で、令嬢が声を上げた。兵たちはそれに構わず攻撃を続ける。

「アレーックス!!　こいつらはなんだ！」

叫びながらベックラーさんは敵兵と距離を取り、私を抱えて建物のほうに退避した。ヒルダもそれに追随する。アレックスさんが令嬢の腕をとって少しだけ移動すると、ちょうど二人が邪魔になって、一時的に攻撃が途絶え、膠着《こうちゃく》状態になった。

(アレックスさん、令嬢と一緒に盾になってくれてるんだ……？)

張り詰めた空気の中、アレックスさんがのんびり答えるのがはっきりと聞こえた。

「なんだって言われてもね。彼女のお父上のトライスラー伯爵が、ベック兄のために、なんだっけ？」

「え、ええ、この手勢は父が出してくださったの！　つがいと引き離すのがベックラー様のためになるって」

「俺の？」

「ええ、そうですわ！　距離を置けば、つがいなんていうまやかしは忘れられます。敬愛するアレックス様のお兄様には、正しい妻を娶《めと》って、幸せになっていただきたいのですわ！」

「なるほど？」

ベックラーさんが噴き出しそうになる怒りを抑えるように、拳をきつく握り締める。

「だが、先ほどうさぎは殺せと言っていたようだが」

「それはわたくしの命令ではございませんわ！　父の手勢ですもの。父が命じたのです！」

アレックスさんがニヤリと笑った。

「聞こえた!?　ベック兄」

「ああ！」

「証言の録音とれたよー！　トライスラー伯爵が、ルミちゃん殺せって指示を出したって」

「胸くそ悪いな」

ベックラーさんが吐き捨てたところで、敵の増援が庭の塀を越えてやってきた。さらに、魔術と思われる遠距離攻撃で建物の入り口を破壊されて、建物の中に後退することもできなくなる。

「ルミ！　防御壁、張れるか!?」

「あと少しなら！」

「ルミ様、代わりましょう」

「ローヴェルトさん！」

なんだか建物の上のほうから飛び降りてきた気がするけれど、忍者系執事さんがとても頼もしい。

間もなく本格的な攻撃がはじまった。

「駄目！　殺すのは駄目よ！　間違っているわ！」

そう叫ぶ令嬢は、いつの間にかアレックスさんによって人質のようにがっしり捕まえられている。

そのままアレックスさんはナチュラルにこちらに合流してきた。敵は令嬢がいるために銃などが使えなくなったようで、接近戦に移行する。とはいえ、こちらが令嬢を傷つけないと踏んでいるのだろう、攻撃がやむことはない。建物の中にいるらしいアレックスさんの戦力も、簡単には外に出てこられず、威嚇《いかく》程度しかできていないようだ。

「父はわたくしの活動を支援してくださって、だからわたくしは正しくて、でも……、ああ、なんで、血が、なんでこんなことに。わたくしは正しいのに……。なぜアレックス様まで……」

うわ言を呟きはじめた令嬢を、アレックスさんが一瞬で気絶させる。どうやったのかわからなかったけど、私もこれをされたんだな、と思う。

「まったく、アレックスお嬢様は読みが甘い。ベックラー様の敵を炙《あぶ》り出し、証拠を掴むためとはいえ、ルミ様をここまでの危険に晒《さら》すとは。ヒルダの戦闘能力を削ったのは特によくありませんでしたな」

「あれはうっかりで……。じいや、ごめんなさい」

アレックスさんがしょげたように言う。耳と尻尾の感じがベックラーさんそっくりだ。

（なるほど。アレックスさんはやりすぎたけど、やっぱり味方ってことだよね？）

「謝られるなら後ほど、ルミ様に。今はこの場を乗り切りましょう」

「うん。ルミちゃん、ごめんね。正式なお詫びはまたあとで！」

そう言うと、アレックスさんは令嬢をヒルダに託して飛び出していき、ベックラーさんと並んで戦いはじめた。細身の剣で華麗に敵兵を相手取り、倒していく。

「思った以上に戦力を投入してきましたな」

ローヴェルトさんが近くまでやってきた兵を防御壁で殴って倒しながら言った。小さい体のどこにそんな力があるのだろう。

「もうすぐハロンが来る！　それまでの辛抱だ！」

「ベック兄、一人で突出するのよくないよ！」

「ルミの危機に間に合ったんだから構わん！　だいたいアレックス、あとで覚えていろよ‼」

そんな会話をしながらも、敵はどんどん倒れていく。ハラハラするが、ベックラーさんが圧倒的に強いのは素人目にもわかった。

（ベックラーさんの背中に守られてると、安心する……）

ただ、あまりに敵の人数が多い。建物を背にして戦っているけれど、徐々に包囲網が狭まっている。ローヴェルトさんも前方に出ていかざるを得なくなっていた。

「ルミ様！　右方向！」

気絶した令嬢を抱えていたヒルダから注意が飛ぶ。その瞬間、なにかが風を切る音が聞こえ、腕に熱さを感じた。慌てて防御壁を展開する。

そして、ベックラーさんの側面、私の腕を掠《かす》めた小さなナイフが飛んできた側が空いているのに気づいて、思わず走り寄った。再びナイフが襲来するが、私の防御壁に弾かれる。ベックラーさんには一つも届かなかったようでホッとした。

「ルミ！　大丈夫か⁉」

「はい！　かすり傷です！」

ハキハキと答えたけれど、この短時間で回復した魔力は少ない。

（魔術の訓練は頑張ったけど、今の私はどれだけベックラーさんを守れるんだろう）

そう思った時、ベックラーさんの低い声が響いた。

「……ルミに、ルミに傷をつけた、だと⁉」

（え？）

「うぉぉぉぉ！」

先ほどまででも十分強かったベックラーさんが、覚醒したかのようにさらにパワーを増した。凄まじい勢いで敵兵を平らげていく。

さらに、軍の本部隊が到着した。

「待たせたな！」

ハロンさんが連れてきた軍人さんたちは、ベックラーさんの「遅い！」という声に押されるように次々と敵を捕縛していく。

そうして場はひとまず落ち着いたようで、ヒルダも救急部隊に保護された。「守ってくれてありがとう」と言うと、嬉しそうに微笑んでくれた。ローヴェルトさんにもお礼を言う。

危険がなくなったことを確認するや否や、ベックラーさんが私のもとに走ってきた。

「ルミ！　大丈夫か⁉」

「はい、ありがとうございます！」

ベックラーさんの腕に飛び込む。先ほどまでは現実感がなかったのに、今になって身体が震える。

そんな私を、ベックラーさんはきつく抱き締めてくれた。

「ルミ……、ルミ……。誘拐されたと聞いて、肝が冷えた」

「ベックラーさん、会いたかった」

「俺もだ」

触れるだけのキスをして、それよりももっと触れ合いたかったから再びきつく抱き合う。ベックラーさんの温もりが沁みた。しばらくして震えが収まると、少しだけ身体を離して見つめ合った。

「でも、どうしてここが？」

「ローヴェルトが駅に連絡を入れてくれていたんだ。王都に着いてすぐ、知らせを受け取って駆けつけた」

「さすがベック兄」

アレックスさんが、先ほどまでの対立や戦闘などなかったかのように爽やかな笑顔を浮かべて近づいてきた。

「アレックス」

ベックラーさんの低い声でなにを言いたいのか悟ったのだろう、アレックスさんはビクッとした。

「悪かったとは思ってるけど、これはカレンベルグ大将主導、アーベライン中将企画の作戦だからね」

「……おまえは大将に傾倒しすぎだ。それに民間人をここまでの危険に晒《さら》したのはおまえの失態だ」

気まずそうにしていたアレックスさんは、真面目な顔になって私に頭を下げた。

「本当にごめんなさい」

真摯《しんし》に謝ってくれているのはわかったが、そう簡単に許せる問題ではない。アレックスさんに対する苦手意識も残っている。なにも答えられずにベックラーさんを見上げると、それで構わないというように背中を撫《な》でてくれた。

「本当に危なかったようだからな。それにルミもヒルダも怪我をしている。もっと反省しろ」

「うん」

素直に頷くアレックスさんを前に、なんだか少し気まずくなって話題を探した。

「あの、アレックスさんも軍人さんなんですか？」

「いや、違う。主にこの見かけや振る舞いを武器に、貴族女性からの情報収集で軍に貢献している外部協力者だ。個人的にカレンベルグ大将を信奉している」

「秘密だよ？」

ウインクして言ってくるあたり、実は反省していないんじゃないかとちょっと思う。

「大将たちはルミを使った囮捜査《おとりそうさ》をしたいと以前から言っていた。しかし俺が許さなかったから、俺を出張に出して作戦を強行したんだろう」

「そう。あと、ベック兄の成長のため、ともおっしゃっていたよ」

「なにが『多少の荒療治』だ……」

どうやら、大将さんはベックラーさん自身のことも考えてこの作戦を立ててくれたらしい。囮《おとり》にされたこと自体はまあいいけれど、精神的に厳しかったことや、物理的に死にそうな目にあった件については文句を言いたかったのに、その気持ちが萎《しぼ》んでいく。

「ルミちゃんをこんな危険に晒《さら》すつもりは本当になかったんだ。トライスラー伯爵はケルンハルト伯爵家を目の敵《かたき》にしているし、軍部にも影響力が強い。どう見ても真っ黒なはずだし、敵対勢力の親玉のはずなのに、なかなか尻尾を掴めなくて。今回、反つがい主義のお茶会で関係者とつなぎが取れたから、なんとか証拠や証言を取りたかったんだ」

「だが見込みが甘い」

「じいやにも言われたよ……。でも、トライスラー伯爵がここまで派手にやることを私兵に許可してるとは予想できなかった。反つがい主義に傾倒した娘が勝手にベック兄のつがいを排除しようとした、って線で言い逃れできるようなやり方をすると思ってたんだけど。暗殺者には警戒してたのに、数で来られるとは……」

「最近は我々の締めつけが強くなって味方が減っていたから、窮鼠猫を噛む状態だったんだろう。アレックスの警戒で暗殺もできなかったわけだしな。とても危険だった」

「うん、本当にごめんなさい」

アレックスさんが耳と尻尾をしょげさせると、やはりベックラーさんととても似ている。そして、一人でいると男性に見えるのに、身体が大きく鍛え上げられたベックラーさんと並ぶと、妹だとはっきりわかる。

「まあ、おまえも無事でよかった」

ベックラーさんがアレックスさんの頭を乱暴に撫《な》でると、アレックスさんは嬉しそうに笑った。

「それにしても、どうしてアレックスさんは事情を教えてくれなかったんですか」

「それは敵を欺《あざむ》くには味方から、というのもあるし、ベック兄がルミちゃんばかり構ってて寂しかったからちょっと胆力を試してみようかな、なんて思った、というのもあるけれど……」

「おい！」

ベックラーさんの怖い声にも怯まず、アレックスさんは顔を上げて目を輝かせた。

「一度引き離され、危機を迎え、助けられ、そうして強まる絆《きずな》！　素晴らしい演出だろう？　ベック兄、本当にいいタイミングで帰ってきたよね！」

「それももしかして計算か？」

「うん、不確実だったけど、いい具合にピンチの時だった！」

どうやらアレックスさんはだいぶいい性格をしているようだ。ベックラーさんは黙り込んでアレックスさんを睨んだあと、おもむろに彼女の頭を掴んだ。

（あ、さすがに怒ってる）

「い、いたたた……」

「さっき、覚えていろと言ったが、今ここで性根を叩き直してやる！」

「うわっ、ちょっと待って！」

「待たん！」

アレックスさんはベックラーさんの手からなんとか逃れて、そのまま逃走しようとするも、改めて捕まっていた。

（兄妹のじゃれ合い、なんだろうな。こうして見るとちょっと可愛い）

そんなことを思っていると、ふと強い目眩《めまい》に襲われた。そういえば、腕の傷が熱い。

「ベックラー、さん……」

「ルミ？　ルミっ！」

倒れそうになったところを抱き留められたのを最後に、私の意識は途切れた。


目が覚めるとベックラーさんが私を気遣わしげに覗き込んでいた。ここはベックラーさんの寝室のベッドのようだ。

「ルミ、大丈夫か？」

「ええと……」

「ナイフに眠り薬が塗られていたらしい。強いものではあるが、体に入ったのは少量だったし、害はないはずだ。毒でなくて本当に良かった……。なにか異常はないか？」

「少し頭が重たいですけど、それ以外は平気です」

「そうか。しばらくゆっくり休むといい。昨日は大変な一日だったしな」

「昨日？」

「ああ、もう翌朝だ」

「ベックラーさん、もしかして寝てないんですか？」

「いや、少しはうたた寝をしたぞ」

心配で眉を下げると、ベックラーさんは笑って「大丈夫だ」と言った。互いに引き寄せられるように、抱き締め合う。

「ああ、ルミ。俺のつがい。ずっとこの香りを嗅ぎ（か）たかった」

「私もベックラーさんの香りにとても安心します」

別に匂いフェチではない。獣人だから仕方ないのだ。つがいの芳しい香り（かぐわ）は、なにものにも代えがたいし、それと引き離されるのは身を引き裂かれるようなつらさなのだと、私にももう理解できる。

それに、ベックラーさんのぬくもりに寄り添っていると、とても安心する。

「今回の騒ぎは別として、俺がいない間、不便はなかったか？　少しやつれたんじゃないか？」

「大丈夫ですよ。ベックラーさんがいなくて少し眠れなかったくらいで……」

「くっ！　可愛い……、俺のつがいが可愛い……」

いつものベックラーさんのテンションにほっとする。たぶん、少し気を遣って普段どおりを装ってくれているところもあるんだろう。

「ベックラーさんこそ、怪我とかしてないですか？　危ないところにいたんでしょう？」

「なんの問題もない。俺は強かっただろう？」

「はい」

昨日の戦闘を思い出すと、心配ではあったけれど危なげはなかった。でも、つがいが命を張った戦闘に赴くというのはどうあっても心配だし不安なものだ。

「改めてこの一カ月、ルミはどうしていた？」

「みなさんよくしてくださって、問題ありませんでしたよ。花嫁修業も、魔術の練習も頑張りました！」

「無理はしてないか？」

そう問われると、していないとは返せなかった。でも、この日々は結構つらかったけれど、意義があったと思う。だから、曖昧に笑って尋ね返した。

「ベックラーさんはどうでしたか？」

「俺はな、悔しいが、大将と中将には感謝している」

「はい」

「結婚前に、きちんと自分を見つめ直す時間が必要だった」

「良い時間だったんですね？」

「ああ」

ベックラーさんは再会した時から、なにか吹っ切れたような表情をしていた。それはとても喜ばしいことだと思う。

私も、正直な報告をしなければならない。

「私は……、寂しかったです……。ホームシックにもなって」

「そうだったのか！　側にいられなくてすまない」

「いいえ、いいえ！　私も、いろいろ一人で考える時間があってよかったと思うんです」

「そうか」

心配そうなベックラーさんに手を伸ばして、顔に落ちかかる髪を後ろに撫《な》でつけ、頬に触れたましっかりと目を合わせる。

「私、できるだけベックラーさんに釣り合う人になれるよう頑張りたいと思いました。まだできることは少ないですが、努力もしました。でも、今回の誘拐騒ぎでいろいろあったおかげで、そんなこと関係なく、私は胸を張ってベックラーさんのつがいでいていいんだ、って思えたんです」

「もちろんだ！　俺はルミでなければ駄目だし、側にいてくれるだけでいい。でも、それだけでは嫌だと言うなら、できるだけの手助けをしよう」

その言葉がじんわりと胸に広がる。

「ありがとうございます……。努力は続けるつもりです。無理したり、心配かけたりしない範囲で」

「そうだな。ルミはこの世界ではまだ一歳にもなっていないんだ。焦ることはない。そんな短い時間でも、すでに少しずつ自分の居場所を築いてきただろう？　十分すぎるほどだ」

吹っ切れたはずなのに、やっぱり少しは不安がくすぶっていたんだろうか。それが溶けて消えていくようだ。涙が滲んでベックラーさんの顔がぼやけて見える。必死で涙を堪える私の頭を、ベックラーさんが撫《な》でてくれる。

「俺も、俺は、離れ離れだったこの間に、なんというか、腹が決まった」

「はい」

「国とルミを選べと言われたら、俺はルミを選んでしまうだろう。だが、後悔のないように、両方を守りきれるように、己を磨いていくつもりだ」

そう言ったベックラーさんの声はとても力強かった。

「俺自身のことでも、軍関係でも、迷惑をかけることが多々あると思うが、ルミのことは俺が全力で守る。だから、俺についてきてほしい。改めて……、ルミ、結婚してくれるか？」

「もちろんです……！」

それは以前に言われたよりも地に足のついた、より確かなプロポーズだった。堪えきれずに涙が溢れる。ひっきりなしに頬を濡らす涙と、ぐずぐずな鼻、うまく出ない声……。格好悪いけれど、ベックラーさんは私の涙が収まるまでずっと頭と背中を撫《な》でていてくれた。温かくて大きな、大好きな人の手。

今更ながら照れてしまうけれど、その手を握って、改めてベックラーさんと目を合わせる。

「ベックラーさん、好き……。愛してます」

「ルミ！　俺もだ、俺もルミのことを愛している！」

微笑み合って、やがて唇が重なる。いつも以上に熱く感じる舌がぬるりと唇を割り開く。すぐに、息もつかせぬほどの深いキスがはじまった。私も必死になってそれに応える。

久しぶりの接触に敏感になっているのか、会えなかった時間がそうさせるのか、ひどく容易《たやす》く快感を拾ってしまって、すぐに身体に力が入らなくなる。

「ルミ、その、体は大丈夫か？」

「ふふ、はい。私も、その、したいです」

そう答えると、ベックラーさんは獣《けもの》の目をして私に覆い被さってきた。

私を傷つけないように、痛くしないように、細心の注意を払っているのがわかるけれど、それ以上に気が急《せ》いているようだ。普段よりちょっと乱暴で、服のボタンが一つ飛んだ。

「すまない」

そう言いながらもベックラーさんの手は止まらない。私も力の入らない手を懸命に操ってベックラーさんのシャツのボタンを外していく。

その合間にも何度も口づけが降ってきて、それは徐々に耳から首筋、鎖骨へと降りていった。

「ぁんっ」

ツキリと小さな痛みが走って、胸の柔らかいところにキスマークを付けられたのを感じる。久しぶりのそれに、私は知らず高揚していた。

「ルミ、ルミ……」

私の名を呼びながら、私の存在を確かめるように、ベックラーさんの手が身体中を撫《な》で回す。私もベックラーさんの背に腕を回し、脚を絡め、身体中でベックラーさんを感じようとしていた。いつの間にか二人とも生まれたままの姿になっていて、二人分の荒い息が部屋に響いている。

やがて、身体中をさまよっていたベックラーさんの手が胸に留まり、いつもより少し荒々しく揉《も》まれた。その頂《いただき》をきつく摘《つま》まれると、痛みと紙一重のその感覚がかえって気持ちよかった。

「んっ、あんっ、ああっ」

普段ならばもっと長く留まるそこからすぐに手が離れ、久しぶりで狭くなった隙間にベックラーさんの太い指が挿入される。まだ触られてもいないのに濡れそぼったそこを性急に押し開かれ、立ち上がった芽も押しつぶすようにこねられると、あっという間に達してしまった。

「はっ、はは、ルミは相変わらず敏感だな」

「ふぁ、あっ、だって、久しぶりの、ベックラーさんの、匂い」

増やされた指に翻弄されながら、ベックラーさんの首に顔を埋めて思い切り匂いを嗅《か》ぐ。頭の奥が痺れてぼんやりしてくるような、濃いつがいの匂いに、さらに蜜が溢れる。

「私もベックラーさんを気持ちよくしたいです」

愛おしさが溢れて、思わずそう口にした。

ベックラーさんの硬く勃《た》ち上がったものを手探りで見つけ出し、そっと指を絡ませる。軽く握り込んで動かすと、ベックラーさんの腰が揺れた。眉間にしわを寄せた表情は、困惑と快感、どちらだろうか。あるいは両方か。

「ま、待て。俺は、その、今日はすぐに達してしまいそうな……」

「お互い様です。いいじゃないですか」

少し大胆に手を動かして、段差のあるあたりを行き来する。ベックラーさんの腰が私の手に自身を擦りつけるように動いて、きっと気持ちいいのだろうと思えた。より速くなった吐息が愛おしい。

さらに手のひらで先端を撫《な》でると、ぬるりと先走りが広がった。

(ああ、このおいしそうな匂いも久しぶりだ)

引き寄せられるようにソコに顔を寄せる。「ルミっ!」と制止する慌てた声がかかったが、気にせず舌を這《は》わせた。ほのかに甘く瑞々《みずみず》しい味が広がる。もっと味わいたくて、先端を口の中に引き入れる。

「うあっ、それは、ダメだ」

ベックラーさんの顔を見上げると、目元を赤く染めて、まったくダメではなさそうな表情をしていた。

「くっ」

歯を食いしばったベックラーさんに、我慢せずにもっと気持ちよくなってもらいたくて、一生懸命舌と口を動かす。裏側を舐め上げて先端を吸い上げる。時折漏《も》れる声に気を良くしていると、ベックラーさんの手が私の耳に伸びてきた。

「んむぅ」

耳の内側の弱いところを、くすぐるように撫《な》でてくる。私が気持ちよくしているはずなのに、いつの間にか私のほうが気持ちよくされていて、ベックラーさんの大きなものは口から溢れてしまっていた。

「ふぁぁんっ」

「そこで喘がれると、待て、もう」

喘いでいるのだか舐めているのだかわからなくなっていたけど、ベックラーさん的には悪くなかったらしい。嬉しくて側面に唇で吸いつきながら手で扱《しご》き上げたら、爽やかで甘い匂いがぶわりと広がった。

「つはぁ、はぁ」

呼吸を整えるベックラーさんを見上げながら、達成感に包まれる。でも、私の体は中途半端な快感でくったりしている。手についたものをペロリと舐めると、さらに熱が上がった気がした。

「あっ、ルミ、またそんなものを舐めて」

「だって、やっぱりいい匂いですし、おいしいんですもん」

「もう少し酔ってるだろう！」

「ふふ、ベックラーさぁん」

私の手と体に飛んだものを布で拭き取ってくれるベックラーさんに抱きつく。すぐに抱き締め返してくれたのが嬉しくて、体を擦り寄せた。

「あんっ」

中にベックラーさんの指が入ってくる。気持ちいいところを絶妙に叩かれて、すぐに快楽の階《きざはし》を登りはじめるのを感じた。

「あっ、あっ、あぅっ」

ベックラーさんに掴まってその波に耐えていると、至極あっさりと指が引き抜かれる。

「ふぇ……？」

急に快感を取り上げられて、思わず不満の声が漏《も》れてしまったが、ベックラーさんは熱のこもった目で私を見下ろしながら頬を撫《な》で、軽く唇を吸った。

「もうルミの中に入りたい」

カッと体中を喜びが駆け巡って、ベックラーさんの腰に脚を絡める。

「はい、私も、ベックラーさんが、欲し……っっっ！」

最後まで言い切る前に、ベックラーさんの剛直が私の中に入ってきた。久しぶりだからか、きつくて少しだけ引《ひ》き攣《つ》れるような痛みもあるが、それよりも嬉しさのほうが大きかった。

「ふ、はぁ、はぁ」

その圧迫感を堪えながら、懸命に息を整える。ベックラーさんも額に汗を浮かべてなにかを堪えているようだった。

「ルミの中は、相変わらず、熱いな。それに、とても狭い。痛くないか？」

「ん、へいき、だから」

早く動いて、と目だけで訴えると、ベックラーさんは歯を食いしばってゆっくりと動きはじめた。

「んあっ、あっ、あっ、それ、ああっ」

奥まで入ったまま気持ちのいいところを小刻みに擦られると、そこから湧き出すように快感が生まれ、全身を侵食していく。ベックラーさんの呻《うめ》くような息が耳にかかるだけでゾクリとしたものが背を這《は》って、さらに腰に溜まった。

「くっ、ダメだ、もう……」

うわ言のようにベックラーさんが呟くと、腰の動きが急に激しくなった。ガツガツと貪《むさぼ》るように中を抉《えぐ》られる。それでもなんの問題もないほど私は濡れていたし、もう痛みはまったくなかった。

ただただ全身を、過剰なくらいに満たす悦楽に翻弄され、何度も高みに登らされる。

「ひっ、ああっ、も、イってる、の」

「もっとイクといい。俺は、まだ足りない」

「う？　うん、もっと、あっ、いい、きもち、い、んむっ」

なにを言っているかわからないままに、もっと、と強請《ねだ》らされ、その言葉を呑み込むようにキスをされた。全身の毛穴が開いたみたいにぶわっと汗が吹き出て、さらなる高みに手が届く。

耳を食《は》まれ、舐め上げられ、仕返しにと私はベックラーさんの耳を撫《な》でて、そうしているうちに時間もなにもわからなくなって、最後にはきつく抱き締め合って二人同時に果てた。

「ルミ、本当に愛している。ずっとこうしていたい」

「ベックラーさん……」

うっとりとベックラーさんを見上げていると、ベックラーさんの私を撫《な》でる手つきが再び怪しくなってきて、耳を弄《いじ》りはじめた。背中を撫《な》でていた手も、いつの間にかお尻まで降りてきている。

「んんっ！　もう……」

「一回では、足りないんだ」

そう言って眉を下げ、耳をペタンと伏せるベックラーさんはとても可愛い。

「……実は、私もです」

そう答えると、嬉しそうに耳がピンと立ち上がり、しっぽが後ろでブンブン揺れはじめた。

「でも、もう少しゆっくり、お願いします」

「わかった、ゆっくりだな」

ころりと仰向けに転がされ、優しく唇をついばまれる。足を持ち上げて広げられ、内腿にもキスをされたと思ったら、すぐにベックラーさんのものが入ってきた。そして、つながったまま身体を持ち上げられ、ベックラーさんと向かい合って座る体勢にされる。

「あぁぁっ」

その衝撃で一度軽くイッてしまう。

「べ、ベックラーさん、の、嘘つきぃ」

「ルミにはもう嘘はつかないと言っただろう？　ちゃんと、ゆっくりする」

ベックラーさんはそう言うと、深く深く口づけてきた。同時にベックラーさんの手が私の耳に伸びる。ベックラーさんの熱い杭《くい》で奥深くまで貫かれたまま、耳だけをひたすら弄《いじ》られる。片方は手で撫《な》でられ、揉《も》まれ、扱《しご》かれ、もう片方は舐められたり甘噛みされたりする。尻尾もくすぐるように指先で掻き混ぜられた。

「やぁ、ああっあっ、やんっ、なにこれ」

耳から腰に向けて快感が走り、どんどん溜まっていく。中が勝手にうねって締めつけるけれど、それは決定的な刺激にはならなくて、腰を揺らそうとしても押さえつけられて動かせない。

その甘美な仕打ちに、私はわけがわからなくなってしまった。

「ふぁ、あっ、やぁ、も、やだぁ」

あまりの快楽に涙が溢れ、むずがるように頭を振っても、ベックラーさんは手を緩めてくれない。

「ゆっくり、するんだろう？」

「ベックラーさんの、いじわるぅ……」

接合部からはトロトロと熱い粘液が止めどなく垂れ、シーツを濡らしていた。

「じゃあ」

意地悪い笑みを浮かべたベックラーさんが不意に私の腰を持ち上げると、それまで一体化したかのように密着していた中とベックラーさんのものが、そのままでいたいと言うかのように強い抵抗を生み、激しい快感が走った。

「うっ」

一瞬息が止まった私だけでなく、ベックラーさんも気持ちよかったようで小さく呻《うめ》く。

腰が落ちると、一番奥がぐちゅりと潰され、その激しい快感に呼応して、中が痙攣《けいれん》するように収縮を繰り返す。

「あぅ」

「くっ、はぁっ」

ベックラーさんもなにかを堪えるように眉間にしわを刻んだけれど、やっぱりそれ以上動いてはくれなかった。今度は舌を絡めながら尻尾を撫《な》でられる。さらにベックラーさんの手は私の脇腹をくすぐり、胸の頂《いただき》を摘《つま》む。快感がどんどん腰の奥に溜まり、私の中が勝手に蠢《うごめ》いてベックラーさんをきゅうきゅうと締めつける。

「んっ、んぅっ、んっ」

私も負けじとベックラーさんの耳を撫《な》でるけれど、途中から身体に力が入らなくなってきた。それなのにつながっているところだけは離すまいとするように、しっかりとベックラーさんの剛直に食いついている。

ちゅ、と音を立ててベックラーさんの唇が離れていき、その瞳の熱に、ああやっとだ、やっと動いてもらえる、と思う。そして再びベッドに寝かされ、腰を掴まれて、ベックラーさんが動き出した。

「ふぁ、あ、……ふぇ？」

それはあまりにも私の想像と違った。緩慢な動きで内壁を擦りながら出ていき、抜けきらないところで反転して、再び時間をかけて奥まで入ってくる。内側のすべてが驚くほど敏感になっていて、ベックラーさんの形がはっきりとわかった。

「あああああっ、あぅ、あんっ」

ぱちゅ……、ぱちゅ……、と、水音を立てながら何度もゆっくりと往復されると、気が変になりそうなほどの快感が私を襲う。ベックラーさんのものがきつく絡んだ内壁を余すところなく擦っていき、その凹凸《おうとつ》は私の気持ちいいところを必ず引《ひ》っ掻《か》くのだ。

ただ、気持ちいいところを狙って動いてはくれない。それでは全然足りなくて、いつものような刺激が欲しくて、ひっきりなしに喘ぎ声をこぼしながらベックラーさんを責めるように見上げた。

「ゆっくり、して、いるだろう？」

「ば、あんっ、ばかぁ！」

「じゃあ、やめよう」

ベックラーさんの動きが、最奥を突いたところで止まった。

「や、やぁぁぁ」

ただ入っているだけで、どこだかわからないけれど気持ちのいいところ全部に当たっているみたいだ。これで精霊印の「相性最高」じゃないとか本当にありえない。気持ちよさに塗り潰されてぼんやりした頭でそんなことを考える。

じっとしているのがつらくてベックラーさんの腰に脚を回して自分から動こうとしても、私の腰はがっちり掴まれていてびくともしない。

快感に震えながら、ベックラーさんを睨む。楽しげな顔の向こう、ゆらゆらと揺れているしっぽがちょっと憎らしい。

しばらく耐えようとしたけれど、無理だった。

「も、動いて、くださいー」

半ば泣きながら懇願し、もう一秒だって耐えられないと身を捩《よじ》ったところで、ベックラーさんが急に余裕ぶった仮面を外した。

「ルミ、ルミ、可愛い、はぁ、ルミの中は気持ちよすぎる」

「あぅ」

「すまない、またたくさん焦らしてしまった。でもルミが可愛すぎて、もっと気持ちよくなってもらいたくて。すまない」

謝らなくていいから動いて！　という気持ちが伝わったのか、ベックラーさんは私にしがみつくようにして覆いかぶさると、ついに本格的に動きはじめた。先ほどの動きとは違って、速く、そして的確に私の気持ちのいいところを抉《えぐ》ってくる。声にならない喘ぎが喉から漏《も》れた。

突き上げられ、揺すぶられ、わけがわからなくなって……、私は今までで一番深い、怖いくらいの絶頂に押し上げられた。

ベックラーさんの吐き出したもので胎内が濡れるのを感じながら、この格好よくて、私の前でだけしばしば可愛くなるこの人と、これからもずっと一緒にいたいと改めて思う。

（ただ、セックスの激しさには慣れる気がしないなぁ）

そんなことを考えながら眠りに引きずられていき、ベックラーさんの隣で一カ月ぶりの深く穏やかな睡眠を得たのだった。

翌日は筋肉痛で寝込んだ。慣れない戦闘のせいか、ベックラーさんのせいかはわからないということにしておく。怪我をしていたはずのヒルダはすでに復活していて、世話を焼いてくれた。休むように言っても聞いてくれないので、大人しく受け入れるしかない。

その次の日に起き上がると、アレックスさんとマリソルさんが来ていた。

「改めて、アレクサンドラ・ブレッサ、ブレッサ伯爵家に嫁いだ、ベック兄の妹だよ」

「き、既婚者なんですか!?」

「驚くよなー。男装して令嬢たちと戯《たわむ》れるのを許してくれる旦那なんてなかなかいないぜ」

そう言ったのはハロンさんだ。

「妹のところは夫婦揃ってカレンベルグ大将信者でな。情報収集に便利だからとアレックスがこの格好をしているのを義弟は喜んでいるんだ」

「やだなー。夫の前では女性らしい格好もするよ？」

さぞかし美人さんなんだろう。ちょっと見てみたい。

「ベックラーさんが会わせたくないって言っていたのは、やっぱり……」

「ルミちゃんが私に見惚れたら悔しいからだよねー？」

「……そうだ。同じもふもふだし」

後半は私にしか聞こえない声量で呟かれた。それが可愛くて頬が緩む。

「ああ、やっぱりベック兄の側にいるルミちゃんが一番可愛いね」

「おまえはそういうことをさらっと言うのがよくない」

「いいじゃないか。可愛いものは可愛い。ねえ、妹にしてもいい？　あっ、義姉だった！」

「だいたいこの前の、ルミが監禁されていた時におまえが選んで渡したっていうドレスは、ルミには合っていなかったぞ。ルミはなんでも似合うが、あんな甘ったるい内面ではない。もっと芯の強い女性だ」

「そんなことわかってるって。他の人たちを油断させるために決まってるだろう？」

「姉上の選ぶドレスもセクシー過ぎて良くない」

「あら。そんなことはないわよ。ルミさんの良さを引き出しているわ。あなたが選ぶものが地味すぎるのよ」

「ルミがこれ以上他の奴らの目に留まったら困るだろう！」

「ベック兄……、ルミちゃんはなにを着せても注目されるよ？　諦めなって」

「駄目だ！」

ケルンハルトきょうだいの仲がいいのは良いことだが、私のドレスで仲良く争われても困る。

「あ、あの！　あの会合にいた人たちはどうなったんですか？」

気になっていたことを聞くと、言い争いはやんだ。

「ただあの場にいただけでは、残念ながら具体的な罪状がないんだ。一応、ルミちゃんを脅迫したということは私が証言できるけれど、現状平民のルミちゃんになにかを言ったからといって処罰はできない。囮捜査《おとりそうさ》とはいえ、私も止めなかったわけだし。ごめんね」

「いえ」

アレックスさんが申し訳なさそうにするけれど、貴族の力が強い階級社会であればそうだろう。

「ただ、ケルンハルト家としては、明らかに俺の婚約者待遇の女性に対して多対一で脅《おど》したということで、各家に文句を言う権利はある。その通達はしたから、彼女たちは多少なりとも肩身の狭い思いをすることになるだろう」

「あと、タルギ夫人、あのリーダーの人ね。彼女は夫につがいがいるのを知らずに嫁いで、産んだ子どもは家に取り上げられて養育もほとんどさせてもらえなかったそうだよ。それで、つがいそのものを憎むようになったんだ」

アレックスさんの説明に、悲しくなってしまう。彼女の場合は、その夫や家が悪いと思う。

「今回、トライスラー家の煽動に乗って人を集めてしまったし、今後もああいうことをしかねないということで、遠方へ静養に出されるでしょうね」

「そうですか……」

「これは必要な措置だから、被害者のあなたが気にする必要はないのよ」

私は処罰を望んではいないのだけれど、マリソルさんが言う通り、今後の被害を防ぐためならば仕方ない。そんな私の思いを察したのか、アレックスさんが付け加える。

「正直、あの人にとってはそのほうが王都にいるよりマシだと思うよ」

「そうね。つがいの愛人がいる家からは離れたほうがいいわ」

なんとも言えない空気になったのを振り払うように、ベックラーさんが話を進める。

「それからトライスラー伯爵だが、今回の件で一部領地を返還し、子爵に降格することになりそうだ。令嬢は領地で静養ということで、もう表舞台には出てこないだろう。伯爵は、ルミのことを切り口に、ケルンハルト家を貶《おとし》めることでその権益を吸収し、侯爵に陞爵《しょうしゃく》することを目指していたようだが、正反対の結果になったな」

「ふふ。我が家の両親も裏で手を回したみたいね」

「うちのパパとママに楯突こうとするなんて、愚かすぎるよ」

「そうだな」

おおう、ベックラーさんのご両親はやはり色んな意味で強い方たちなのだろうか。ハロンさんに目で尋ねたら、目を逸らされた。

「そんなわけで、一番の黒幕を押さえることができた。俺を王都から引き離し、ルミを危険に晒《さら》したのにはまだ複雑な感情もあるが、大きな脅威を排除できたのは大将たちのおかげだ。俺の家族も全員力を貸してくれた。感謝する」

「ありがとうございます」

まずは目の前にいるマリソルさんとアレックスさんにお礼を述べると、二人は嬉しそうに微笑んでくれた。

「ふふ。ルミちゃんは素直だなぁ」

「本当に。ベック、少しは反省しただろうけど、大切にしすぎて壊しちゃ駄目よ」

マリソルさんが茶化すように言ったけれど、目は真剣だった。

「うっ……。大将は根性叩き直し作戦とか言っていたが、確かにいろいろと考えさせられた」

「でも、これで社交界の変な空気も動きはじめたし、ベック兄とルミちゃんは結婚できるよね！」

無邪気な雰囲気でアレックスさんが言う。

「ああ。ようやくだな」

「結婚式の準備は任せなさい」

「私も手伝いたい！」

「ありがとうございます」

そこに、バターン！　と音を立てて、バーレントさんがやってきた。

「お兄ちゃんも一枚噛ませてくれるよな！」

「うるさいのが来た」

「アレックス、本当のことでも、そういうことを言うんじゃありません」

「妹たちよ、ひどいんじゃないかい？」

そうして温かい時間は過ぎていき、私たちは結婚式の準備に追われることになったのだった。

エピローグ　うさぎと狼は結婚しました

その日は日差しが暖かく、からっとした良い陽気となった。

この国の結婚式は基本的に屋外で行われる。それも草原や山の中や浜辺など、種族によっても個人の好みによっても多様なパターンがあるらしい。

それに、披露宴は貴族として大々的かつ堅苦しくやらなければならないのだけれど、式はアットホームに少人数ですることが許されている。そう聞いた時にはとても安心した。

私たちは、私たちが出会った草原に来ていた。近くを小川が流れ、遠くに街が見える、見晴らしのいいところだ。太陽が眩しいほどに降り注ぎ、せせらぎの音が涼しげに耳をくすぐる。草原に一本だけ堂々と聳《そび》える大木の近くには、色とりどりの花で飾られたアーチが建てられ、その天辺には銀色の、繊細な彫金が施された鐘《かね》が吊るされている。アーチの前に祭壇が置かれ、新郎新婦は鐘《かね》の下、祭壇に向かって誓いを立てるのだ。

私は少し離れたところに建てられたテントの中で最後の身支度を終えた。着付けやお化粧はマリソルさん配下のプロフェッショナルな侍女さんたちがしてくれて、ヒルダがその他の細々したことをしてくれた。マリソルさんは総監督としてすべてを指揮し、最後に満足げに頷くと、みんなを連れてテントから出ていった。

今、私は一人。花嫁はここで花婿の迎えを待つのだ。

外では親しい人たちが今か今かと待っているはず。鼓動が速く、落ち着かないけれど、装いと作法はマリソルさんの、今日の段取りはローヴェルトさんのお墨付きだから、きっと大丈夫だろう。

この世界に来てからのことを思い返す。

いきなりうさぎになって怖かったし心細かったけれど、ベックラーさんに拾われて、つがいだとわかって……。それなりに波乱万丈な日々を過ごし、今では温かい人たちに囲まれて幸せに生きている。これはなんという幸福だろう。

前の世界にまったく心残りがないと言ったら嘘になる。でもその思い出をたまに大切に取り出して慈しむこともできるし、その時にはきっとベックラーさんが側にいてくれるだろう。

(私はもう、一人じゃない……)

心からそう思える日が来るとは想像していなかった。

温かい気持ちに少しだけ気恥ずかしさを覚えていると、テントの外から声がかかった。

「ルミ、準備はいいか？」

「はい。どうぞ」

ベックラーさんがテントの入口を押し上げて入ってくる……、と思ったら、そのままの姿勢で立ち止まってしまった。

「……」

「ベックラーさん？」

近づいて見上げると、ベックラーさんは目を見開いて惚けた顔をしていた。少し間を置いてぎくしゃくと動き出す。慌てた様子で入口を閉じた。

「……ルミ、綺麗だ。いつだって綺麗だが、今日はとびきり綺麗だ！」

熱心にそう言われると、頬に熱が集まってくる。

「ありがとうございます」

照れくさいながら精一杯顔を上げていると、ベックラーさんは迷うように手をさまよわせた後、私の髪やドレスを崩さないよう軽く肩を撫《な》で手を握った。キスはそっと頬に。

「あの、ベックラーさんもその軍服、最高です……」

前髪を上げ、軍の白い礼服に身を包んだベックラーさんは、神々しいばかりの格好よさだった。あとでアレンカさんに魔術具版カメラを借りて撮りまくらなければ、と決意する。

一方で、今から多くの人の前でそんなベックラーさんの横に並ぶと思うと、緊張がいや増した。

「くっ、ルミの上目遣いが色っぽい……。今すぐにここで押し倒したいくらいだ。やはり試着を見て耐性をつけておくべきだった……！」

「ふふっ、今更ですよ」

いつもはともかく、今は私の緊張をほぐすためにわざとそういうことを言ってくれているのがわかったから、私も軽口を返した。

「披露宴のあとで、ですね。明日からはハネムーン休暇ですし」

「ああ、そうだな。夜が待ち遠しい。一応、初夜、になるのか？」

「対外的には」

ここぞと言い合って、笑い合う。


次の瞬間、意識が暗転した。

目を開くと、そこには三度目の宇宙のような空間。

「考えてタイミングーっ!!」

「すみませんっっ!!」

慣れたくもない異空間で、目の前にはエスのやろ……、おっと、エスさんが、やはり見慣れたくはない空中土下座を再びしていた。

(ああ、結婚式の日の穏やかで幸せな気持ちをこんな風に乱されるなんて……。悲しすぎる)

「なんで社《やしろ》でもないのに喚び出されるんですか。しかもこれから結婚式なのに！」

「結婚式だからなんですー！　神官がいて、祭壇が整っていて、清浄な空気で……。そんな、儀式の準備ができてる場だからぎりぎり喚べました！　じゃないと高木さん、全然社《やしろ》に来てくれないじゃないですかー」

それは確かにそうだ。ベックラーさんがちょっとトラウマになってしまって、社《やしろ》へ行くのに大反対なのだ。私ももう話は終わったと思っていたので、特に社《やしろ》へ行く必要性を感じていなかった。

「ベックラーさんが心配しちゃうんで、早急に用件を話してください」

「はいぃ！　その、先日監査があったんですけど、総合的に補償が足りていないと言われまして！」

「もういいって言ったじゃないですか」

「そういうわけにはいかないんですぅ。僕が、罰として減給に……。同僚の尻拭いさせられた上、補償しなさすぎで罰とか……」

「いや、相性最高にするとか言って操作を間違えたのは完全にあなたのミスですよね？　それに、こうして喚び出されるほうが迷惑なんですけど？」

このエスさんに対しては、ついつい私としては最高レベルに冷たく当たってしまう。感謝していないとは言わないいけれど、失敗の結果なのでエスさんのおかげと言うのもちょっと違う。なにより補償の対象に向けて言い訳がましいのがうざい。

本当に、なぜ結婚式の日に喚び出されてこんな思いをさせられなければならないのか。

「すみませんすみませんすみません！　でもなにか考えてくださいお願いします！」

「と言われましても」

「どういう理由であれ、他人がつがいに出会えるようにという利他的な願いと、すでにつがいなのに生涯ラブラブという願いは、補償ポイントをほとんど消費していなかったんです。思いのほかお二人の絆《きずな》が強くて、後者は特に消費が少なく……。家内安全でかろうじて少し、という程度でして。

高木さん、欲がなさすぎですぅ」

「んー、じゃあ、今日の列席者に加護を、っていうのは」

「残念ながら、私のミスと関係がないので無理です。前回の神託が他人のためのものでも許可されたのは、関係があったからでして」

「そうですか。あとは……、健康な子どもが生まれますように、とかどうですか」

「それは、はい、家内安全に追加しておきますね。でも全然！　まだ足りません！」

「あ、そうだ！　……あの、前の世界の祖父母に、私は幸せにやっているということをなんとか伝えられませんか？　託宣とか夢とかで」

「そ、それは、別の世界への干渉となりますので……」

「はあ」

「じょっ、上司と協議しますっ‼」

私の溜息を耳にして、エスさんは急に慌てだした。

「う、うーん、しょ、少々お待ちください」

いい考えだと思ったのだけど、上司さんも即決できないくらいの難しいことなのだろうか。

「念のため、他の案はありませんか？」

「もう考えられませんよ。そして今のが一番の望みです。今度ちゃんと社《やしろ》に行くので、その時に協議の結果を聞かせてもらうんじゃダメですか？」

「補償が終わるまで、減給が止まらないんですよ⁉」

いや、もうしばらく罰を受けて反省したほうがいいんじゃないかな？　ていうか、この迷惑分でまた補償ポイントが増えてるんじゃないかな？

そう考えたら、エスさんの向こうで「その通り」というように光が瞬いた。なんとなくエスさんの上司のようだなと思う。

「えっ⁉　ポイント増えてます。増えてますよ⁉　えっ、迷惑料⁉　そんなぁ」

「やっぱり……」

「あっ、でも、許可出ました！　ただ、夢で託宣をお伝えするだけでは信じてもらえないかもしれない、とのことです」

簡単に許可が出たところを見ると、間を置いたのはエスさんへの罰っぽい気がする。

「じゃあ、手紙を渡すことはできますか？　私の筆跡でわかると思うんですけど」

「なるほどなるほど。……うーん、うーん、はい！　夢の託宣のあと、目が覚めると枕元に手紙がある仕様にしてもいいそうです。ただ、こちらの物質を向こうに持ち込むことはできないので、書いたものを向こうの物質に転写する形になりますが」

「それでいいです！　ありがとうございます！」

これはとても嬉しい。私の現状を伝えることができるなんて。エスさんが関わったことの中で一番のグッジョブだ。

「じゃあ、今すぐ書いてください！」

「無理です」

「なっ、なんでですか！」

「一度きりのチャンスなんですよ。じっくり文面を考えたいじゃないですか」

「でもぉ……」

「それに、結婚式がはじまるところなんですよ⁉　早く帰してください。結婚式……、いえ、新婚旅行のあとで手紙を書くので」

「そ、そんなぁ。減給つらい……」

泣きそうなエスさんを見て、早く戻るためにもここは譲歩したほうがよさそうだと思う。

「仕方ないですね。じゃあ、早々に手紙を書いて、新婚旅行先にある社《やしろ》に立ち寄りますから。これ以上待たせると、またポイント増えちゃうんじゃないですか？」

「う、ううっ、わかりましたぁ」

「あ、私たちの結婚、ぜひ祝福してくださいね？」


「ルミっ！」

目覚めるとベックラーさんの腕の中で、アレンカさんに脈を取られていた。医療の心得のある人として、一人だけ呼ばれたのだろう。騒ぎにしないでくれてよかったとひとまず安堵する。

「身体に異常はなさそうだが、調子はどうだい？」

「大丈夫です。アレンカさん、ありがとうございます。ベックラーさん、心配をかけてしまってすみません」

「そんなことはいいんだ！　本当に大丈夫なのか？」

「はい。精霊さんのところにいました」

「なぜっ……」

ベックラーさんが泣きそうな表情で問いかけてくる。

アレンカさんになら知られても構わないし、むしろ隠しておくのはよくないだろうと思い、あったことを話すと、途中でベックラーさんの怒りの気配が膨れ上がった。

「ルミを俺のもとに送ってくれた精霊には感謝しているが、どうにも頼りなく迷惑だな」

「そうですよね……。でも、私の祖父母に託宣と手紙を届けてもらえることになったんです！」

「なんと！　そんなことが可能なのか！」

「はい。精霊さんのドジのおかげではありますね」

そう言ってベックラーさんをなだめてから気づく。

「あっ、すみません、ウルリクさんのことは……」

「大丈夫だ。ウルリクは前の世界にまったく未練がないそうだ。強がりではなく、本当にそう言っている。今の話をしても、気を悪くすることなどなく祝ってくれるだろう」

「そうですか」

ほっとしてしまったことを少し申し訳なく思っていると、アレンカさんがにっこりと笑った。

「今日は結婚式だ。そんな顔をするな」

「そうだぞ。この件についてはルミはなにも悪くない。素直に喜べばいい。そして今日の思い出を手紙に書くんだ」

「はい。そうですね。本当に……、最後の気がかりが解決することになって、心からすっきりしました。思い残すことなく結婚できます！」

エスさんの介入でかき乱された面もあったけれど、いいこともあった。まあ、人生とはこんなものなのだろうな、と思う。予想通りにはならなくて、嬉しいことも嫌なことも、こちらの都合お構いなしのタイミングでやってくる。

なんだかおもしろい気持ちになってクスクスと笑っていたら、ベックラーさんにも笑顔が戻った。私の頭を撫《な》でようとして、セットされていることに気づいて手を引き、代わりに頬を撫《な》でる。

アレンカさんは呆れたような安心したような顔でテントを出ていった。

私たちはしばらく笑いながら見つめ合ったあと、口紅がとれてしまわないようキスはやめて、おでことおでこをコツンと合わせる。

「では、行くか」

「はい」

差し出された腕に手を絡め、テントから足を踏み出した。

草原にはこの世界に来てから親しくなった人々が揃っていた。ハロンさん、アレンカさん、ウルリクさん、マカルーキ先生。ケルンハルト家親族としてはバーレントさん、マリソルさん、アレックスさん、ご両親。カレンベルグ大将も駆けつけてくれている。ローヴェルトさんとヒルダは使用人だから、一番後ろで式の進行を手伝いつつ参加してくれていた。本当はこの後屋敷で行われる披露宴の準備で忙しいのだけれど、私がお願いしたのだ。二人は使用人の中でも特別だから。

みんなに見守られながら、アーチに吊るされた鐘《かね》の下までゆっくりと歩く。

足を止め、二人でみんなのほうに向き直ると、社《やしろ》で会った老神官が横に立った。

私にはまだわからない古語で、神官が神々に祈りを捧げる。神秘的で荘厳な気配が満ちて、自然と気持ちが引き締まった。祈りが終わると清らかな風が吹いて、獣人たちの耳や尻尾の毛、翼の羽毛をふわふわと浮かせていった。

「誓いの言葉を」

私たちは向き合って両手をつなぐ。

「ベックラー・ケルンハルトは、つがいであり、我が精霊の愛し遣いであるルミ・タカギを、生涯愛し、守り、ともに今生を生き抜くと誓う」

「ルミ・タカギは、つがいであり、魂の導き手であるベックラー・ケルンハルトを、生涯愛し、支え、ともに今生を生き抜くと誓います」

この時、私たちの上に光がシャワーのように降っていたという。私たちは気づかなかったけれど、その光景に参列者は言葉を失くしたそうだ。これがもしかしたら、エスさんからの祝福だったのかもしれない。

「お二人の誓いを承認いたします」

驚きを押し殺した神官が柔らかい笑みでそう告げると、観衆から熱のこもった拍手が起こった。

「ルミ、愛している」

「はい、私もです、ベックラーさん」

「ルミ……」

二人で鐘《かね》を鳴らし、その下で誓いのキスをすることで式が完了する。触れるだけのキスだけれど、みんなの前ではなんだか照れくさい。耳がそわそわと動いてしまうのを止められない。

一度優しくベックラーさんの唇が触れて、離れていった……、と思ったら、すぐに戻ってきた。

「んんっ⁉」

口紅が取れちゃう、と的外れなことを考えているうちに、舌が侵入してきて、さらに官能を引き出すような動きをしはじめた。

「んーっ！　んー！」

ベックラーさんの礼服の腕を叩くと、さらにきつく抱き込まれた。大将さんの「おうおう、見せつけてくれやがって」という声や、ハロンさんかウルリクさんだろうか、口笛の音などが遠く聞こえる。

なんだかもういいか、という気持ちになって力を抜いて、少しだけキスに応えると、満足したらしく唇が離れていった。

少しだけ睨んだのに、ベックラーさんは悪びれもせずいたずらっぽく笑って言った。

「俺のものだと示しておかないとな」

「もう……、ここにいる人たちに示しても仕方ないじゃないですか」

「おお、そうだった。じゃあ、披露宴でもう一回か二回……」

「ベックラーさんのばか」

「ルミの前でだけは、俺は大馬鹿だ」

そんなことを言って笑い合う。

ああ、これからもこんな風に寄り添い合い、他愛もないことで二人笑って生きていきたい。

なんと言っても、頼りないとはいえ精霊の加護があるのだ。「末永くラブラブで」という。バカップル上等で生きていけるようになるには、もう少し心臓を強くしないといけないみたいだけれど。

私たちは柔らかな日差しの中、祝福されて再び抱き締め合う。そして笑顔で迎えてくれる参列客のもとに向かった。

甘く淫らな恋物語

ノーチェブックス

桁外れに大きい
魔族の愛!!

追放令嬢の私が魔族の王太子に溺愛されるまで

はるみさ
イラスト：森原八鹿

子爵令嬢のリリアナは厳しい王太子妃教育に耐え、ようやく婚約発表パーティを迎えたが、選ばれたのは違う女性!?　呆然とする彼女に命じられたのは、魔族の国シルワへの輿入れだった。激怒した彼女は、嫁ぎ先を帝国以上に発展させようと決意する。しかし、新たな婚約者の王太子ゼノは初対面から彼女に冷たくあたってきて——!?

詳しくは公式サイトにてご確認ください

https://www.noche-books.com/

携帯サイトはこちらから！

この作品に対する皆様のご意見・ご感想をお待ちしております。

おハガキ・お手紙は以下の宛先にお送りください。

【宛先】

〒150-6008 東京都渋谷区恵比寿 4-20-3 恵比寿ガーデンプレイスタワー 8F
(株) アルファポリス　書籍感想係

メールフォームでのご意見・ご感想は右のＱＲコードから、
あるいは以下のワードで検索をかけてください。

アルファポリス　書籍の感想　検索

ご感想はこちらから

本書は、「アルファポリス」(https://www.alphapolis.co.jp/) に掲載されていたものを、
改題・改稿・加筆のうえ、書籍化したものです。

異世界《いせかい》でうさぎになって、狼獣人《おおかみじゅうじん》に食《た》べられました

榎本ペンネ（えのもと ぺんね）

2023年 2月 28日初版発行

編集－渡邉和音・森 順子
編集長－倉持真理
発行者－梶本雄介
発行所－株式会社アルファポリス
〒150-6008 東京都渋谷区恵比寿4-20-3 恵比寿ガーデンプレイスタワー8F
TEL 03-6277-1601（営業） 03-6277-1602（編集）
URL https://www.alphapolis.co.jp/
発売元－株式会社星雲社（共同出版社・流通責任出版社）
〒112-0005 東京都文京区水道1-3-30
TEL 03-3868-3275
装丁・本文イラスト－comura
装丁デザイン－AFTERGLOW
（レーベルフォーマットデザイン—ansyyqdesign）
印刷－株式会社暁印刷

価格はカバーに表示されてあります。

落丁乱丁の場合はアルファポリスまでご連絡ください。

送料は小社負担でお取り替えします。


ISBN978-4-434-31628-9 C0093